U0404010

國家圖書館藏清人詩文集稿本叢書

第一輯 二

陳紅彦 主編

北京大學出版社
PEKING UNIVERSITY PRESS

颶山樓初集

錢儀吉撰。一册。

錢儀吉(一七八三—一八五〇),初名逵吉,字藹人,號衎石,又號新梧(一作心壺)。浙江嘉興人。嘉慶十三年(一八〇八)進士,歷任户部主事,刑科給事中,累遷至工科給事中,後因事降職,遂絶意仕進。曾先後主講於粵東學海堂及河南大梁書院。據史載,錢儀吉通達經史,工文章,一生著作豐厚。錢儀吉編輯有唐宋元代儒家解經著作集《經苑》二十五種,編著有清代人物傳記集《碑傳集》一百六十卷及《國朝獻徵集》,著有《皇輿圖説》四十卷、《三國晉南北朝會要》、《補晉書兵志》、《衎石齋記事稿》正稿十卷續稿十卷、《北郭集》四卷、《澄觀集》四卷、《定廬集》一卷、《衎石齋晚年詩稿》五卷、《颶山樓初集》六卷、《颶山樓駢文稿》、《衎石先生刻稿》一卷、《刻楮集》一卷、《旅逸小稿》二卷等。其中《衎石齋記事稿》《刻楮集》《旅逸小稿》三種有道光間刻本,《定廬集》《衎石齋晚年詩稿》《閩遊詩》等有咸豐以後刻本,其他著作多以鈔稿本的形式存世。

《颶山樓初集》依文體分卷,卷一賦九篇,卷二志一篇,卷三論三篇,卷四辨一篇、説五篇、記五篇,卷五序九篇,卷六序十篇,共計四十三篇(目録末周雁石注「右文都計五十三篇」有誤)。其中《補晉兵志》《記湯烈婦》《記德清二貞女》《馮母封臂圖記》《之滇行程圖序》《重刊栟櫚集序》《孝友堂家規序》《蒜市雜記序》《瓶谷筆記序》《盧江錢氏文匯序》等十篇見於《衎石齋記事稿》中,其餘三十三篇均未見於刊本,殊可寶貴。加之有方履籛、張澍、曹江、沈炳垣等諸人評點，更屬難得。

此本鈐「錢儀吉印」「颺山樵者」「本盧江何氏」「曹江讀過」等印，間有眉批、浮簽夾注。有目録，目録前有周雁石從《清史列傳》和《光緒嘉興府志》中輯録的錢儀吉傳記資料及周氏所作校記，卷末有周氏民國二十年（一九三一）跋文一篇。

據《清人別集總目》載，《颺山樓初集》現存兩部，一爲國家圖書館藏稿本，一爲南京圖書館藏鈔本。此稿本初爲周雁石所藏，民國間入藏國立北平圖書館（現國家圖書館）。周雁石（一八九四—一九五九），名慤，號石公，祖籍太倉，生於海門，書畫收藏家和目録學家，曾任江蘇省立國學圖書館（南京）編目部主任暨國立浙江大學中文系副教授等職，參與編輯《江蘇省國學圖書館總目》及《江蘇省立國學圖書館現存書目》。周雁石跋文從書稿内容、成書時間、眉批夾註的作者等方面進行了詳細的考訂，並記録了得書的經過及副本的鈔録情況。

（董馥榮）

27208

文286.55
38

颺山樓初集
第七三六〇號
集部
類
清錢儀吉
六卷
鈔本
一册
國立北平圖書館藏

傳

钱儀吉初名逵吉字衎石浙江嘉興人刑部尚書陳羣曾孫侍讀學士福胙子年十二效選體作山賦千言張洵陶擊節稱賞嘉慶十三年戊進士改翰林院庶吉士散館授户部主事累遷至工科給事中尋罷歸儀吉於學無所不通其治經先求故訓博考眾說而折衷以本文大義嘗謂欲得經解必通訓詁而泥於訓詁未必遽獲神解著經典證文雅廞雅廞者以十九篇之次寫九百四部之文而以經籍傳注推廣之其讀史則補晉兵志及朔閏諸表又撰三國會要博采見聞搜羅散失期於遂於正史不限斷以本書帝系輿地

或為之圖或為之表條繫字綴鉅細畢賅嘗為會典館總纂專辦天文輿地諸圖象後手撰皇輿圖說四十卷又嘗仿明焦竑獻徵錄為國朝獻徵集得將相大臣循良忠節儒林文苑等凡八百餘人又於獻徵集之外節錄名臣為先正事略官戶部時值現審處剖決如流及改御史吏皆拊掌相告曰錢公去吾屬無患矣巡城視事隨到隨決無稽留旬日者嘗曰小民細故導之使速已縱不免小有不平猶愈於久繫株累耳至有事關倫紀不可以寬縱詳載某氏擇於文稿中以見即事窮理不可不深長思也主講粵東學海堂定諸生讀書法四則至今仍之晚主河南大梁書院道光三十

年卒年六十八他著有衎石齋記事稿十卷續稿十卷刻楷集
四卷樝庭小稿二卷 清史列傳卷七十三文苑傳四
錢儀吉字藹人文端公曾孫父福胙官侍讀通京師十二歲
效選體作山賦千言前輩張問陶擊節稱賞登嘉慶辛
酉鄉榜戊辰成進士庶常散館授戶部主事升刑科給事
中遇事無徇庇人憚其丰采遷改官御史科吏掛掌印鑄
公去吳晉蜀無患矣性耿介稽察戶部捐納房會堂吏
郭坦舞文補監收事覺懼實諸法請託百玉峻拒之近康
寅因公罣鐫級絕意仕進並焚入台時彈章諫草語人
臣以封事入告不宜流播人間主講粵東學海堂河南大

梁書院定季課年程治經讀求故訓著經典釋文說文報
厥流覽乙部以章武偏安暨大業未造典禮缺如撰三國
晉南北朝會要讀史尤詳地理甄錄魏吳鄴城金墉城圖
之類各處數十百篇仿焦氏竑徵獻錄裒集國朝文集千
餘家節錄名人事狀先正事略搞條乾學通志堂經解采摭
未備撰羅宋元來說經家彙經苑一編皋比數十寒暑有
仙蝶齋藏書所自語吾之長技但不識久文字耳從事
泰吉親得師承咨詢學術動輒千言故乾嘉後論文章
家數咸推嘉興二錢云所著文曰鳳山樓集衎石齋記事
稿詩曰敝帚閣將隱觀定廬刻楮旅逸各集　光緒嘉

吳府志卷五十嘉興列傳　節錄士京原七按次述事及錢氏行狀

附

泰吉字警石父復令直隸大興縣決獄甚敏有隱德　府志　泰吉儀吉從兄弟常以純儒相勉自弱冠後遠近已盛稱嘉興二石其与先書問往來皆咨詢學術或獻一疑而謂縱十返或尚論前哲評騭時流窮極理趣動逾數千言　清史列傳　長子炳森原名錄恕道光甲辰舉人景山官學教習前卒有卯農偶吟稿仲子應溥佐湘鄉節相戎幕　府志　儀吉子寶惠泰吉子炳森皆能以學世其家　清史列傳

校記

補晉兵志 見衍石齋記事稿卷二

太康十年又立積弩營亦典宿衛 太平御覽云 刻本亦作称

公卿以下舉將帥各一人 泰始七年六月並見本紀 又武帝時有西域健胡趫捷無敵晉人莫敢與校帝募勇士庾東應選撲殺之見東傳 刻本並作俱 無武帝時以下三十三字

天子數臨宣武觀大閱親王閱軍簿而不自令進退 見武紀及秦王柬傳 刻本作泰始九年十一月丁酉帝臨宣武觀大閱諸軍甲辰乃罷其後頻歲冬大閱其兵簿凡三十六軍 見武紀及秦王柬傳

去交阯郡 刻本阯作趾 寇劫疆多 刻本疆作彊

明月還武昌鎮 刻本明作逾 及蘇峻祖納反 刻本納作約

卒以之破符堅於肥水 刻本符作苻是

記湯姒婦　見記事稿卷一

一日婦寧家故貧父母憐婦甚久留之于時婦年未三十也　刻本作婦安其父母居久之時婦年未三十也

其壯家奈貧　刻本無亦字　坐小舟行久之　刻本無久之二字

見有小舟相並泊　刻本泊作檥　兩舟中人救登舟　刻本作兩舟中人爭救登舟

兩婦爭救者抱胸傷　刻本無兩字抱作搵

切刀或重數斤　刻本作切書刀重或數斤

十餘年血乃癖濡右臂爲疽　刻本作積十餘年血癖於臂爲疽

記徐二貞女　見記事稿卷一

女索之匿不出　刻本作女求之數日匿不出

攀輿訴含准狀兄公返姊　刻本作攀輿訴兄公閔之潛反姊

兒患症困　刻本困作危甚　女出其資財　刻本無女字

兒卒元　刻本卒作亡　一日女詭言他事　刻本無女字

錢子曰　刻本作論曰

馮母刲臂圖記 見記事稿卷一　刻本臂作肱

世母王宜人之姊適馮氏　刻本世作伯　為王宜人壻　刻

本作女夫　甲戌　刻本作嘉慶十九年

奉母孺人刲臂圖以示　刻本母上有其字 臂作肱

則刲以進　刻本作刲肉　食已而嘔之而遂不效也　刻本嘔均

作歐　或授命而不欲　刻本作有授命而不欲者

之滇行程圖序 見記事稿卷三

兒子　刻本作從子　假還浙一月　刻本作一月兩字

昔我祖何公……我如淵公……東畬先生，成進士……侍御公　刻本公

先生均作府君東畬作臨江，成作第

而至南昌省治……而至萍鄉……而至長沙省治……而至鎮遠……而至都

匀　刻本均無而字　東畬先生守臨江　刻本作臨江府及署太守

重刊栟櫚集序　見記事稿卷三

攷史　原本已圈去刻本仍作攷史　世間傳本益尠　刻本

作外間傳本亦尠　足補前史之缺　刻本作闕

後之讀者　刻本後字上有嗚呼二字

刻本末有「嘉慶十九〔有〕年季秋之月謹序」十二字　原稿本無

孝友堂家規序　見記事稿卷三

系聖賢之統　刻本作守濂洛之學　長昭道體　刻本作

老堅行遊　論学之純　刻本純作醇　虛心以宏其量
刻本作虛己　充實排鬯　刻本作充實不息
蒜市新記序　見記事稿卷三
先生既歸時　刻本作先生里居時
瓶谷筆記序　見記事稿卷三
外曾王父　刻本作外曾大父　外王父　刻本作外大父
會嗣曾　刻本無会字
廬江錢氏文匯序　見記事稿卷三
我始祖　刻本作我祖如獨府君　一傳爲養素翁　刻
本作生養素府君　太常公　刻本作太常府君
徒儀吉　刻本作曩歲丁卯儀吉

爲藕文畧　刻本作採爲　子孫或不能徧讀　刻本
子孫作後人　或久且佚之　刻本或作恐
用是惴惴不寧於心間以暇日披覽清志知有李氏家乘者久不
傳而劉昭注續漢志於李尤明堂奏引家乘之文知其爲
家集也乃依其例錄先世遺文門分類別著其尤要者且
訪於族之賢蒐拾墜遺校正同異凡若干卷名曰文匯
俾誦之者於以淑性情於以達事理以至女教諸生之篇論
文品詩之說皆爲後人示所持循可不敬且勉乎
刻本作用是輯錄遺稿自奏議以下因類區分著其尤
要者又訪於族之賢蒐拾墜遺校正同異其間講道
德之崇深衡政事之得失寓忠孝之性情垂家門之楷範以

玉字當低一格

玉論文品詩樹藝醫藥靡不賅備凡四十九卷名曰文匯其古今體詩別爲詩匯不在是籍嘗曉隋志經籍知有李氏家書者久不傳而劉昭注續漢志引李尤明堂奏即家書之文是家集總錄東京已有之矣

右文十篇見衎石齋記事稿中字句略有出入謹爲校記之如右大抵刻本較長爾

辛未春二月桐君書東周穀莊石甫識

颺山樓初集目録

卷一

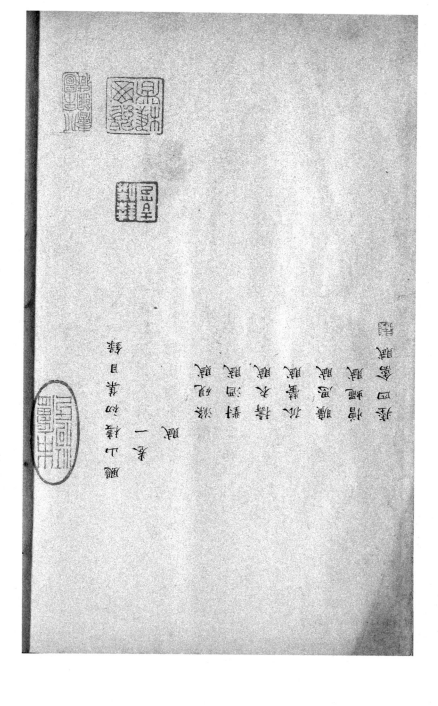

賦

卷四

辨

說

記

記湯烈婦

記德清二貞女

餘齋記

蘇雨齋記

馮母封臂圖記

卷五

序

清溪戚氏譜序

讀書證疑序

卷六

序

清芬集序　刪

盧江錢氏文匯序

意鈔自序

重刻活幼心法序

送張介侯序

送屠孟昭序

送鄧公之官福建序

送遠皋師督視學江南序

讀史會序

右文都計五十三篇記事稿已刻者十篇餘四十三篇均未刊藏于家矣

雁石又識

文詩集若干卷似宜移上否

江注

颺山樓初集卷之一

賦

滌硯賦

有閑其廬寒風颼然亂帙横案棲塵滿前中一先生晦塞元淵薪脂暮爇朱墨昕研胡筆灑之未勤而硯汙之易積想隃麋之乍融肘時而離席故未去而襲新用其一而舍百俄有事於滌除知來者之將易也感萬物之因時罔先後之一致昔則籍力而成繼乃以多為累豈美惡之果殊而愛憎之迥異慨斯人之恒情遂予取而予棄若夫明水養璞白雲出盂盎

從彥閒語擬刪此四行

盎止止德充之符乃若一黑孤起全淵倏變將去其汙幾亡其硯潛雖伏而孔昭出清波而相見墨自有而之無硯無物而得我任於外而中貞亦何適而不可弍曰潔則潔矣固未若連山之體拔地日起雲生雨而莫敢誰何也一用為硯則既以雕琢傷其和矣雖然物之藉藉於用而自若者其天也其致於用者亦天也石不為硯幸也而未必幸硯兮不用全也而非其全是故舊染祓而煥若新墨受而怡然重為贊曰至潤之理至堅之德其染無心其用無極承君子之澡身甘優游以守黑

刪之極是宋元人以文為賦破壞體格不免為後人所譏皆此類也　雲注

對酒賦

掩空觴兮不樂緬上下兮求索昔共之兮需醉今何爲兮獨處廓天杳杳兮氣清紛焚輪兮上征慶一去兮何所塊循階兮獨行伊天地之斡運兮夫孰知其所舍日逐渴而下波兮節驫驅而爭馬歸一塗于隕絕兮何異殤子與壽者彼生物物自盡兮哀而不能反也余既睘睘而寡匹兮溘又失此心膂悼跡往兮情靡欲告哀兮疇語知余生亦浮休兮諒天命之有常既未乘化以後先兮寧余涕之浪浪出復入兮無聊脂日不覩兮心鬱搖思萬方兮永已懼中傷兮精

銷。寧子魂兮摶節。非杜康兮誰要。

擣衣賦

嚴霜欲飛征夫不歸久戍想腰窄頻年難寄衣若大白帝城陰女郎清砧大漢書斷交河夢沉結寸腸而凝響遠千里以寄音紛起龍沙之堰飛度雁門之阪雲低斷壕雪埋荒巘戍林兮風急關山兮月晚接子夜而歎逝望刀頭而傷遠行歌道難愀心歲寒君邁遼山之右妾家長江之干山高眼絶江寒鼻酸眉亞低杵淚揮濕紈怛中止兮久佇感深憂兮百端從君行戍去邊城迴文欲寄不得成今夜緘題橫涕泗為

此賦神似六朝然存之則與全集不稱似當入外編　雲注

語何人莫用兵

孤螢賦

錢子見孤螢感焉。為賦以告其家人。曰

豈腐草而有知。若徘徊以惜離。熠飛揚而乍進。倏掩抑而生疑。何孤光之淒迴。曩百十而儔嬉。憚風箑之忽猛。嗟弱體之不持冪輕羅以充玩。蹈密網而見欺。遂幽埋而霣滅。詐明月以長辭幸暫脫以自照。猶顧集君之階墀。伊瑰細之繁生。咸資鑄於大造。世弱肉而強食。惻天心之軫抱。紉茲質之幺麽。詎色味之鮮好。匪益人而難已。徒損己而喪寶。託仁人之末光。希

此篇不静可删之

陋體之永保。

曠思賦

錢子憂思無聊。作曠思賦。曰

噫吁巇董吾道以孤直兮。無尺地之平砥。重側足而寡助兮。乃集矢之蠭起。藐宇宙其誰知兮。願執節以效死。紛悠悠其未得兮。欲高瞻而遐指。天門訣蕩蕩不聞蠅聲。俯視一切。何敗何成。乘桴浮于海。解襪繫而縛鯨。生致闕下。歸卧掩荆。儵羽翮之摧朽。疇凌厲以長征。徒曠思而無涘。怳懭悢而蕩精。願突梯以進退。心怵惕而不寧。悼百年之幾何。方萬端而莫更。耳

曠思賦原本楚辭雖語近激烈而風格甚高似不必删　雲注

讀畏鼠信可入好集憎蠅用鞫大似黠鼠然此之小品也宜以前例如何 江晏注

此似不妨

嘈嘈而語䎙仍浮游以屏營

憎蠅賦

嗟汝何知頗亦嗜墨狼籍文書變易白黑敗人本來自喪厥德摇脣鼓翅君子之賊萬聲營營斗室雷鳴君子惑之失其聰明詩人太息為之不平撫劍則否毛穎汝征

瘞四禽賦

噫乎樹之召鳥而致之死引馬極高以墜於水噫乎彼貍之噬彼隼之擊貪不可近鬬乃敗績惟孟夏之月百卉咸發游於芳園觀生之勃胡四禽者或沈淵

讀思賦信可入外集憎蠅用韻大似點竄然此亦小
品也宜以前例如何
江晏注

嘈嘈而語猥仍浮游以屏營

憎蠅賦

嗟汝何知頗亦嗜墨狼籍文書變易白黑貽人本來
自喪厥德搖脣鼓翅君子之賊萬聲營營斗室雷鳴
君子惑之失其聰明詩人太息為之不平撫劍則否

此篇體製近雜似當入外編　雲注

此似不妨

[illegible]

噫乎樹之召烏而致之死引馬極高以墜於水噫乎
彼貍之噬彼隼之擊貪不可近鬭乃敗績惟孟夏之
月百卉咸發游於芳園觀生之勃胡四禽者或沈淵

此似不妨

嗟汝何知亦嗜墨猗籍文書

自喪厥德搖脣鼓翅君子之賊

君子惑之失其聰明詩人太息

此篇體製近雜似當入外編　雲注

噫乎樹之召鳥而致之死引馬

而蟲出。或鍛翮而僨僵。枕藉以臥。予心用傷。謂羽翼之强。任將遭遇之無常。於是絙麻為衾。覆甒若碱。周坏土之墻。穴靈石之坎。不見夫韓盧狻狻。蒼鷹眈眈。蓋暴無知者。非仁而不忍見者。當捨也。重言曰。是飛而戾天。而呂下于泉。夫戾天之氣。非禽能然。游於化中。形則常遷。然則我之瘞也。禽無與焉。

春月賦

二月十二日夜。婆娑仙蝶所止齋庭。月升降輝。行無邈景。余瑋其溫然。而又能明德不可踰。述賦自鑑。且厲友朋。曰竊愁夫蒼蒼之寥漠。兮月何春而嬋媛。紛溶猗狔兮。明出地而物蓄。爐闇辨皙兮惟中之燧。然瑀玉之德兮。君子譬焉。若夫羅幃無人。少婦思晨。乃若芳草泥野。壯佼駛馬。胪靜躁之悠悠兮。皎疇以平取舍。但見春風吹。微雲移。娛顏穆。流光馳。悄和氣。盈春懷。願乘仁化呂泄志兮。進佳人而未來。諒嫁逖而同斯兮。歡壺觴如相持。勞心申謠兮。天地何私

春雲賦 以雲無心以出岫為韻

藹藹紛紛春空見雲繄大鈞之布濩含生意以氤氳氣溶溶而妙合度飄飄而出羣山岡澗瀍何有何無

有此數门是以存之
然末一韻終覺無
着

曠宇宙而遐睇渺吟節之獨扶憺相進而怡悅遲無
盡於須臾杳紛溶以犇艳曾何形夫麗姝春變園禽
花生上林徒照爛於俄頃嗟榮落之不仕仰而觀馬非
獨煥于斯今洵文章之鉅麗偉造物之無心卷乎而
亦可以起舒乎而亦可以已衆驚其文孰測其以若
夫協風告期土脉發實硏碌礡而就平喚頒鴒鶘而趣
疾對千塍之膜乾愁杲杲之赤日維甘澤之始謠期
空山之一出逮乎夏暑時行秋登比櫛信彼南山之
昀自我西郊之密社燕飛初氷花消候柳欲影溪杏
未見囿迎朝暾而啓荆塊孰娱乎晴晝於是擔樽罍

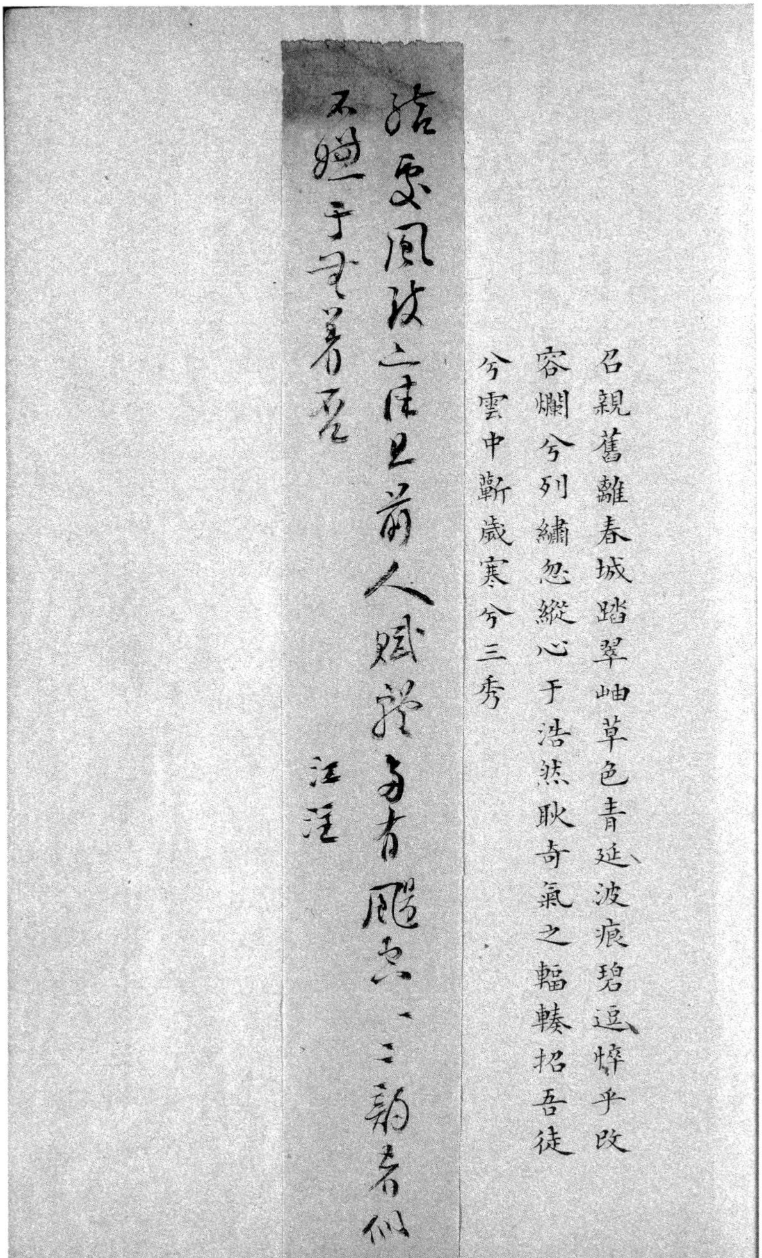
召親舊離春城踏翠岫草色青延、波痕碧逗悴乎攺
容爛兮列繡忽縱心于浩然耿奇氣之輜輳招吾徒
兮雲中斳歲寒兮三秀

話及風波之作且前人賦體多有雕些、、韵者似不過于古著否

汪注

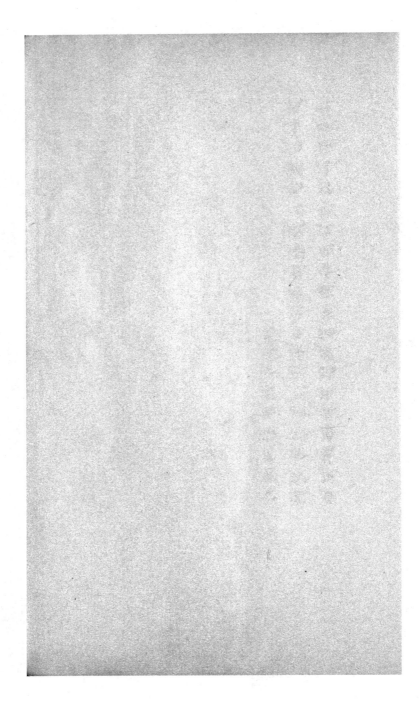

此志貫穿諸書能使一代兵制瞭如指掌而文氣之古雅逼近馬班實天下之奇作然似當另為一卷列于集後未審
尊意以為何如　雲注

以馬遷班氏之筆補晉志高於原書矣承折接旋處則純乎史公

晉初宿衛禁兵有七軍五校。七軍者。左衛右衛前軍後軍左軍右軍驍騎也。唐六典注云泰始元年使中領軍將軍羊祜統二衛前後左右驍騎等七軍營兵祜傳云祜悉統宿衛入直殿中太平御覽引王隱晉書亦云羊祜為中軍將軍統宿衛是七軍皆宿衛之證皆有將軍。而中領軍總統之。其前後左右亦稱四軍。晉職官志云魏明帝時有左軍武帝初又置前軍右軍泰始八年又置後軍是為四軍五校者。也騎越騎步兵長水射聲也各領千兵為營。太平御覽引陶氏職官要錄云五校晉承漢置以為宿衛官各領千兵潘岳閒居賦云元戎禁營李善注云禁營謂五營也是五校皆宿衛之證皆○在○城○中○閒居賦注又引陸機洛陽記云五營校尉前後左右將軍府皆在城中又有翊軍營為王濬置也○濬平吳還○欲以為五官校尉而無缺○始置翊軍校尉○而以梁益所省兵為營○太平御覽引王隱晉書之言如此而今晉書唐彬傳云吳平徵拜翊軍校尉濬傳則云拜輔國大將軍領步兵校尉舊校唯五校置此營自濬始也考五校之有步兵自漢已然不得謂吳平始置故以王隱之言為可信而彬拜翊軍亦在吳平與濬同時疑亦誤也又武紀太康元年六月初置翊軍校尉官太康十年○又立積弩營○亦典宿衛○太平御覽云太康十年立積弩營二千五百人以將軍領之孟觀傳云還積弩將軍領宿衛兵是積弩典宿衛之證又文獻通考云五年立射營弩營而二衛所領各有三部司馬五部督○前驅由基強弩為三司馬○命中虎賁羽林上騎異

力為五督也○見職官志沈約宋志云晉武帝時殿內宿衛號曰三部司馬是知三部五部皆宿衛之士職官志又云左衛熊渠虎賁右衛佽飛虎賁此言虎賁隸左隸右若之異號耳其命中虎賁○驍騎游擊亦各領之○見職官志案以游擊為六軍之一乃東晉之制而武帝時已有其官故太平御覽引山濤啓事曰遊擊將軍諸葛冲精果有文擬補兗州詔答曰冲領兵未欲出之是亦領京兵也其○城○外○諸○軍○則中護軍統之○武帝本紀云泰始元年十一月初置四護軍以統城外諸軍四字疑當作中故賈充傳云轉中護軍統城外諸軍也又王沉傳云轉驃騎將軍統城外諸軍事是驃騎亦統城外軍也而領護又各領營兵○見職官志西○朝○京○城○之○兵○蓋○如○此○武帝甚重兵官○故軍校多選清望○職官志而諸府軍士去留皆制旨所及○王尼傳云尼為護軍府軍士胡毋輔之與王澄傅暢劉輿荀邃裴遐迭屬河南功曹甄述及洛陽令曹攄請解之攄等以制旨

所及不敢旋當兵未平○詔州郡舉勇猛秀異之才○泰始五年十二月
公卿以下舉將帥各一人○泰始七年六月并見本紀人武帝時有西域健胡趫
捷無敵晉人莫敢與校帝募勇士庚東應選撲殺之見東傳天子數臨宣武觀大
閱○親王閱軍簿而不自令進退○見武紀及秦王柬傳咸寧五年○
乃東西大舉以伐吳衆二十餘萬○明年平之○收其圖
籍○得兵二十三萬五月○詔諸士卒年六十以上罷歸
家○并見本紀定制男子年十六以上至六十為正丁十五
以下至十三○六十一以上至六十五為次丁○十二以
下○六十六以上為老小○不事○晉食貨志淮南相劉頌言○昔
魏武帝分離天下○使人役居户○各在一方○既事勢所

須○且曲為權假○一時○以赴所務○非正典也○逡巡至今○
積年未改○百姓雖身丁其困○而私怨不生○誠以三方
未并○時未可以求安故也○至平吳之日○天下懷靜○而
東南二方○六州郡兵將士武吏○戍守江表○或給京城
運漕○父南子北○室家分離○咸更不寧○又不習水土○運
役勤瘁○有死亡之患○勢不可久○宜大見處分○以副人
望○魏氏錯役○亦應改舊○自董卓至今○近出百年○四海
勤瘁○丁難極矣○六合混并○始於今日○兆庶思寧○非虛
望也○古今異宜○所遇不同○誠亦未可希遵在昔○息放
馬牛○然使受百役者不出其國○兵備待事其鄉○縱復

不得悉然。為之苟盡其理。可盡三分之二。吏役不出
千里之外。如斯而天下所蒙已不訾矣。帝優詔答之。
之。頌傳初馮。紞領汝南太守。以郡兵隨王濬入秣陵。有
功。紞傳天。下。既一。統。於是詔。罷軍役。示海内大安。遂悉
去。州。郡。兵大郡置武吏百人。小郡五十人而已。山濤傳
冠軍將軍交州牧陶璜言。交土荒裔。斗絶一方。或重
譯而言。連帶山海。又南郡去州海行千有餘里。外距
林邑。纔七百里。夷帥范熊。世為逋寇。自稱為王。數攻
百姓。且連接扶南。種類猥多。朋黨相倚。負險不賓。往
隸吳。時數作寇逆。臣以尫駑。昔為故國所采。偏戍在

南十有餘年雖前後征討翦其魁桀深山僻穴尚有通竄又臣所統之卒本七千餘人南土溫濕多有氣毒加累年征討死亡減耗其見在者二千四百二十人今四海混同無思不服當卷甲消刃禮樂是務而此州之人識義者寡厭其安樂好為禍亂又廣州南岸周旋六千餘里不賓屬者乃五萬餘戶及桂林不羈之輩復當萬戶至於服從官役纔五千餘家二州脣齒唯兵是鎮又寧州興古接據上流去交阯郡千六百里水陸並通互相維衛州兵未宜約損以示單虛從之故交廣寧州猶有兵數千人（璜傳）山濤嘗因從

講武宣武場。與盧欽論用兵之本。以為不宜去州郡武備。時以濤不學孫吾而闇與之合。帝亦稱之曰。天下名言也。而不能用。（濤傳）而諸王。國皆。置軍。大國王三軍。中軍二千人。上下軍各千五百人。次國二軍。上軍二千人。下軍千人。郡王制度如小國王。郡侯如不滿五千户王。並置一軍。千一百人。縣王如郡侯。亦一軍。而諸王之支庶推恩封者。公如五千户國侯如不滿五千户國亦各一軍。千人。皆中尉領之。（職官志）八。王之兵。由。此。起。初裴頠請增置太子後衛率吏給三千兵。於是東宮宿衛萬人。而愍。懷竟廢。（頠傳）及楊駿以后父輔政宿殿中有左右衛三部司馬各二十人殿中都尉十人皆持兵出入駿多樹親黨領禁兵怙肆之端見矣（駿傳）駿誅而督將侯者千八百一人（在永平元年三月）及河間成都討長沙王乂逼京師王師不利乃發王公奴婢手春給兵廪一品已下不從征者男子十三以上皆從役又發奴為兵亦號為四部司馬以奴為兵自此始矣（在太安二年八月）潁遣從事中郎盛夔等以兵五萬屯十二城門悉殺殿中宿所忌者而以三部兵代宿衛（永興元年並惠紀）及東海王越專政又以頃興事皆由殿省乃奏宿衛有侯爵者皆罷之殿中武官先皆封

侯則皆涕泣去而殿中軍畧盡矣乃以東海國官領
左右衛以國兵為宿衛文獻通考自是之後禁兵外散於
四方劉石蹂躪州郡曾無藩籬之固干寶晉紀總論見文選慜
帝繼統衆唯一旅慜紀而元帝猶以國兵興建業丁潭
上書曰夫兵所以防禦未然鎮壓奸凶周雖三聖功
成由武今戎戰之世益宜留心簡選精鋭以備不虞
無事則優其身有難則責其力竊聞今之兵士或私
有役使而營陣不充夫為國者猶為家也計財力之
所任審趨舍之舉動不營難成之功損棄分外之役
今兵人未强當審其宜經塗遠舉未獻大捷更使力

單財盡。而威望挫弱也。丁潭傳 時江東草創。盜賊多有。或欲使諸縣領兵。賀循以為令長威弱。而兼才難備。發憚役之人。而御之不肅。未必為用。以循所聞。江中據地。惟有闔廬一處。地勢險奥。亡逃所聚。特宜以重兵備戍。隨勢討除。絕其根蒂。沿江諸縣。各有分界。分界之內。長官所任。自可度土分。力多置亭候。恒使徼行。峻其綱目。嚴其刑賞。使越常科。勤則有殊榮之報。墮則有一身之罪。謂於大理。不得不肅。所給人以時番休。役不至困。代易有期。按漢制十里一亭。今縱不能爾。要宜籌量。使力足相周。若寇劫彊多。不能獨制

者可指其蹤跡言所在都督尋當致討令不明部分使所在百姓與軍家雜其徼備兩情俱墮莫適任負所以徒有備名不能益也帝從之〔賀循傳〕

太興二年虞預言今周撫陳川相係背叛徐龕驕黠放兵侵掠豫備不虞古之善教矧乃有虞可不為防為防之術宜得良將將不素簡無以應敵願陛下詔之羣公博稽於衆若當局之才必允其任則宜獎厲使不顧命旁料冗猥或有可者厚加寵待足令忘身昔英布見慢恚欲自裁出觀供置然後致力禮遇之恩可不隆哉〔虞預傳〕

於是兵益少用尚書刁協言悉以奴為兵〔刁協傳〕

詔曰。昔漢二祖及魏武皆免良人。武帝時涼州覆敗。諸為奴婢亦皆復籍。此累代成規也。其免中州良人遭難為揚州諸郡僮客者。以修征役。在太興四年五月見元紀於是戴淵以征西將軍都督兖豫幽冀雍并六州諸軍事。發投刺王官千人為軍吏。而調揚州百姓家奴為兵配之。亦僅萬人。戴淵傳然自後有所征討。大抵皆發僮奴。王敦領荆州將為亂。憚周訪在梁州不敢發。訪卒。敦反。遂入京師。明月還武昌鎮。無敢誰何者。太寧初。復入寇京師。已而敦死。王敦傳時。軍校多。無兵。咸和初。劉超為射聲校尉。乃以義興人多義。隨超統其衆

宿衛號為君子營義隨為兵自此始劉超傳及蘇峻祖
納反荊州陶侃江州溫嶠徐州郗鑒皆以方鎮兵討
擊之見陶侃等傳而宣城內史桓彝糾合義壯猶以郡兵
破賊別帥桓彝傳而殿中兵多逃亡孔坦傳云坦還兵興內史募江淮流
人為軍有殿中兵因亂東還來應坦募坦不知而納之或諷朝廷以坦藏臺叛兵坐免而左衛
將軍陳光有兵五千請伐胡詔令攻壽陽蔡謨曰此
五千人皆王都精銳之衆光為左衛遠近聞之名為
殿中軍宜今所向有征無戰而頓之堅城之下勝之
不武不勝為笑蔡謨傳及咸康末庾冰為中書監隱實
戶口料出無名萬餘人稍以充軍實隱戶為兵自此

始見氷傳又毛璩傳云璩遣寧朔將軍淮南太守海陵縣界地名青蒲四面湖澤皆是菰葑逃亡所聚璩率千人討之時大旱璩因放火菰葑盡然亡戶窘迫悉出詣璩自首近有萬戶皆以補兵朝廷嘉之按此在安帝時建元初庾翼以荊州刺史都督江荊司雍梁益六州諸軍事悉發所統州奴及車牛驢馬請北伐石季龍有衆四萬朝議不同卒無成庾翼傳哀帝時王彪之言宿衛之重二衛任之其次驍騎左軍各有所領無兵軍校皆應罷廢四軍皆罷則左軍之名不宜獨立宜改遊擊以對驍騎王彪之傳於是詔改左軍將軍為遊擊將軍罷右軍前軍後軍將軍五校三將官在興寧二年二月見哀紀及咸安元年桓溫入京師毛安之乃以魏

聘當作騁

袁注

始。見氷傳又毛璩傳云璩遣寧朔將軍淮南太守海陵縣界地名青蒲四面湖澤皆是菰葑逃亡所聚璩率千人討之時大旱璩因放火菰葑盡然亡户窘迫悉出詣璩自首近有萬户皆以補兵朝廷嘉之按此在安帝時建元初。庾翼以荆州刺史都督江荆司雍梁益六州諸軍事。悉發所統州奴。及車牛驢馬。請北伐石季龍。有衆四萬。朝議不同。卒無成。庾翼傳哀帝時王彪之言。宿衛之重。二衛任之。其次驍騎左軍。各有所領。無兵軍校皆應罷廢。四軍皆罷。則左軍之名不宜獨立。宜改遊擊。以對驍騎。王彪之傳於是詔改左軍將軍為遊擊將軍。罷右軍前軍後軍將軍五校三將官。在興寧二年二月見哀紀及咸安元年。桓溫入京師。毛安之乃以魏

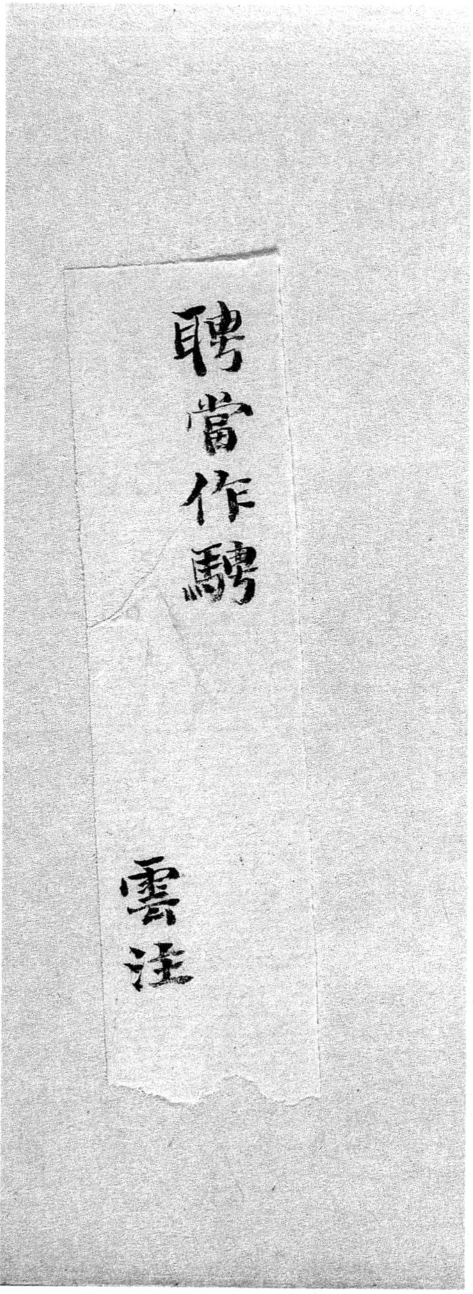
聘當作騁
雲注

郡太守帥所領宿衛殿中明年下詔曰每念干戈未
戢公私疲悴藩鎮有疆理之務征戍懷東山之勤或
白首戎陣忠勞未敘或行役彌久僭石靡儲何嘗不
昧旦晨興夜分忘寢雖未能撫而巡之且欲達其此
心可遣大使詣大司馬并關方伯逮於邊戍宣詔大
饗求其所安又籌量賜給悉令周普（並簡文紀）太元初謝
元鎮廣陵多募勁勇劉牢之何謙諸葛侃高衡劉軌
田洛孫無終等皆應選元以牢之為參軍領精銳為
前鋒百戰百勝所謂北府兵也卒以之破符堅於肥
水（劉牢之傳）而方鎮之兵日盛而鎮將去官又有送故范

甯以為言。曰方鎮去官。皆割精兵器仗以為送故。送兵多者千餘家。少者數十戶。既力入私門。復資官廩布。兵役既竭。枉服良人。牽引無端。以相充補。若功勳之臣。已享裂土之祚。豈應封外復置吏兵乎。謂送故之格。宜為節制。以三年為斷。官制謫兵不相襲代。頃者小事。便以補役。一愆之違。辱及累世。親戚傍支。罹其禍毒。戶口減耗。亦由於此。皆宜料遣。以全國信。不行。范甯傳 會稽王道子用事。王國寶加後將軍丹楊尹。道子乃以東宮兵悉配之。王國寶傳 及會稽世子元顯代父任。桓元肆逆。劉牢之為元顯前鋒。討之。而牢之叛

降於元王師敗劉裕以建武將軍起義兵誅元遂以

方鎮移晉祚云

諸論　芳意去取校書畧有刪潤必存之作二必傳之作也

江注

論

王安石論

君子之於言也無所苟而已常人之信於人也不如君子言不當有受其害者矣君子居可信之地而文其偏以肆其意以濟其必信之說斯其詞不可執而其害將不止於一世吾讀王安石臨川集至諫官論竊窺其用心之偏而傷其立言何至於是為之太息不能已也昔堯之時咨於四岳曰有能治水者乎僉曰鯀哉有能巽朕位者乎師錫帝曰有虞舜咨者四

岳而在廷皆可以答言禹戒舜曰無若丹朱傲而夔繼之曰戛擊鳴球搏拊琴瑟以詠祖考來格虞賓在位羣后德讓所謂工執藝事以諫是也諫無專官而官皆可諫者堯舜之所由聖也歷夏暨殷諫者聞矣而莫詳其官周公制周禮乃有師氏保氏蓋諫官之可見者自周始夫天下大矣内外大小之政不一各專其司而懼其遺也且慮在上者之不自知其失特置官而使之言其任如三公之重而言之外無他責焉滋所以責其言也且夫周公之爲之也有大防焉古者君臣之分明而上下之情通風聽臚言於市采

妖祥於謡間謗議於路有邪而正之此古之道也秦
漢以來尊君抑臣而上下隔周之盛時已有其漸成
王令主也召公先王之臣也而顧命之文曰召其尊
抑之勢可見周公戒成王曰小人怨汝詈汝則皇自
敬德又曰小人怨汝詈汝則信之亂罰無罪殺無辜
怨有同是叢于厥身是小人之怨詈成王不能受非
風聽之道也周公之歸政也天下大定法制既具而
猶不敢去且以留召公君奭之篇欽欽然慮後嗣之
不終乃曰襄我二人必如周公叔父召公先王之臣
而後可以正王亦已僅矣故師氏保氏以大夫之秩

而㩲刺可以及王之身以爲位卑則下之休戚易知而以達於君則上下之情通而君民無相遠之勢此周公之大防也安石不知此乃曰諫官士也其責三公也命之以士而責之以三公非古之道而其意尤斤斤於貴賤之間噫陋矣先王之制禮也辨爵祿明等威亦示其大旨而已大材受大官小材受小官非限其小也器使之而已自卿大夫士至於輿皂僕臺之徒上下之格式定其位而不能定其人在其自爲之而已安石則曰待之以輕而要之以重非所以使臣其待己也輕而取重任焉非所以事君古之士其

人皆有可以為三公之才上之待之與其所以自待不可得輕也上雖矜寡屬婦不當慢而況士也耶且安石之言更有悖焉者上命出而不當而諫官爭之而聽之而改之聖人之盛事也而安石曰若是則士制命而君聽士之得制命即命於其君而何士制命之有後世之君憚改過而驕以拒諫者安石之罪也唐太宗令諫臣與丞弼俱進於前安石論其善及執政而拒孫莘老李公之擇之請曰是盜兩叅政也新法之行附會周禮而論師氏保氏則曰周禮吾未學詩有之曰無易由言耳屬於垣夫宣之於朝筆之於

書豈特屬垣之聞已乎嗚呼若安石者可謂易其言矣而世猶謂其雖以周禮禍宋而文章足觀若其論諫官禍殆不止於宋而猶稱之是非知言之君子

讀資治通鑑綱目八首

○趙烈侯好音謂相國公仲連曰寡人有愛可以貴之乎連曰富之可貴之則否君曰然鄭歌者槍石二人吾賜之田人萬畝連諾而不與烈侯屢問連乃稱疾不朝番吾君謂連曰君實好善而未知所持公仲亦有進士乎連曰未也曰牛畜荀欣徐越皆可連進之畜侍以仁義烈侯逌然明日欣侍以舉賢使能明

8

日越侍以節財儉用察度功德所與無不允君説乃謂連曰歌者之田且止以畜為師欣為中尉越為内史賜連衣二襲

論曰嗚呼若番吾君者可謂大人矣孟子曰大人格君心之非夫人未有不可與為善也況有一國之重而豈不欲治安乎然而求治得亂求安得危非無善性其有以移之矣君謂烈侯好善而未知所持持者書所謂允執傳所謂擇而固執之者也不能執持則移之者豈惟音哉將事事而爭之旦旦而瀆之君心思移而又激之亂其有止乎能知人進賢而堅君之

此當存者

欲善以潛滌其非志畨吾君其知本矣若公仲知君
之過而心懷爵位不敢正也於是托婉導以成其依
違之計又冒寵賞而攘善焉難乎其相若三子者亦
可謂特立之士哉
○安王五年盜殺韓相俠累烈王五年韓嚴遂弒其
君
論曰盜者何聶政也盜之假名皆曰俠政亦亂人而
已俠累與嚴遂有惡遂求得政而厚之政乃為遂殺
俠累而自屠腸死策曰政刺韓相兼中烈侯不言烈
侯卒明未弒也史記刺客傳用其語而年表及韓世

刪

家俱于烈侯三年書政殺韓相哀侯六年書嚴遂弑哀侯是明為二事夫以一國之相而為盗殺盗死而不問誰何使之者而姦亂之徒始不知畏上矣君子小心察於幾微況禍燄已形不戢是助之焚也華督殺孔父左氏曰有無君之心而後動於惡若嚴遂非乎況先已傷王而舍之也其臣不和其君至父子受盗危哉連書之以附春秋謹始之義

○安王十五年魏吳起奔楚楚以為相二十一年楚悼王卒貴戚大臣作亂攻起起伏王尸射刺起者兼中尸肅王立盡誅為亂者坐起夷宗者七十餘家

存

論曰人君用衆人欲殺之一人卒與一人同受衆難傷乎故有國者慎用人也楚王用非其人至於身死骸骨受刺人之有才也有德則敏無德則奸起僥倖輕捷之人耳孟子曰小有才足以殺其軀而已而王乃以尸殉其愛噫可不寒心也哉

○安王二十三年齊侯貸卒無子田氏遂并齊

論曰君無子而國即為臣之國也齊其無公族乎書法曰書卒無子愈于三晉夫三晉猶不待其君之卒也待其君之卒而并之猶遂為愈乎且抑知齊君之卒果不祿耶其無子果無子耶

○齊人殺蘇秦其弟代游説顯於諸侯燕子之與代昏燕君噲問代曰齊王其霸乎曰否不信其臣燕君乃專信子之鹿毛壽謂燕君曰人謂堯賢以能讓天下也君以國讓子之君與堯同名矣君屬國于子之子之王而王老吏自三百石以上皆效子之

論曰悲乎哉無堯舜之心而襲堯舜之為者自噲始矣自是以後魏晉五代迄乎宋祖不能免焉一言以蔽之曰堯舜以子之不肖而禪而非以報功也故伊周不有天下孟子言之矣況本無尺寸之藉如子之者乎人之求名如是乎夫燕非甚弱於齊而齊取之

與亦可存不存

如拉朽株此何故也

○商鞅為秦變法定令令民為什伍而相収司連坐告姦者與斬敵同賞不告姦者與降敵同罰

論曰夫治亂國用重典況盜乎鞅之法以刻深然而大敵者小姦之積也私鬬者國逆之萌也賞告罰匿皆為之重科則盜無所容夫匿姦者罪可勝道哉養成千萬殺人之人而已無殺人之名假使令曰有姦者重罰無姦者重賞而人爭匿之矣欲其無也是在令之者鞅乎鞅乎其奚足慕焉

○顯王五年秦敗三晉之師于石門賜以黼黻之服

存

二十六年致伯于秦諸侯賀之秦使公子少官帥師會諸侯來朝

論曰致伯必其有武功也今秦之用兵者惟晉耳晉敗而天子致伯諸侯賀秦夫天下之執（勢）有二名與實而已身為天子大名也富有四海至實也「國祚之永短子孫之血食三而已故俱得治失一亂俱失亡」二者之後先取天下者先實守天下者愛名故興王平成海內一統之基定然後南面而治莫敢不服若夫驟起而稱尊虜之耳守天下者則不然實雖積弱正名臨之雖至强者猶屈焉故實而屈于名者君臣是

也君臣者名也而心之所發天下和之矣故臣常衆君常寡名在而其實不敢恃焉且夫實亦有輕有重周之文王三分有二以殷天子之名服事小心卒不能繼殷而過周者其實重也實之重者在德而輕者在力秦雖強不過如春秋時之晉楚諸侯既無以敵其實而固不敢儼然與天子抗衡者畏名之不正而負天下也使周王臨以天威不予彊暴諸侯必有討之者必能使之屈服於王而不敢肆以名召諸侯而制秦而且以懼諸侯天下孰不來歸於周而周復興矣計不出此而反若慮秦之無以為資自棄其名以順

逆志先賜黼黻令又致伯使之一無所忌且挾天子之名東向以爭天下而天下愈不能合力以抗之者二者俱得之所致也孔子曰惟器與名不可以假人地則弗惜焉然則守天下者可以思已秦之所恃以為實者地耳而周又畀之名名器濫而周亡至於赧王末年天下已忘天子之為周而以韓魏之故令天下攻秦蓋至是始知二國之足以蔽秦而秦之食韓魏者其志不在韓魏也然而晚矣

○顯王三十三年孟子至魏慎靚王二年魏君罃卒孟子去魏適齊赧王元年孟子去齊

可刪
從前以其氣盛也
而存之耳

論曰孟子齊梁之客卿耳其往來常耳何以書為天下書也不書鄒人亦是義也夫孟子之不遇不繫於齊梁則亦嘗適魯適宋適滕而彼不書者大國不能用也于小乎何有滕文用井田不能救亡孟子曰效死守之而已此死之義也可傷哉太史公曰余讀孟子書至梁惠王問何以利吾國未嘗不廢書而歎也曰嗟乎利誠亂之始也夫子罕言利者常防其原也故曰放於利而行多怨自天子至于庶人好利之弊何以異哉當是之時秦用商君富國彊兵楚魏用吳起戰勝弱敵齊威王宣王用孫子田忌之徒而諸侯

東面朝齊天下方務於合從連衡以攻伐為賢而孟子乃述唐虞三代之德是以所如者不合退而與萬章之徒序詩書述仲尼之意作孟子七篇朱子曰七篇之書莫非體驗擴充之端使人探索力討反己自求者也嗚呼義利之判在自求之而已故曰君子喻于義小人喻于利而世主方晝營夕擾講利如不及雕龍炙轂縱横之倫因以錯出其間壞人之國家以自取榮寵又其甚至於楊墨創為淫説扇動百姓將空堯舜禹湯文王周公孔子之所以敎而以無父無君率天下後世而為禽獸也孟子尤悲之揚子曰楊

墨塞路孟子辭而闢之廓如也韓子曰孟子雖賢聖不得位空言無施雖切何補然賴其言而今學者尚知宗孔氏崇仁義貴王賤霸而已其大經大法皆亡滅而不救壞亂而不收所謂存十一于千百安在其能廓如也嗚呼去惡之難也若韓子者真能知孟子矣韓子嘗言佛老之害甚于楊墨而欲以身救正之作書累千百言明聖道黜邪說至困頓將死而不改其志而卒無以勝之以至于今諸儒辨佛老者豈果少哉而誰能為孟子之不能廓如者闢佛老而使之無也夫孟子不得位而其後已無楊墨矣假使魏齊

之君吏稍開悟而嚮用之舉所謂亡滅壞亂者而存治焉將見堯舜禹湯文王周公孔子之所以教天被于後世而秦漢以來一切苟簡自私之法令不得作斯民之生生庶幾其無不遂乎然則孟子之適與去又豈特天下之故哉

擬明鑑論四首

○至正二十七年冬太祖遣徐達等北取中原明年二月山東平四月河南平七月太祖在汴梁召徐達至諭之曰中原之民久為羣雄所苦故命將北伐拯民水火元祖宗功德在人其子孫罔恤民隱天厭棄

之君實有罪民則何辜前代革命之際肆行屠戮朕
實不忍諸將毋肆焚掠妄殺人元之宗戚咸俾安全
庶幾上答天心下慰民望閏月徐達克德州通州元
主趨上都八月克元都令張勝以兵守宮殿門宮寺
護送宮人妃主軍中肅然二年六月常遇春克開平
元主北走三年四月元主殂于應昌子阿裕錫哩達
喇嗣五月李文忠克應昌元嗣君北走獲其子密迪
哩巴拉捷奏至羣臣稱賀帝命朝臣嘗仕元者勿與
翌日將頒平定朔漠詔于天下中書省具草進帝見
有侈大之詞責之曰元主中國百年朕與卿等父母

皆賴其生養元之興亡自是氣運于朕何預而以此
張之四方有識之士口雖不言心未必以為是也可
更革以進密迪哩巴拉至京師羣臣請獻俘帝曰武
王伐殷用之乎省臣對唐太宗嘗行之帝曰是待王
世充耳若遇隋之子孫恐不爾也令以本服朝見賜
冠帶賜第封為崇禮侯母妃皆朝中宮

臣等謹案孟子曰不仁而得國者有之矣不仁而得
天下未之有也伊古受命之君類皆充其不忍人之
心而推亡固存用能保世以滋大以秦子嬰之出降
一釋其縛一誅其身而劉項之興亡決矣明祖躬定

天下而不敢自矜跡起民間而未嘗為諱至于禮亡
國之嗣畀乃侯封徽貳臣之心黜其稱賀仁心着焉
大義昭焉厥後仁宣之政日衰福威之柄久替而理
勢維持猶能緜三百之祚有以也夫
○至正二十六年太祖始立宗廟社稷于吳建宮室
制皆樸素命博士熊鼎編次古人行事可為鑒戒者
書于殿壁又命書大學衍義于兩廡壁間曰前代宮
室多施繪畫今書此以備省覽豈不愈于丹青乎又
命訪求古今書籍嘗謂博士詹同等曰我每無事取
孔子之言觀之如節用而愛人使民以時真治國之

良規也

臣等謹案明祖當締構之初羣雄雲擾經畧未遑獨能鑒戒古人孫志典學可謂知所先務者已顧其節取聖言猶有可議者焉夫庶績之熙必原于敬萬邦之孚必歸于信故帝之德堯為盛而尚書載筆亦以欽明允塞為稱美論語之言政也首在道國一章而先揭敬信者蓋澄其源則流清端其本則末附古未有好驕矜行權詐而能垂仁儉之政以撫斯民者也若晉武帝以青麻為御牛紖似節用矣而石崇王愷競事奢靡不能禁唐太宗出内帑贖鬻子者似愛民

矣而高昌平壤日尋干戈不能止以萬衆之至貴萬幾之至殷而不以上帝臨女之心居之將事事而防其失庸有既乎惜乎明祖知帝王之政之美而未致審于本原之地也

○初李思齊在鳳翔帝以書諭之且言若果能審去就當以漢待竇融之禮相報思齊得書欲降其養子趙琦紿思齊奔吐番思齊信之遂奔臨洮洪武二年夏徐達度隴克秦州入鞏昌遣馮勝逼臨洮思齊遂降至京師帝深慰之授江西省左丞不之官久之遣往招諭庫庫特穆爾至則待以禮尋使騎士送之還

至塞下辭曰主帥有命請留一物為別思齊曰吾遠來無所齎騎士日願得公一臂思齊知不能免遂斷與之還未幾卒

臣等謹案國之大柄曰刑與賞功罪得其當斯勸懲之義昭焉夫臣無貳心天之制也是以春秋書三叛人名鄭敖傳瑕漢誅丁公彝諸方冊以儆官邪李思齊身仕元廷任在疆圉而以地事人跡同亡叛天下之惡一也明祖安得而舍諸且方是時中原垂定兗豫幽并已為明有秦關隴首復讐兵威臨洮彈丸黑子亦何足當天下之大計乎乃始則失言於河西之

誓繼乃僭賞於開國之辰欲以明彰癉而樹風聲其亦難矣

○徐達至安定庫庫特穆爾退屯沈兒峪達進軍薄之隔溝而壘日數交戰庫庫特穆爾遣精兵千餘人由間道刦東南壘左丞胡德濟倉卒失措軍驚擾達親擊却之德濟大海子也達械送京師而斬其下趙指揮等數人以徇明日整兵奪溝殊死戰大破之庫庫特穆爾奔和林德濟至京師帝釋之而以書諭達曰將軍效衛青不斬蘇建耳獨不見穰苴之待莊賈乎且將軍在軍中誅之則已今下廷議吾且念其信

州諸暨功不忍加誅繼自今將軍毋事姑息

臣等謹案漢蘇建之失軍律也與趙信將兵三千當單于數萬力戰一日信敗出降而建乃自歸然則信之獲罪尤重於建故當時議臣即有謂自歸當貸其死者是以衛青械送武帝赦之今胡德濟之敗敵兵僅有十人聞道刼壘軍不素備倉猝奔亡此而不誅何以申戒戎行義不旋踵乎且攷之史胡大海有二子蔣英之亂一子殲焉其一子則以釀酒犯禁太祖震怒廷臣論救不聽竟至手刃大海遂無後德濟其養子耳夫釀酒小失而行誅喪師大罪而曲貸二事

並舉輕重失宜乃已行姑息而又下詔自掩援引穰
苴使閫外有專殺之權不亦過乎

飈山樓初集卷之四

辨

周公居東辨

鄭康成之釋金縢也，以爲武王崩，周公爲冢宰三年服終，將欲攝政，管蔡流言，即避居東都。成王多殺公之屬黨，公作鴟鴞之詩救其屬臣，請勿奪其官位土地。及遭風雷之異，啓金縢之書，迎公來反，反乃居攝。其後始東征管蔡。嘗按本經之文，尋其事理，而知鄭氏之言得其實已。夫金縢之篇末及乎二叔、武庚之畔也。流言於國，亦惟謗周公爾，公方處危疑之地，而

兄弟之間鬩牆内釁計惟有避居於外則謗可徐息
故曰我之弗辟我無以告我先王猶曰我幾無以自
明馬爾孔傳訓辟為法而以居東為東征管蔡考梅
賾所上古文其蔡仲之命曰羣叔流言乃致辟管叔
于商傳乃依其義以釋金縢顧其說有必不可通者
昔在殷制兄終弟及常也而武王周之始王也武王
崩羣叔皆在外而周公不之國且成王諒陰百官方
聽于冢宰羣叔不能察聖人之用心則疑其有異志
也固宜假令公于是時挾近君之威恃宰世之枋讒
謗在身不自省疚遽與師徒戕賊同氣此宜為仁人

君子所歎息不忍者而謂周公爲之乎且成王之聞流言也信公耶抑疑公也夫以二年之後罪人既得公猶不敢還京師王之疑之也明甚若然則不得以兵權授公王未有命公安得而征之而大誥黜殷又何以作焉及管蔡已誅王疑未釋猶且擁强兵于外不聞振旅即還外成跋扈之形内積猜嫌之釁曾謂公孫碩膚而忍出此或曰信如子言羣叔流言之時猶未畔周也則公自不當行征辟之事雖然何以徵諸夫金縢之篇未及乎二叔武庚之畔也此在本文固已著明然而可徵者不僅此也觀是篇之末成王

既迎周公歸于京師矣其下篇乃言三監及淮夷畔周公相成王黜殷作大誥於是封微子啓為殷後作微子之命於是唐叔得禾獻天子而以王命歸周公于東周公旅天子之命作歸禾嘉禾於是以殷遺民封康叔作康誥酒誥梓材則公歸而後殷畔而後東征其次第又明甚且宋衛之封公歸睪王命以為誥誡而一禾之獻王且有命歸于東賢君聖相誠信相與如此亦何待鴟鴞之貽執書之泣乎或曰然則經言罪人斯得果何人乎曰夫流言之起羣叔不自見也使人流此言于宗周以動周公爾公既出避王與二

公必當求其言之所起蓋二年乃得其人而知為羣叔之言之也夫公與羣叔自成王視之皆叔父也惟其時羣叔叛形未著故成王不能不稍信其言而疑公苟已奉武庚而病周矣其所謗者必我之與也而猶信敵人之言以疑同室不已慎乎或又謂朱子釋詩從孔傳為說豈有誤與善乎歐陽子之言曰聖人之說如此君子之說如彼則舍君子而從聖人今金縢之文不言畔而尚書之次第又如此其曷敢紊之且吾讀伐柯九罭狼跋諸詩東人之言公亦未嘗及乎疑謗之事也其稱跋胡疐尾者殆猶沖人之造天役

亦曰艱大焉爾太史公魯世家亦以辟為避而述公之意則曰我之弗避為先王也其前采金縢之文而後乃刺及蒙恬對秦二世之言謂成王病而公揃爪沈河其後人或讒之東奔于楚考其本書多自牴牾其與尚書此篇尤不合不可據以為釋也今夫求文武之事莫信於詩書此篇之文如鄭氏之說則又明白通達無可議者乃為他說所汩亂揆其事理有足以傷聖人之志者敢竊為辨之如此

說

說舟

錢子謂其弟曰子知舟乎一舟之命束于柁所以使漩流曲淵往來而不戾者柁也巉崖迎立奮湍瀰激或方舟擊撞使不相傷者交也戙也柁以規運不以直行不足以達于所至交與戙足以達于所至而不得駛且僨人力足以達于所至而駛又不僨人力者其惟楫乎然而舟之東而西也楫則南而北舟之南而北也楫則東而西若無處于舟而舟行是何也柁交戙皆以爭夫水若夫楫則順水之性而已自然之謂性無慮之謂順本曰仁安曰義文曰禮順曰智不觀夫魚乎魚之洋洋橫其鬐蕩波而行不觀夫鳥乎

鳥之頡頏搖其翼狎風而翔魚鳥之竄也徑句必失其性且夫人之行也趨而前從必有手足之容折旋揖跪道乃大通達乎識邦斯順性之致也然則颿之與楫也孰駛錢子曰夫颿之用有時而楫則無適而或廢且維牽之駛過于楫而交絙之為費是故帝嚳作之禹法之以治而洚水不災

雜說三首

洋鼠

市有鬻洋鼠者色駁白身尾各修寸為木之車輪轉而循行終日不息錢子見之曰噫是區區者不知幾千

里又波濤驚恐越海以至于此也夫物之情未必思故鄉而人之必求而致之也何居噫人以為玩弄之樂耳而不知是區區者能殺人聞某令懸金購之將以獻於某大府大府而不受獻則令不必求而獻其求而獻必知獻之必受也即他獻之物必皆類是必皆受苟心乎玩弄財貨則必不在國與民而其為政必蠹國而害民蠹國而害民罪可殺故曰是區區者能殺人也噫是不知幾千里又波濤驚恐越海以求殺人之物也傷已

鰓仁

錢子入精嚴寺見鼪鼠施施然行瓦上值人不驚且睨而鳴忽仰視有飛鳥過于上乃從而趨若攫若驅鳥翔自若忽舍之去循覽游竄匝四游而入林遂不可復睹林皆數百年樹也多松又多桐鼪蓋憑依乎松而食桐實以自充也噫凡物之飲食居息必本於所生乃陶然有天性之樂鼪乎生焉安焉食息焉其樂也其物之仁乎而世之人或忽之棲乎蕩荒食乎犍笠以忍天夫天性則其自謀也不如鼪

即且螢

即且緣階行螢自上見之懸絲膠焉即且怒而顧螢

則上矣即且行次且又膠馬顱則復上亦稍隨之行又膠馬顱則復上二十膠而即且不能行尾垂若綫馬螫自上曳之郤再曳復郤而即且懸矣然螫終不敢當即且前監其尾饋馬客見之怒拾螫當即且前一螫而螫斃顱亦不救即且即且戾亦斃錢子曰嗚呼狙詐者不祥物猶如是況人乎天之視人猶人之視物也狙詐亦天之怒乎且夫即且中于螫螫斃則即且可以生而卒不然者其素使然也是皆毒亦皆斃而已矣

知非子說

旨是莊列當於氣體間審之

非知是之難而知非之難非知非之非之難而知是之非之難天下以為是一人非之而可以非天下以為非一人是之而可以是可以非若卒亦未必非可以是者卒亦未必是天下有是非乎無是非乎故空天下無是非之見者老莊氏之説也是則是非則非大是而小非焉無非而有是小是而大非焉無是而有非其是之非之斷斷然者儒者之説也由老莊氏之説將無毀譽乎無好惡乎無邪正乎由儒者之説而墨守拘拘將執一而不知變知其是而不知其非是皆違於道已解之者曰夏葛而冬裘是也反是非

也裘之狐也貉也羊與麂也葛之絺也綌也皆是也儀吉曰解之者之言似也然而知是之是而不知非之是知非之非而不知是之非暑則葛矣冬暑葛可也寒則裘矣夏寒裘可也時當葛雖寒而葛時當裘雖暑而裘是知十而不知二五其於道也似是而實非且夫狐貉羊麂非無侯也絺綌非無等也故是非之所致甚微故曰非知是之難而知非之難非知非之非之難而知是之非之難也然則何以知之曰原好惡之本辨邪正之似輕毀譽之口故君子循儒者之說而不為墨守聞老莊氏之[說]囅然笑曰彼以有是

非為非以無是非為是卒亦是其所是而非其所非明乎此天下之是非不可以惑不可以懼我知其非我行其是何是非之與有吾兄裴山其於人也多是而少非而胸中自守其一是戰戰然日循於道而惟恐人之非之者生年五十乃自號知非子其知非之非乎其知是之非矣吾為是說以啟吾兄冀有以非我以馴至於是而不斳兄之遠是之也

記

記湯烈婦

嘉興北門外荷花地湯姓婦某坊錢女也生一女而

髮一日歸寧家故貧父母憐婦甚久留之于時婦年未三十也其姑家亦貧為人誘說決意私賣婦知婦剛正度不從無益乃詳言攜婦至某戚所而先期告買婦家使待于東門外厰明姑至婦家攜婦坐小舟行久之婦問曰是何戚家而婦必當往哉姑曰非也吾貧愧不能贍汝將苦汝傭某家耳婦心疑無言微察姑所以待之者頗厚于平時則又請曰某家何遠而久不至哉姑曰徐之至矣至則見有小舟相並泊舟中四五人皆盛服姑告之故婦無言即變色起躍入水兩舟中人救登舟乃大哭曰速搖我歸不然死

忽揷入其父一段為下合併裁
論伏神妙之筆寄慨無窮
非第作離合法也

不辱買婦家初為其姑紿見婦求死大驚而姑已先受彼家錢必欲婦往持婦舟中而趣舟人急行舟行而婦遽躍左右多人爭持不能止凡三躍入水衆皆懼許之歸姑不得已還買婦家錢事乃止而婦為救者扼胸傷歸母家咯血甚婦父業切書切刀或重數斤十餘年血乃瘀滯右臂為疽醫者湯廣興視之云不可治後必截手死已視婦亦云必死數月則俱死湯為余述其事云論曰凡人之有血氣者形耳形無有不敝故聖人之養生也不養形而養心若婦之所為或躍入水即死或躍水不死後以病死即躍水為

救者傷胷死死雖異而其心皆全知養哉知養哉嗚呼死亦多術矣若婦父以貧操業不釋勞苦死其死也疑不如婦執節以死之重然吾謂人生于斯世苟執一恒業以自食上不為汚吏賤士下不為盜賊雖窮餓亦可以俯仰無愧則其心生亦全死亦全世固有逸生不如勞死者彼不死者特形耳而何自恃其奮然之血氣以驕于人哉

記德清二貞女

德清王氏女未嫁夫死歸夫家守貞姊往省之女兄公窺之美伺其歸而要焉女索之匿不出乃為狀候

縣令過其門攀輿訴令准狀兄公還姊女懼不直益
忿夕訴于城隍神明日令將拘人而兄公與姊皆暴
死兄公遺子女幼嫂先没女撫之甚厚女守貞四十
餘年卒又同邑某氏貞女撫前婦遺三歲兒十餘年
矣兒患痘困女出其資財傅劑之半日活我兒但持
去兒卒死女吞金不死服腦子不死自縊繩又絶家
人防之刻不離一日女詭言他事至某寺遂留爲尼
後二十餘年卒錢子曰嗚呼厄于人可以謀厄于天
其誰尤人不可謀其神乎天不可尤其身乎若二女
者知所處矣皆乾隆閒人也故合記之

又是老𥡴作者真能鑄古人而肖萬物者

餘齋記

苟無餘於所為之外者則不能舉其所為明而為日月凝而為霜雪號而為風為雷霆使天非有餘於覆之外者其何能覆也山峙而川融草木華夏而悴冬使地非有餘於載之外者其何能載也行加天下而不矜德餘於行也功高天下而不震才餘於功也矜則失其德矣震則失其才矣抑聞之凡有餘者之於所為雖不可以已而皆可以已伊尹不三聘老於耕而可已也太公不後車老於釣而可已也用之不增舍之不損吾不知汲汲焉世之欲朝求而夕得者果

何得也君子守其内小人求其外守其内者於事可以已而常有餘求其外者於事不可以已而常不足雖然君子之於事可以已者有其不能已者在也其有餘者其自視常不足也自視常不足故曰勉於道而實無不足而可以已者雖不已而亦可以已往歲丙寅舅氏馥林先生病幾殆廓然曰吾其已夫乃處分家事適月小瘳牀頭横短几置書苦吟不輟今三年病時作而歲有差其於事也日可以已其於學也日不可以已其于詩也殆有餘於詩之外者而不徒以其詩先生之號餘齋曰吾餘生焉云爾儀吉則曰

餘齋姪臧氏印臧嗣曾
之子人
穀往

先生其真有餘而無不足者也因請寫丙寅以後詩為餘齋集而論餘之義如此

蘇雨齋記

吾嘗浮錢唐道仙霞以至於閩凡再往來而四過所謂蘇嶺者嶺在仙霞嶺南又南為浙之衢州自衢州舍舟而輿至閩之古田日行萬山中松竹之色風泉之響千餘里不絕而蘇嶺之竹尤盛甲於諸嶺吾過輒坐磐石聽瀑移時始去或不能去久之乃張燈行三十里抵宿所辛酉之歸也天雨竹益奇如王孝伯著鶴氅立雪中襹褷而夭矯又如太白之徒酒酣從

水仙舞風影超絶也自是不至者十年而思蘇嶺之竹也日深庚午秋移居永光寺中街其西齋有竹一叢翠潤可悦吾因以念昔者之遊也故扁之曰蘇雨夫君子之有取於竹也豈不以不畏霜雪凛然有士大夫之節歟是乃自得於中取諸物以為況焉爾故君子者坐竹中而不愧日不見竹而竹之心不渝也審若是萬物之覽觀皆可以怡然而亦何必竹竹何必蘇嶺蘇嶺又何必雨而吾乃眷眷於是也將游歴之奇不能忘與抑將況於外以勵其中與夫蘇嶺當浙閩之交冠蓋而至者無不見竹焉顧或得於心或

適於耳目不可得而同且以吾十年之間昔見而今思其取於竹也同耶異耶宜有以自鏡焉此吾之所由作記也

馮母封臂圖記

世母王宜人之姊適馮氏生孝廉君俊焯爲王宜人壻余從游二十餘年矣甲戌公車來京師奉母孺人封臂圖以示泫然曰吾母之事我外王母徐太孺人疾也年甫十六太孺人病革醫皆曰不可療計無所復之則封以進而竟愈踰年病又作甚則又封以進而不效方始封時出不意及愈家之人知之及繼進

情景歷歷如生是從項羽本紀中得其神致非規規求肖者可比

吾母持羹湯至牀前懼太孺人覺手掉戰不自禁太孺人色動吾母笑而曰是某肉湯旁婢嫗或微哂太孺人心疑之食已而嘔嘔而遂不效也吾母至今每言之泣下儀吉作而言曰嗚呼夫以人子之愛其親而親病幾不可以生有為之而親可以生而其敗也不過傷己之生而卒有萬一之冀于親之生也是以孝子之心或一意忍行之而無所顧也或謂君子不以父母之遺體行殆故曰父母全而生之子全而歸之可謂孝矣不虧其體不辱其身可謂全矣夫古之忠臣義士或授命而不顧可謂全歸矣乃若全軀苟

免之徒不可為不虧辱然則全不全道固有在哉而
經所謂不敢毀傷者亦自有緩急輕重之宜焉且夫
人孰無一日之愛于其親而念之摯持之力且久則
實難孺人不自惜其生踰年一再為此而志不渝今
老矣猶慕念不已信乎為人所難能而孝廉君之為
是圖以傳不可已也儀吉猶憶昔王宜人在京師吾
從姊侍孺人于家念母甚得請于孺人而來迨後歸
道没孺人悲之孺人孝以錫類而所以行其慈者亦
大矣孝廉君曰然于盍書之遂次其言如此

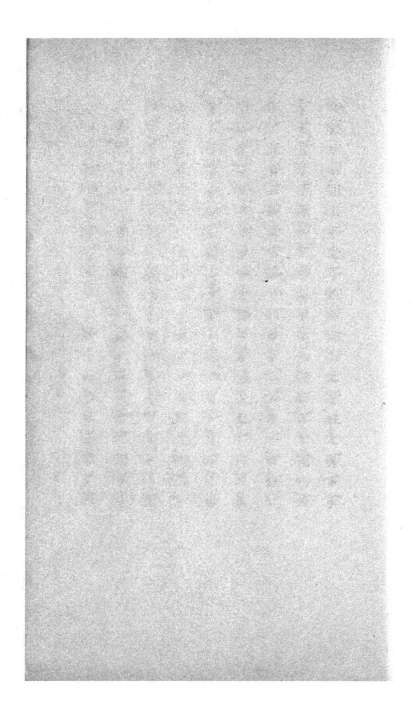

颺山樓初集卷之五

序

清溪戚氏譜序

譜牒之作其濫觴於世本乎世本者先儒皆云出左丘明録黄帝以來至春秋時帝王公侯卿大夫祖世所出今其書佚矣然考諸家所稱引者有作篇居篇謚法篇之屬則帝繫氏姓乃其十五篇中之兩篇耳其所録度未必詳周衰禮壞宗法不行而小史之官又廢歷兩漢四百餘年為譜牒之學者蓋罕自魏置九品中正其取人尚門第於是天下學士始稍稍言

譜牒晉有司馬無忌摯虞賈弼宋有劉湛王儉齊有賈希鏡梁有劉杳王僧儒賈執皆囊括帝王綱羅百氏而其自為家譜者亦益盛自齊高氏以下數十家著于史志今諸書亦皆佚矣猶見於世説三國志文選諸注其言某人為某事則與史傳相類蓋譜必有傳也余因以思揚雄之自傳者其即家牒之末篇與左邱明於春秋傳記行事于世本錄祖世蓋亦相為表裏後之有志于斯者漢氏以前借曰無徵下取諸南北朝諸儒則夫為譜而必傳其行事亦可思已唐興譜學又絶以至於宋若歐陽氏蘇氏譜最著歐陽

氏本其所生自詢至琮五世相距三百年自琮至文
忠十六世相距財百四十年前人已有疑之者則其
世系已不足信蘇氏亦僅有後録二篇而皆無傳夫
二子之先歐陽氏有詢之徒蘇氏有建武之徒豈曰
無美可稱而不書之乎、使夫族之子孫不得見先世
之美而無以感激興起者其譜法之失實然、
國朝崑山顧先生為譜系考原本得姓精且詳矣而
傳事亦不書竊觀歐陽氏以來至于今譜之可見者
惟汪鈍翁法最善前有表列其世系後有傳詳其行
事以為南北朝諸儒之遺意實存於汪氏可以為世

法表兄戚子祇承之為譜也著自某公遷清溪以下若干世其體例獨宗鈍翁一展卷閒統緒分明而先世之行事可以概見戚子其能擇善哉舅氏馥林先生病三年矣不良于行偃蹇一榻閒顧聞人之善輒莞然以喜戚子以是娛奉其親其亦知所事哉幸生右文之世著作如林類欲復漢氏之舊屬吾修錢氏譜未成而戚之譜先出喜其能擇善而有合于古抑吾將則傚焉故備論昔之為譜牒者以明其體之當如是庶幾有取乎爾而古法不滅絶則於是譜也有賴嘉慶丁卯六月姑之子錢儀吉序

洞矚千古真善讀書者

讀書證疑序

余十五歲時始得日知錄讀之而知崑山有顧先生稍長博覽先賢達所著書其學蓋皆有所獨至而或持意見多傲詞於是竊歎百數十年來碩儒如顧先生者為僅有其後歷覽前史得考異讀之乃知嘉定有錢先生顧先生所著書備矣獨音學五書者蓋尋二千餘年之墜緒而自得於己而錢先生亦謂識字必求其所從聲聲近則古以為通借也又曰聲相近則義存乎聲余嘗以求之漢魏諸儒之訓詁鮮弗合以達乎衆經及周秦諸子之書凡奥而隱者鮮弗貫

獨恨往家居日多恒杜門未嘗得見錢先生而是言也
則聞之於吾友陳蓮夫蓮夫與先生生同里從受諸
經大吉砥行篤學尤專精六書因先生之言而為說
文聲義厭次篆籀皆以聲為紐形得而義著關析其
離合通窒之故其論至微眇而善啟人意蓮夫乙卯
舉于鄉是年先大夫實典江南試明年公車來余獲
識之時方學為賦不得與上下議論後三年蓮夫以
進士引
見注選縣令又後七年余家居而蓮夫來主鴛湖書
院乃日相從講經吉蓮夫雅愛余余亦敬事蓮夫為

畏友余好顧先生易詩本音嘗循聲誦之蓮夫自外
至則爲抗聲和抑揚曲折神洋洋與古會爲余説説
文則以錢先生手注本示俾余傳錄得未見書必相示
有疑義必告已又以所著讀書證疑示余共研索有
得亦多以聲求之當是時余與蓮夫幾無旬日不相
見乃未一年而蓮夫没矣又後五年其子琢校寫遺
書屬余一言弁於首余自惟少慕學則知顧先生冠
而知錢先生譬若鵠然期有以赴之而蓮夫則嘗教
余支左絀右者也中流失船旁皇無所倚其能已於
言乎若其書之可信于後則錢先生嘗見而題之而

畏友余好顧先生易詩本音嘗循聲誦之蓮夫自外至則爲抗聲和抑揚曲折神洋洋與古會爲余説説文則以錢先生手注本示俾余傳錄得未見書必相示有疑義必告已又以所著讀書證疑示余其研索有得亦多以聲求之當是時余與蓮夫幾無旬日不相見乃未一年而蓮夫没矣又後五年其子瑑校寫遺書屬余一言弁於首余自惟少慕學則知顧先生冠而知錢先生[illegible]然期有以赴之而蓮夫則嘗教[illegible]流失船旁皇無所倚其能已於言乎若其書之可信于後則錢先生嘗見而韙之而

中流失船四字似可酌　雲注

中流失船四字似可酌

雲注

書屬余一言弁於首余

言弁者取書之可信于

又何假乎余言

○○之滇行程圖序

凡子寶甫出守滇假還浙一月今將之官儀吉念其行之遠也爲繪其道所經山川歷布政司治五府十有九州一廳一水陸五易程行七千里而後至搃爲圖十有九爲卷一序之曰蓋山川之有圖以行於四方可以察建置辨夷險取證前史而思似其邦之賢哲古之君子皆然矣而吾之遺是圖於子意有進于是嗚呼昔我祖何公洪武十四年赴都匀衛大宗從焉而我如淵公始易錢姓其後四世當正德戊辰東

畬先生成進士太常公繼之吾宗始大明末侍御公

閒關經營閩海閒諸房多孝廉諸生皆隱不用至康

熙辛丑文端公入翰林始受

國寵榮宗伯公繼之子孫科第仕宦踵相接以至于

今也可不敬與按圖自杭州乘舟而南下錢塘江溯

衢港而至常山陸行一日下上饒江經鄱陽湖而西

而至南昌省治溯章水浮袁江過臨江而至萍鄉又

陸行一日浮淥水而至長沙省治下湘江浮資水經

洞庭湖而西溯沅江浮㵲水而至鎮遠又陸行三日

渡清水江而至都勻又二十有三日過貴陽省治而

後至于滇夫章江湘江文端宗伯兩公皆嘗奉
使經焉而江西皆兩典試試竣皆嘗道里門而來京
師也其所經行一如予今日其所為詩各百餘篇著
于集予嘗誦之而思其志矣東畬先生守臨江是時
始析新淦置硤江先生規畫便民他惠政多可紀予
之位同其思所以繼之者都勻衛今為府自鎮遠渡
清水江而南止于大風洞為清平縣地清平都勻屬
也明日至楊老驛蓋再宿于都勻大宗子姓猶有可
得見者乎且夫有司之于民猶族姓也而黔吾祖居
焉滇毗黔其益思所以仁其民乎嗚呼自文端公服

官于
朝至于今五世九十餘年而我錢氏之興已三百有
七年而自易姓以來已四百三十有三年矣可不敬
與子之出也
上勉厲諄復而一以克紹家聲爲
訓子而念其先也可以報
君矣是行也登臨山川將如見我先人而思所以永
其澤敬承
聖主之訓以庇于民是圖在側時取而觀焉抑亦吾
子省身養德之一助也乎嘉慶十九年五月四日儀吉

謹識於京師寓舍之待軒

○○重刊栟櫚集序

江寧鄧氏其先宋南渡初自南劍遷洞庭者曰栟櫚先生弦叟先生嘗事高宗李忠定之出也以奏爭罷歸蓋歸而隱於洞庭西山其裔孫觀察元昭林屋集有云吾祖扈南渡抽身老會稽者是也王仲言稱先生集三十卷托克托等志藝文亦有之而諸家著錄皆未及

國朝吳時舉輯宋人詩其目錄有栟櫚集顧獨闕其詩乾隆間求遺書於天下福建巡撫某公始得之以

進於
朝詩詞各一卷文十四卷裁十六卷而世閒傳本益
尠儀吉會試房師為觀察六世孫嶰筠太守嘗求之
十餘年矣官編修奉
勅修全唐文請觀永樂大典於翰林院署而得先生
詞又於嘉善曹氏宋百家詩存中得詩一卷而曹氏
記先生集則二十五卷太守讀而慕思求之益力守
寧波乃於蕭山汪氏得正德十四年刻本雖不及仲
言所云而視采進本增多詩八卷凡二十五卷乃與
曹記合靖康(建)炎閒一時文字傳於今者若曹洪丁傳

進於
朝詩詞各一卷文十四卷裁十六卷而世間傳本益
尠儀吉會試房師為觀察六世孫嶰筠太守嘗求之

官編修句敘事似欠明
雲注

樂大典於翰林院署而得先生
詞又於嘉善曹氏宋百家詩存中得詩一卷而曹氏
記先生集則二十五卷太守讀而慕思求之益力守
寧波乃於蕭山汪氏得正德十四年刻本雖不及仲
言所云而視采進本增多詩八卷凡二十五卷乃與
曹記合靖康炎（建）間一時文字傳於今者若曹洪丁傳

鼪儀吉會試房師為觀察

官編修句敘事似欠明

雲注

樂大

詞又於嘉善曹氏宋百家

之記録沈黿溪高東溪及陳歐陽二生之遺文往往足補前史之缺玆亦其傳與當是時中興草創而河北河東所失不過真定太原等十數郡使忠定不去賢材得以盡其用斥汪黄之徒恤民足食移蹕南陽義士聞風而起則九主之業豈特偏安已乎乃大賢被讒一時以爭忠定去如先生者殆十餘人幾於朝爲之空然而猶可以立國者賴其始政規模捔立事稍定而後去之嘗觀劉架閣續通鑑記建炎元年五月肷南仲安置南雄六月置功賞司皆先生所嘗言亦稍稍施用矣賢者之於人國小用之猶小效豈不

重哉先生嘗游楊文靖之門又與朱子之父韋齋善
故其言于朝曰人臣有毫髮之私必有欺君之罪人
君有毫髮之私必失天下之心而於劉豫僞官首爲
二格以正其罪蓋兢兢乎明黜陟以正人心後之讀
者可以興矣太守既得斯集喜且泣將重刊之又以
林屋集僅家藏本亦無板遂并鐫焉而屬儀吉爲之
序昔先太傅嘗讀曹氏所輯詩皆題句其上於先生
集云千載莊生談劍後栟櫚花石十章詩蓋艮嶽之
築先生在太學上詩以風諫夫事變起而後定之不
如塞亂源此太傅所以三復是詩也而兩家文字之

役若有天焉遂承命而謹綴其所欲言者

○孝友堂家規序

凡人之愛其子孫誰不欲教之以善然而成德實鮮者何哉或所謂善者非善或有善言而無身教皆不足以成之矣容城孫先生當貞元之會任承聖賢之統少奮忠義長明道體踐履庸行光輝篤實魏蓮陸耿逸庵湯文正公皆出其門而為儒宗同時若黎洲二曲論學之純亦未之或先也閒嘗手書家規若干條以訓子孫攷年譜實成于順治十七年先生年七十七矣其後十五年而卒賢子繼承復輯遺訓一卷同刊

于家百餘年來傳本日少往儀吉借鈔于人時取觀焉蓋語必內省學惟為己雖事業文章名譽之美猶恥而弗及況下焉者乎蕪湖繆承香丈凡之繹翫不釋遽授梓人可謂篤于好善也已儀吉竊聞蓮陸氏記先生之言曰行庸德謹庸言不以飢渴之害為心害聖人之能事畢矣美哉言乎夫名譽外而可能也而斯言之詣不可能孰無家孰非人子孫審乎此則扶寸之書終身由之而不盡于是誠意以立其本虛心以宏其量充實推暨以用其極成德之士必有興起者而豈徒夏峯一家之書也與

○龍游小志序

春秋時有兩姑蔑隱元年公及邾儀父盟於蔑一姑蔑也而不言姑惠氏說以為桓公時史臣之辭避隱諱也而定十二年傳稱孔子墮三都敗費人於姑蔑蓋禮舍故而諱新隱時為祧故不諱其地在今兖州府泗水縣東北又哀十五年傳稱越伐吳王孫彌庸見姑蔑之旗杜當陽以為東陽大音達末縣蓋越之西鄙今為衢州府龍游縣者是羅長源曰越之姑蔑夏后氏後國也而他傳記無所徵儀吉少時聞於師西麓許先生者其說如此及壯嘗一經兖府州境而未

議

介侯云龍邱萇在東漢之初任延舉為[illegible]曹非漢晉間也

至泗水於龍游則凡四至焉猶憶溯錢江而南山水清麗上下一碧過蘭溪入衢港則又清流彌望曠如也每泊舟或留連移晷求武安白石之故城蓋靡有存者而徐偃王婺女之山築穀清皎五百人之湖猶往往可指其處夫龍游者龍邱也漢晉之間有龍邱萇者隱於今縣東之九巖山山遂以龍邱名後乃以名縣也士患名不聞於世觀於萇修已而道日章者固如是耶齋之時又有徐伯珍者亦嘗卜宅於是山之陰殆聞萇之風而興起者與許先生以嘉慶庚午秉鐸是邑暇日考其山川人物睹聞所及筆爲小

志郵書京師而命為之序既不獲辭乃書先生平時之言以復先生願先生有以進之先生以文行迪多士士率其敎令之時猶有若龍卭氏其人乎又願先生之告我也先生嘗謂新城選古詩雖去取不惑而門戶頗隘其津逮後來者蓋未備爰徧取漢魏以來至于明凡可自為一家者悉録其尤而於
國朝諸家亦將采集焉他所為制義雜文詩詞若干卷儀吉自十三歲從學時即見所撰著十數巨袠忽忽至今二十年矣以相去之遠未知何日得至其地復從先生質疑請益如少時事而盡讀先生之文

章為一快也書此蓋惘然者久之

○蒜市雜記序

仁和杭堇浦先生仕

高宗朝以上書言事吏議置重辟

上稔其忠宥歸里其後

車駕南巡晝吏見猶

顧問及先生先生既歸時修浙江通志當事者以禮

聘而高材不容多齮齕之者遂去獨成甐文志若干

卷往余之杭州過何夢華許獲見之猶是當時寫本

上有先生標題纍纍數十箳皆吾浙人書目也而考

其部類猶多闕其廣博若是又於湖州書船中得先生雜手書一束則榕城詩話蒜市雜記草藁也按雜記自序為雍正癸丑下第南還舟中所編時先生猶未舉制科其詩話及他諸史然疑續方言之屬皆已刊行而是書獨鮮知者夏日無事尋其塗竄拾其叢脞次而録之大抵刺取子史辭句相類者閒有證明雖自記於識小亦足以觀前修勤學不舍行役而先生之氣節文章猶庶幾如見之乎蒜市在京師海岱門南二里許時嘉慶乙亥夏六月十日夜漏下十刻後學錢儀吉識於興隆街寓舍街又在蒜市南蓋十

里云

○○洪百里夏小正疏義序

古之人君其勤民之深憂民之切未有若夏后氏者也夫論古斷自唐虞堯之末季鴻水為害試舜厎績舜乃舉禹禹乘四載栞（隨）疏瀹十三年過家不入門於是地平而任土禹貢興天成而正時小正作使後之有國者一經一緯因所所宜以出治皆在是矣孔子既録禹貢于書已乃之杞而得夏時焉弟子三千人顔淵共行藏他日以為邦問而夫子首告之以此獨怪小戴述禮運既聞孔氏之言矣乃獨取呂不韋月

令而夏時一篇惟傳于大戴之書顧大戴記累代不立博士李唐時嘗一列為經後又廢盖祿利之途不及焉而習者遂鮮閒嘗求其書而讀之上揆天時下察物變以起人事其間祭祀學校之制冠昏田獵之規皆至簡而人不煩至精而物不隱當時所謂撫五辰而凝庶績而為殷因周監之所自大畧可見而僧一行歎以為羲和遺迹者猶僅指中星見伏之一端固未盡其義之所存也子朱子纂集三禮亟錄入經其傳稍廣然中古文字淵奧未及有所證明讀之者渙然而無疑則志學之士猶以為憾吾友臨海洪百

里篤學深思獨好是書研鑽有年博采諸本旁通他
經考其譌闕導其底滯為之疏義復圖天文附音義
以成一家之學使二千餘年古經一旦復明于世其
功不亦偉乎
國家敦崇實學宏儒繼起著作之盛起軼前代是編
成庶幾與德清胡氏之禹貢同列于四庫以具明奺
氏之律度其亦可夫嘉慶二十年初伏日序

○○瓶谷筆記序

故翰林院侍講學士德清戚公儀吉之外曽王父也
逮事

里篤學深思獨好是書研鑽有年博采諸本旁通他
經考其譌闕導其底滯為之疏義復圖天文附音義
以成一家之學使二千餘年古經一旦復明于世其
功不亦偉乎
國家敦崇實學宏儒繼起著作之盛超軼前代是編
[illegible]之禹貢同列于四庫以具明如
[illegible]嘉慶二十年初伏日序

禹貢下似脱錐指二字　律度二字似可酌
雲注

○○瓶谷筆記序
故翰林院侍講學士德清戚公儀吉之外曾王父也
述事

功不亦偉乎

國家敦崇實學宏儒繼起著作之盛

□之禹貢同列于

□嘉慶二十年初

禹貢下似脫錐指二字　律度二字似可酌

雲注

○○瓶谷筆記序

故翰林院侍講學士德清戚公儀吉

仁廟供奉書房有年文章風采與敬業懐清望相埒
尤通河洛之學每祈禱晴雨
上命占驗不誤晷刻
憲廟嗣位雅重公嘗奉
先皇帝遺硯以賜其後我舅氏餘齋先生繪寶硯圖
以傳者也既引疾歸矣乃以事戍寧古塔公嘗曰吾
不能逆覩以免於禍亦數也雖然某年吾當歸及期
公第三子魏亭先生宰連江請於大府而乞
恩焉果得歸具見於歸安章給諫所為戚孝子傳中
公生平著作遭難不存我外王父芋園先生於兄弟

行為最幼蒐羅墜遺百僅得一嘉慶二十一年儀吉居京師表兄嗣曾以餘齋先生命奉公筆記一卷屬為序儀吉受而誦之蓋隨手劄寫之作或書前賢語錄或自為說談理真實發人深省益以歎外家孝謹之風其前之留貽至深厚而其後將未有艾也且夫公之學邃於數而卷中不之及此與康節所以心服伊川者蓋已默契其旨持是以求之明數者不自囿於數而循理者且將慎思焉以得夫修身治事之實則其為學者觀者之助甚大會嗣曾將付剞劂敬承命而序之如此

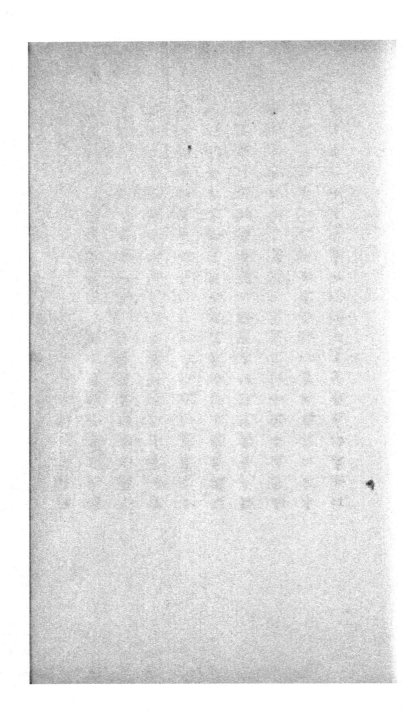

颺山樓初集卷之六

序

盧江錢氏藝文略序

嗚呼昔大夫時時爲儀吉稱道我先世德行文章曰小子何可不知乃祖之懿美以自愛重而無忝焉乎壬戌大夫捐館舍其後三年懼不克讀遺書以隳前訓乃集我錢之藝文考之嘉靖八年迄乾隆間先後六輯之家譜次考之誌表傳誄之所述次考之郡邑之志乘及黄氏范氏朱氏杭氏尤氏藏書之目録而上稽乾隆四年

欽定明史四十七年
欽定四庫全書提要所采者凡所著書百有餘種得其名而求之或存焉或未見焉分之以四部次第而著其目其有序者亦間錄之以著其凡歷三年乃成其爲例大都依朱氏經義考顧朱氏之書曰存曰佚曰未見而儀吉不言佚者以朱氏之學其所謂佚今猶有存者若儀吉蕞陋不敢出也悲夫儀吉非能導揚先人也以先人之自足以不朽者使隱而弗彰將日就湮没則於後嗣何望然而今之存者蓋亦僅矣余先世本何氏何氏之望四余則廬江之何也而承

錢武肅王裔孫居海鹽者富一翁之後氏雖曰錢而盧江者譬諸其水源也不可忘故題曰盧江錢氏蓺文略略記第二世以錢易何姓以來第十四世四百餘年中著述之大凡如此庶幾告慰於大夫之靈乎凡生存者不錄即於先世蒐集亦未備將以爲續也首圖一篇著撰人世系若夫行事之詳則具于譜傳云

清芬集序

儀吉考先世有集不傳而得見其遺詩者十四人其未必有集而篇什僅存者十七人凡詩百九十二首

輯而次之題曰清芬集而序之曰嗚呼天之仁于人者豈不重哉與之以見道之心而靳其至合於道則匹士一言不能廢不然雖王公之貴才士之麗且博將以求名於一時華則華矣然而天之仁之者不在是竊悲我先世之作既不多著見而即其所存亦豈無工拙低昂於其閒而要其求一言之不合於道者未有也蓋其汲汲皇皇無慕外之心而自處甚高內守甚固所規模甚遠雖晦於當時而所以重庇其子孫者固已遠矣噫當我先人伸紙落筆自寫其胷臆所欲言必無絲毫近名之念而天之所與者不可得

而沒也或數篇或十餘篇其性情意趣至今無不可見儀吉因以求古人戚戚之意觀當世之一華而輙落者不能無所感於中謹序而藏之以告後之人且以自厲惟堅其所守求不悖於道而勿以外物之去來闗其念則先人所以貽我者永永矣而豈徒曰誦詩乎哉戊辰十月儀吉謹書於吳門舟中

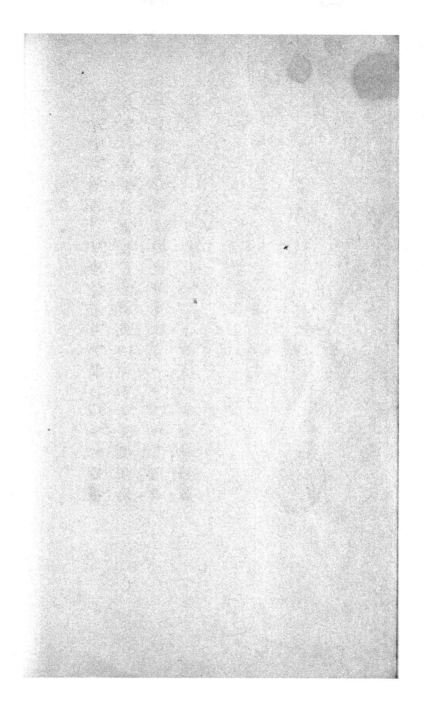

廬江錢氏文匯序

我錢本廬江何氏洪武中我始祖育於吳越武肅王裔孫遂承錢姓一傳爲養素翁耕且讀入邑庠又再傳有菊莊先生工詩著陳留集教其從弟臨江太守學臨江又以教其凡之子太常先後皆成進士起家

太常公儀吉八世祖也自後十餘傳三百年間行誼
著述類皆根實理要不求表襮於世而知之者亦多
有往儀吉考先世著書之目爲藝文略集部凡七十
六種其佚者二十餘其存者卷帙尚夥子孫或不能
徧讀又有僅傳數篇無專集或久且佚之也用是惴
懼不寧于心間以暇日披覽隋志知有李氏家書者
久不傳而劉昭注續漢志於李尤明堂奏引家書之
文知其爲家集也乃依其例錄先世遺文門分類別
著其尤要者且訪於族之尊賢蒐拾墜遺校正同異
凡若干卷名曰文匯俾誦之者於以淑性情於以達

事理以至女教治生之篇論文品詩之説皆為後人示所持循可不敬且勉乎昔吕向注文選以任君為任昉家集之稱而元結篋中集亦字其弟季川今謹書諱若從李氏例也其或稱官或稱先生則從三劉文集稱𢀖秘丞羲仲檢討而於湞曰西澗先生也若宋時吴越錢氏傳芳集皆有爵則皆稱官亦其前事已始輯于乙丑之冬至今年十易寒暑乃成謹識其撰集之意與其本例如此

意鈔自序

余十二歲學為賦喜鈔雜書故事毛氏津逮所刊及

水經文選諸注皆節取焉而用心不專見輙喜喜輙
遷而之他而功不竟而塾師所課書貫數輙不足大
人見而訶之曰小子好博而無恒何以為學為師勤
功半説以示有云勤于前而怠于後作乎此而遺乎
彼雖多亦奚以為蓋戒儀吉徒涉獵無沉潛之心用
是稍自悔然卒不悛迄今十餘年矣如故其好博也
日惟顧此失彼之慮而卒之彼此兩失其無恒也則
皆嘗為之而皆無成嗚呼不肖不克奉大人告教即
一端可見已尚何言雖然不敢自棄也乃自為約凡
寫是書但以是書置于几餘悉屏他所有疑者别記

之以俟他日之考之也而不得輟以俟自今年正月至今百日耳而所鈔有容齋類筆水經注碑皆卒業然余猶有懼懼故習復萌墮先人之遺訓乃書十年以前所以教者于卷首以自戒即自今永永悛過而十年來之歲月已不可復得況更蹈昔時之轍乎十年又十年人之生也幾何可悲哉夫鈔書似非學者所急而茍欲以古人之書為我用必出于此然特記誦之學耳貫通天人之儒過目成誦之彥何所取諸抑余不能及也而又失此庸有成乎其曰意鈔者竊比馬子之意林而東坡教葛延之作文法亦曰儋州

數百家之聚州人所須取之市而足必有一物以攝之然後爲己用錢是也作文亦然天下之事散在經史子中必有一物以攝之然後爲己用意是也不得錢不可以取物不得意不可以用事斯言也豈特作文已乎廣矣嘉慶十二年四月日書

重刻活幼心法序

事未爲聖賢所論定後儒各逞其意著書以詔來世學者溺焉不察利一而害九故君子貴擇善也醫家類宗岐伯雷公答黄帝之説雖出於依託猶近古而可據獨痘科則漢以前無聞焉精其業者若劉河間

錢仲陽張潔古之徒執内經瘡瘍屬心火之言而其用藥毗於寒陳文中知其弊而反之又毗於熱朱丹溪氏出頗叅用兩者之説而揭其要旨曰解毒和中妥表近是矣而燭理猶未盡金壇王氏博覽精思著為六科準繩皆可施行獨其治痘數卷蓋無譏焉歷觀諸家惟聶先生活幼心法九卷窮探元秘發揮親切權陰陽偏用之中刊丹溪解毒之誤千餘年聚訟之説可以坐廢斯靈蘭之外篇也而末學膚受罕有知而習之者康熙間朱氏純嘏實始表章是書余求之久而後得之嘗用其説奠危起困皆有徵驗善乎

其說之不可易雖微黃帝之問亦可以無憾也已夫人心無不同也今之醫師誠不以先入者為主而虛中觀理隨證體察則善言之入耳度未有不從者服膺之餘爰刊板以諗同志。聶先生為明萬歷間人以進士宰閩之寧化有循績。是書之作陳邦瞻雨郇嘗序之以先生之論毒可逐而不可解引孫子批亢擣虛刑格勢禁之語以為喻惜舊本文不具不獲次於卷端。純嘏新建人

聖祖時嘗求善幼科者於江西得二人陳添祥與純嘏也純嘏為太醫院官二十餘年自

三序中絕無酬應一語深識名言可欽可佩炳烜當識勿遺而送鄧序中拈知退一言尤愜鄙懷味之無極

宮禁及外藩蒙古皆任以治效著有痘疹定論頗行於世云多本聶氏說

○送張介侯序

身為七品官南面治民使百里之內安于衣且食知禮義廉恥而無冤死者吾必曰縣令顧或以為肥其身家奢其妻妾宮室田畝以昇其子孫亦必曰縣令噫二者之得兼蓋難言之予友武威張君家故貧既成進士為翰林已改官于外宦三年益貧夫人之于世也在其所自為而皆可以得意君子亦擇之而已張君之貧張君殆擇而為之者與去官掌教漢陽乃

有餘財刊其所著續黔書、是張君不官而亦遂不貧也。今張君又謁吏部將赴官、豈不卒以貧故、而奈之何以貧故而遽欲官也。且張君昔既以令貧、今復官亦必視昔之所為、而區區有言者、非張君南面堂皇不念民之衣食生死而自肥其身家之慮。抑張君之與民不能皆肥、而慮張君不官而貧、官而將益貧也。乃書此以尼其行。君而從予言也、請為之歌。詩曰、衡門之下、可以棲遲、泌之洋洋、可以樂飢。夫飢之樂者飽則有憂、君而不從予言也、請亦為之歌。詩曰、彼君子不素餐兮。

○送屠孟昭序

屠子將之官真州，要予以贈言。余固拙於言者，念當别益愴惘，其何以言？孟子曰：「待文王而後興者，凡民也。若夫豪傑之士，雖無文王猶興。」嗚呼！思古賢豪齊聖不可見，孰能無喟然於心？乃或舍而隱于藝，或且放意肆志，不軌於中道，皆若有不可一世之概，而志不足以帥氣，待人而不能待於人，君子所弗許。昨吾曹飲屠子酒，屠子醉矣，執余手而歎曰：「如何其别也。」屠子之歎，豈不以朋友者所以輔己明道，而索居則將不自聞其過，此其所以悲也。夫苟過之日寡，雖朋友何以加不然施施焉日相聚言笑為樂樂矣其何裨於道吾欲廣屠子意不愴於別固無若是言屠子行矣願自愛衣食之加損其無忘亦無若是言影之曲者直其表其施於政也不悖亦無若是言且吾所以告屠子者吾所未能也而蘄屠子之及之吾因以待於師友之閒也吾告屠子而不余遺也告之而復書之期吾之言語意象常著於屠子之心庶幾其無歎乎屠子行矣

送鄧公之官福建序

儀吉聞之君子之仕也量能於已不擇官於人朝廷

坊官之稱未知可否

雲注

設百官其冗簡清濁祿入之厚薄不同矣而其必能而後授者無不同也然而受之者不皆能其不能也不必受而後知之不量焉而求求焉而擇其於能也蓋鮮君子者博成其學不誘於職之外而勤盡其職亦無慕於其上焉是以名聲昭明著於來茲夫量能而後受者豈真有不能哉借曰不能奉身以退可也然而能知退矣則亦無所不能何則無私者見事著守道者不徇於俗傳曰本諸身徵諸庶民安有自治則能而不能治人者哉翰林文章之官也其資格深者以七品擢坊官歷於公卿或舉為御史或觀察而

出守我師江寧鄧公自辛酉入詞館至於今十年嘗蒙記名當為御史矣已又以京察出守於閩或得或已儀吉竊窺公無所容於心蓋不求不擇而其學無所不能信乎行君子之道者也夫閩地處山海多盜先子之宦也儀吉嘗從焉其民蓋惷而好鬭惷近於愿好鬭近於直因所近焉而教之正盜其寡乎凡為治之道莫大乎因民公其能之矣

送遠皐師視學江南序

國家所以取士者將以德乎抑以才乎德者至尊而易託才者無事焉而不可以豫知孰未同而言而可

可以見其心孰未有事而足以知其事不事者其文
乎自古取士之法蓋屢變而其以文也千餘年於茲
其文之體亦屢變而其取士得失之故若不係於文
者非其制之異亦存乎其人耳蓋拘於義者不知律
者也求於詞者不知文者也思其未有是律也可以
用律矣思其未有是文也可以論文矣今童子試省
試禮部試皆有取士之官然主考官者時暫而任分
學政則不然大縣應童子試者千人小亦數百人合
一省計之幾十餘萬人而其是非皆衷於一人又任
以三年之久士有不率教典者學官申於學政而斥

之善者褒進之其重也如是童子試者公卿之端也故必取端謹靜慤之士焉縣試其文以達於府府試其文以達於學政然後學政試其文益深求其立言之故而察其德與才以爲去取苟得其人則舉於省試禮部試可以爲賢公卿宰牧而不瀆其官不舉於省試禮部試將不失爲善士而無病於其鄉苟失其人則反是故學政者士大夫得失之宗也不惟一時之得失而後者將視以爲進退故榮其職者吾乃知其難矣難其職者吾乃知其易矣吾師閻學遠臯先生官翰林至今數主文枋恒難其職以致其易思其

文之所以然而取其德與才之足用者今年副會試
總裁榜發纔數旬復奉
命視學江南蓋先生忠直明暢見知於
聖主者有先是者矣五月十三日將行而儀吉爲是
言豈敢以溷於先生竊私於江南之人士務修其德
而達其用先生將深求之於文而取其善者爲賢公
卿宰牧之選以輔
聖主表正風俗躋隆於古治其足稱
朝廷取士之意也乎

讀史會序

8

將欲知古昔廢興離合之勢制度損益沿革内外輕重之效賢人君子出處消長之機皆具於前史語曰前事不忘後事之師是以學者授經畢宜讀史顧但以正史計之爲部二十有四爲卷三千三百有四爲事積三千餘年數萬人其作者類皆宏材博聞盡力於茲矣猶前後駁文彼此不同而以一人之力欲統觀之也蓋難雖然吾聞諸古也有志鍥而舍之朽木不知鍥而不舍金石可虧是以君子無欲速貴有恒也且夫學莫大乎治心心定而後學問有切己之益則理明身修而本末交相爲用今將求其放心而專

力於學懼不能戰戰自守久而怠且肆也故以朋友考其業而竊有取於史焉同讀者迭為會設寒具無過二品共飯無過四簋一月兩集各出半月所讀史迭相問能答不能答皆記之於冊所以考業也人各習一史不必同各因其資力之高下歲月之曠冗日習若干字不必限無始勤而終懈無舍前而躐後無苛論成敗無用心細碎非公事疾病無輟業其諸史時事相涉能叅稽者聽能折衷異同訂正訛闕者傳寫之為文章相可否能否相勸勉無面欺凡有過皆相規夫友以輔仁又非獨多聞講習而已凡為會者

謹如約嘉慶十有七年仲春之月乙卯序

跋

颺山樓初集六卷清嘉興錢儀吉之稿本也儀吉初名逵吉字藹人號衎石一號新梧晚作心壺別署定廬居士清史嘉興府志均有傳此本楷書精工係子弟或門下士所謄每半葉十行行二十字目錄大名之右方有本廬江何氏楷園朱印一下有錢儀吉印方印一右白文左朱文及颺山樵者朱文方印一末葉有曹江讀過白文方印一章皆朱色均佳前後無序跋有目卷一賦九卷二志一卷三論十三卷四辨一說五記五卷五之六序十有九都計五十三篇其刊入衎石齋記事稿者十餘均未刊就稿中年月可考而最後者為嘉慶二十一年丙子攷之清史列傳定廬以道光三十年卒年六十八當生於乾隆四十八年癸卯是定廬方三十四歲官京師時也定廬詩文集之行世者有衎石齋記事

稿十卷後稿十卷刻楷集四卷旅逸小稿二卷定庵集　卷存志所稱
微吊閣游從觀諸集均未見刻楷集刻於道光十二年旅逸小稿後一年
記事稿文後一年續稿較後定庵集則係近年新刻本文集略以體分
先記次志辨次考次序跋次傳狀碑志之屬詩集則以年編次此本之寫
成下距記事稿之付刊相去近二十年入刊者止十篇字句後有更易要
以刻本爲長其去取之點慎可知而此本僅有賦志論辨說記序七體
書跋碑版之文均闕如定係殘本原稿約當有十卷之數未由訪求惜
已檢查內吳蓀標雲注者十一則江注者四則鈐曉滄印者七則商酌移
訂或刪或存具見別裁吳蓀之外眉注者十有二則文中句乙增損者
十有一處皆定庵親筆點定尤可寶貴如搗衣賦雲注云此賦神似
六朝然存之則與全集不類稱似當入外編曉思賦江注云曉思賦係可

入外集博輝用談大例點竄豈此亦小節也宜從前例如何惲輝識云
亦注云此篇難襲近雜似當入外集目錄後有江注簽云又詩集若干卷
似宜叙上夏是此本殘存六卷外似當有外集詩集諸稿本也徐濃識
嗣曾序記事稿云衍石師寄振粤一年書來語自覽所作未可示人
蓋所删諸篇定庵以為未可示人而諸人之品平者語為深識名言真確
鑄古人而有萬物者有之語為文氣之古雅逼近馬班者有之此本之
殆不第可見定庵之少作實足以見前人去取之嚴不以求益為事
也定庵眉注於滌硯賦上有從彥閱後擬删此四行彥閱係方履籛
順天大興人嘉慶二十三年舉人讀書甚求淵經史百家言皆好而能要
其源流酷嗜金石文所積幾萬種善為駢文著有萬善花室文集
於說緣小志序上有合葵云説郛甚左東漢之孫任延嘗為議曹非漢晉

聞也介庵係張澍甘肅武威人嘉慶四年進士讀書務博覽經史皆有纂
注稿中有送張介庵序即此人也彦聞介庵注史均有依夾簽之江注
者即鈐印末葉之曹江也江字百川號玉水上海人父陜西道監察御史錫
寶以劾和珅家人劉全直聲震天下注史有傳江以蔭特授大理評事出
為安慶江防同知修堤渠圩滬出田數十萬畝民感之當塗黃鉞為題借
蔭園句云賢守家声勤蔣伸下車先為振彫瘵到今猶借先生蔭活我
圩丁數萬人蓋紀實也歷署廬州太平池州等府卒卑異卒之日遠近
蕭然身後清白高云松江府志有傳曉滄係沈炳垣字紫卿海鹽人道
光乙巳進士咸豐七年督學廣西同官祖餞炳垣慷慨言曰寧為寇
氣充斥使者搜岩採幹務獲干城之選非徒取華國才也馳抵桂林
与中丞勞崇光籌戰守策山川險要瞭然指掌合梧州請試毅

芝

然哉道曰軍事旁午就知投戈講藝此正人心振起之機也拔試甫二
日會匪攻城而知府陳瑞芝等固守艱難搘拄者九十五日城陷仰
藥自盡絀有識者救治使蘇炳炬瞋目唾罵賊恚甚斷劉之屹
立不爲動怒焚其尸事聞匹傳賜卹謚文節雲未詳爲何許
人端人之友直諒多聞於折益有徵已定處長於經史具有本源
自謂長技止于鍼灸文字不以詩文鳴而行文謹嚴簡樸自有築簽
蓋其揭涯者博不拘拘以一家言自畫也咸序云知文者謂爲遠紹東
京近揭北宋者庶幾近之咸氏又謂衍不好學深思又從政日久識
高而心靜達於事理之原通於性情之故其見於文也或正容莊
論使人凜然以肅蓋有得於古之談識者聞心笑語使人悠然以思
蓋有得于古之諷諭者假事以託意循末而見本有以感人心而

稗世教斯言得其宗矣嗣曾字祇承穀林先生之嗣子於定廬為
甥表嘗共治經為句課者也此本余於己巳冬得之于南京夫子
廟冷攤友好見之者莫不以為可寶同窗友平湖陸子徽照居
倩遂錄一通為寫官所誤遲至半年餘而後竣乃始得錄定
廬先生傳於卷端隨時已刊之十篇訂其異同次為標記并以
塗墨跋其尾云

辛未春二月稍旨為家慈七十誕辰書東周穀祓辰甫
謹識於席抱實之西牕

北京圖書館藏

食筍齋日課

祁寯藻撰。一册。

祁寯藻(一七九三—一八六六),字叔穎,一字淳甫,避同治帝諱改實甫,號春圃、息翁。壽陽(今屬山西)人。嘉慶十九年(一八一四)舉進士,由翰林院庶起士授編修,道光二十年(一八四〇)奉旨赴福建視察海防建設及禁煙事宜,後歷任兵、户、工諸部尚書,在軍機處行走。咸豐元年(一八五一)任體仁閣大學士、首席軍機大臣,兼管户部,加太子太保銜。咸豐四年致仕。同治元年(一八六二)以大學士銜補授禮部尚書,同治五年病逝。祁氏一生爲官勤政愛民,舉賢薦能,政績卓著。爲學主張通訓詁,明義理,調和漢、宋學術之争;論詩主張宗宋,開後代同、光宋詩派之先河。其書法深厚遒勁,自成一格,是清代道、咸間書壇名家,爲士林所瞻望。著作有《䜝䜋亭集》三十二卷、《後集》十二卷、《馬首農言》一卷、《實齋隨筆》一卷、《祁大夫字説》一卷、《觀齋行年自記》一卷等二十餘種。書齋名「食筍齋」「䜝䜋亭」等。《清史稿》卷三百八十五、《清史列傳》卷四十六有傳。

此祁氏稿本寫於朱絲欄稿紙上,葉心題「四寶齋」。書衣隸書題款云「食筍齋日課道光十年閏四月」。全書包含兩部分内容。首先是兩篇謝恩奏摺草稿,一爲覆奏恭謝所賞《御製詩初集》(鄧廷楨遣人轉致)事,一爲謝賞《閏夏朔日喜雨適致仕尚書黄鉞謝恩摺至詩以寄之》御製七律詩一首,兩篇皆謹遵奏摺提行等格式,勾畫塗抹之處,可見其斟酌措辭之用心。祁氏被稱爲「三代帝師」(道光、咸豐、同治)、「四朝文臣」(嘉慶、道光、咸豐、同治),

受過皇帝各種獎賞二十餘次，受贈物品達百餘件。從這兩篇謝恩奏摺中亦可見其與皇帝關係之密切。

其次爲詩若干首。其中《自題磤矹亭圖並序》乃《磤矹亭集》（清咸豐刻本）卷十七《古今體詩》第一篇，作於庚寅辛卯，即道光十年。此篇含詩四首（前草稿，後清稿），僅「誅茅何地起三椽」一首與刻本相同，另外三首均不同，亦不見收於刻本。其餘各首詩僅《新秋周竹溪彭荷邨兩舍人兄遞直西園過訪喜賦》一首見於《磤矹亭集》卷十六，但刻本標題已改爲《連日彭荷村周竹溪舍人㒒直園廬過訪感舊述懷》，末聯「思量難得清譚共，月上前湖未思歸」刻本改作「感君公退頻相訪，閑看西山倦鳥飛」，表達出不同的情緒和感受。

祁寯藻在道光、咸豐間以高位主持詩壇數十年，今遺詩近三千首，陳衍《石遺室詩話》稱之爲「道、咸間巨公工詩者」，徐繼畬贊譽爲「相業詩名兩相稱，壽陽端合比歐陽」。從此稿本中一則可輯録其佚詩，再則能看出其修改詩作時遣詞造句的痕跡，文獻價值不小。

（樊長遠）

食筍齋日課

道光十年閏四月　庚寅

奏為恭謝

天恩事三月二十七日由安徽巡撫臣鄧廷楨遣人齎送到

頒賞

御製詩初集一部到臣臣當即恭設香案望

闕叩頭祇領訖欽惟我

皇上建極敷言

睿聽作哲

乾行運化

緝熙勤時敏之脩
離照宣光
巍煥富日新之業溯自履端初載爰頒
養正全編基
聖學於
聖功播
文思為
文命
萬幾統業[illegible]擇

制作之原羅海通吟久仰

光華之國際茫諸年萬人樂成我瀾安五聯

輯玉於沼調董

復蘭載貢二十四孝數如節氣循環千

五月嘉福日呈逆耀

饗

饗

帝

親之志如見

潤澤

侍

華[illegible]

侍

勝之儀雖名

[illegible]茱較德量雨

[illegible]惟在民生精講治河

崇念勳閫圍計

振環林之處讀書[illegible]與

文治[illegible][illegible][illegible][illegible]春秋猶

時書特至

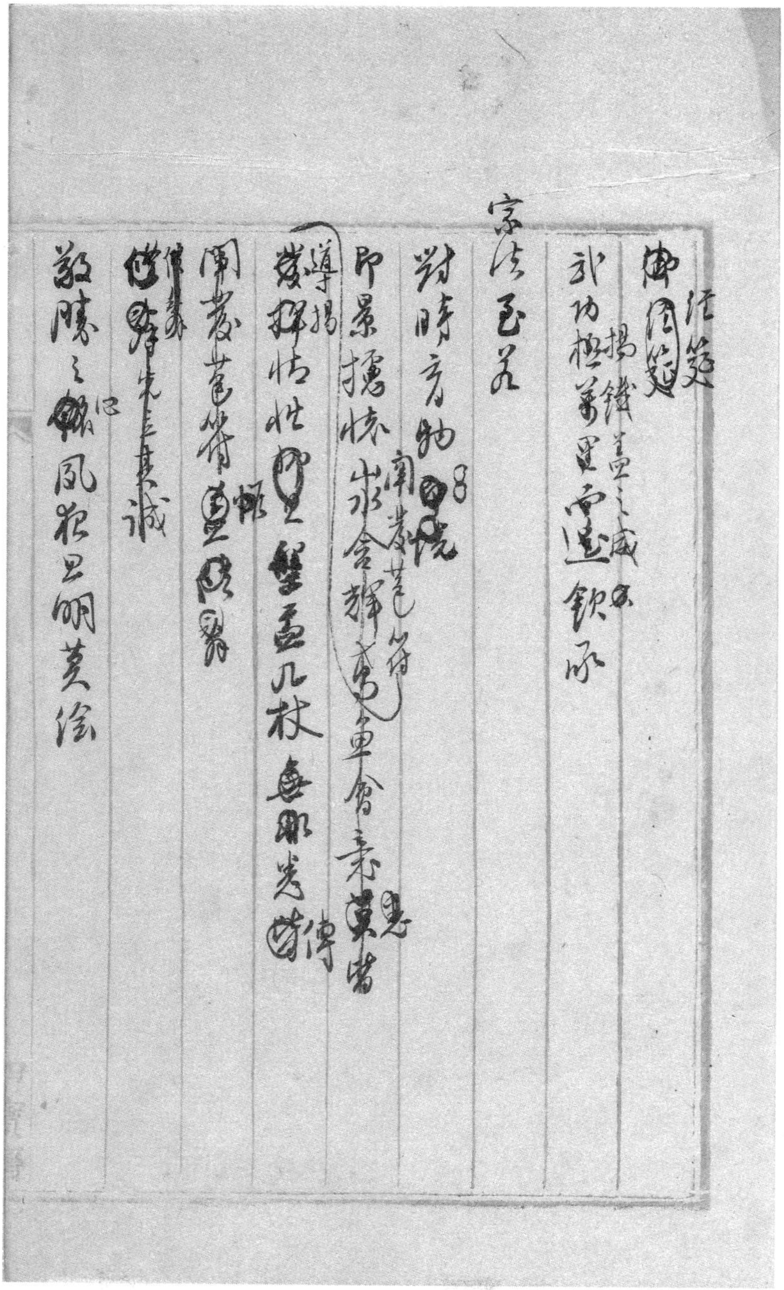

識存之意

言爲天下則欽典謨者必翔鷹殿

政與制書通於筆語者但知鑄心文館儀鳳識等

圖寫葉錄卿續恒倫識於鉶書第宏新詒

承明淵源休於初服未效贏庭方儀和聲境之觀

名齊自

天之寵八十人先陵

雲日蒙回照於桑榆三千里遠附江湖偏及

律陂於鶡迦驚況復篁頸小技叩

晉

國家圖書館藏清人詩文集稿本叢書

丹崖標題[illegible]翔班未能致謝何如

玉潤圖卷[illegible]滿和之稱[illegible]送入

寄懷 諸賜[illegible]

楚省之文[illegible]送[illegible]

恩獎[illegible]風[illegible]桐華[illegible]青[illegible]紫衣[illegible]

宴若信相泰[illegible]

仰荷

陶鈞進[illegible]後。中[illegible]之書[illegible]。上方之賜[illegible]

晚[illegible]頓首

青溪雲深息叔
況華風康肆披
九州遍識
其國向豐猶母媿牛女
齊日
先天曜逢世
幸節
萍香向倍觀何雯派
董風貫化
雨從此
信歡芳遠九宵偏雩前八音宣應集玉振金聲
而更臻
美富壹第本讀第編雖鼓長技杵華而莫證

形容所有微臣感激莫名下忱謹繕摺叩謝
天恩伏乞
皇上聖鑒謹
奏

奏爲恭謝
天恩事。閏四月二十日臣貴摺家人恭捧
批摺回南，仰蒙
恩賜
硃筆
御製閏夏朔日喜雨適路仕爲之黃鉞謝恩摺至詩以
寄之七律一首。臣當即恭設香案望
闕叩頭祇領欽惟我

皇上心廑澤洽壤埏對育
化協時雍
題均遠載
荼 而〇〇德備
珠璣作肅雍出範〇休徵
歌永言而〇〇道隆喜起
五楹誦華〇〇生之解阜伏讀
初編所載凡手千五百篇其中
讀而成吟多至百數十首惘以旨筆爲瑞爰知
播仁風於寰宇小民之依
數闡澤於屋生同已
天道俾漢蒿萋仰流知潤已 臣林〇慈標〇

琛貴
琳卿謝牘初陳既叙述此等拄

鳳諾甘時霖恰沛方

誌喜拄

龍顏迎慕

翠管揮毫隨皮筆

丹毫揮臘對刻節逢小滿夏閒長意颿鉏細未而汗功成谷

雨中特流揮鍋石而霽雲挹起偃晨入夜

長晝之期刻書種禾成陳迹遲暇脈珠平湖芳阪
卜夜隨占誓學問須曳之變

綠陰浮檣垂柳千縷絲

青緗維難如靚

詩中之畫史

紫江上之思遠與遥飛

宸章併寫

謂烟波浮夜大可狂吟併雲水光中忽來洸眼皆則全

堇浣遲未嗡

浮恩玉盤醒醉難名

涵澤而微臣之感悚寔更信報最常也伏思學

通古今儒林無大小曰雅名假官禮義備風

詩四 [illegible] 何人斯 [illegible] 老將及 [illegible] 曾三一長之 [illegible]

兩字之

[illegible] 拜

宛伯

天 [illegible] 無地因 [illegible]

[illegible]

[illegible]

[illegible]

拄[illegible]東方[illegible]時朔[illegible]近

珠[illegible]東原

夏發尤尤[illegible]

精純異人

日近珠躔衡集五色之霞

天上銀鈎滴[illegible]雨露閶闔九成而宰輔共登蓬[illegible]

讀書通而侍御[illegible]三雨首之露[illegible]眠沫[illegible]涵[illegible]執[illegible]紫綬[illegible]廷

元韻勉强錢走[illegible]手錄之未工座心傾而[illegible]

聯陳目下里柿葉備書之手綴細字而難工葵花向日之心殷文

陽而增票以豐年為瑞念

君皆臣微心近而顧效飈言近

天子之光寵錫[illegible]歡呼[illegible]盛世[illegible]感激[illegible]

申下忱謹繕摺叩謝
天恩並恭和
御製元韻一首錄呈
御覽伏乞
皇上聖鑒謹
奏

欽惟我
皇上心廑將育
化協時薰
恭作甫雨
德備休徵
歌永言而治
道隆春起伏讀
初編所載凡五千五百篇
志雨之詩多至百七十首

仁風播於寰宇
闓澤敷於羣生固已
倬漢爲章仰諒知潤邑村懋標棵
寵逮琳瑯謝牘初陳阮圈紫邏夫
風謠甘霖恰符時適
喜動手
誌頌遂蒙
翠管標題以符
丹毫揮灑時則節逢小滿夏至長嬴鋤禾而

汗雨將流猶石雨雲欲起便晨入衆功符
長養之期卜瑞歲占豐願滿須臾之望平湖
若頃綠漲浮橋垂柳千條
青旂館路如靚
詩中之畫更
紫江上之懷逸與遄飛
宸章俯賞詞烟波深處大可招吟伴雲水光中
忽來洗眼此則金莖沆瀣莫喻
醴恩玉盌醍醐難名

恩澤而微臣之感悚實有更甚於尋常者伏思學

達古今爲儒林冠冕小口雅名微官礼義備

風詩臣何人斯克將垂及曾乏一長之獻陋

膺蒙兩字之

褒揚

寵自

天捷懇莫地回懷薦廑

紫禁

接簡

飛觴吸茗倚相侍賡吟於

家宴罷雲飄潤璟摹繪於良辰知此

殊榮尤切

異數

日邊珠顆銜來成五色之霞

天上銀鉤滴那三霄之露閱九成而率舞莫罄

甍軒讀筆編而倩鈔案知脈沫闌懸秘管

欲續

渾儀叩蒸持蓮聯陳下里標葉備書之手綴

细字而雜工葵花向日之心願夕陽而增照

以董筆為瑞念

君皆臣儌而願效颺言近

天子之光信華祝嵩呼而長進

盛世所有微臣感激榮幸下忱謹具摺叩謝

天恩並茶和

御製元韻一首敬謹手繕呈

覽伏乞

皇上聖鑒謹

奏

顏氏家訓勉學篇吾嘗從齊主幸并州自井
陘關入上艾縣東數十里有獵閭村後百官受馬
糧在晉陽東百餘里亢仇城側並不識二所本是何地
博求古今皆未能曉及檢字林韻集乃知獵閭是舊
䣉餘聚亢仇舊是䜢欽亭上音武安反下音仇悉屬上艾時太
原王劭欲撰鄉邑記注因此二名聞之大喜
按漢書地理志上艾屬太原郡今平定即古上艾地壽
陽及平定字訛平定縣本漢上艾縣地即今平定州也壽陽余家鄉
屬平定顏云䜢欽亭在晉陽東百餘

里晉陽即今太原府以地里考之
按閻書地理志上艾屬太原郡今平定州地竊云綴
鄃亭屬上艾以地里考之當在今壽陽縣蓋晉陽
即今太原府今之壽陽在晉陽東百餘里如余
少時讀家訓書其事字且為書古蹟因自號鄃
亭長以詩寫幕無所關地築亭此陵舊地宦游
鄃亭吟來遂會與某某周芸歎窮寄其諱
反於此前作此圖適姑蘇陶君亦為余作此圖一
時鄃暨都付裝池他日歸田擇溪山好處任置此

吾嘗以斯圖爲左券矣，系以詩（吾言不倫）

曾讀潁家訓，問字如逌揚子亭。二十年來

塵土狀，（出山）誅茅慚對草堂靈。

誅茅何地覓三椽，潑墨無端寫兩箋。畫裏

似聞人擊掌失笑，渭山如此不歸田。

字林非得免遺書，鄉住洞渦僕平生尚餘千載

同心有王郎，敢將述補鄉閭。

思歸夢如彷彿夢水家山終始餘林他時馬上

團團和獨題詩滿驛門。呂黎集有題壽陽驛詩，風光頗動別長安及

呂忱字林今已失佚。水經注：洞渦水三源合舍同歸一川，東流南屈逕受陽縣故城東。按受陽即今壽陽也。

列廷城特地寒不見園花並花柳馬路雁有月園之
蓋卓使王庭湊時作也今太安驛有詩亭

受畫每變
垂髫曾讀黃門訓，問字如逢揚子亭。二千年來
塵土狀，出山猶對子堂靈。
諫草何地起三椽，潑墨無心向為箋。直裏淵明
人先唤，淺山如許不歸田。
字林難得覓遺文，鄉注洞淵平聲讀尚餘。手截
同心有王郎，將志京補鄉閭。
歸夢日隨歸夢水，染家緣像獄閨。相地時西
首園之月，不得花詩滿鏡州。

壹叟題額寸園作圖之以[illegible]彼額亦贈予
齋之先生所植之高之額先生錫之既[illegible]錫之且手書之
畫作畫之又從而圖之圖既成矣竹既生矣既葺
既営先生西行
壹齋先生嘉慶甲戌夏自山左學使南歸還居此齋
種竹[illegible]丁丑夏蒙額食筍齋三字額之庚辰命
季君寸園作圖圖之者二其一先生携歸南湖此其
初本也道光丙戌冬年七十有七先生予告歸里華湖丁亥春寫藁將南歸
[illegible]移居斯齋寸園之弟小田儀部出閱見貽

玄有題孫識詠書擬悔庵戊子先生和華寄

名賓舊額擬是合庭成卷，以諸鄉解年名俟題，附貞先生之論半未告人不道

報之傳題威更何如也

壽高先生泰慶甲戌自山東歸任名蓋南齋

始種竹丁丑叢庭傾款庚辰與李君寸園作圖見贈

二〇此幽初本為其第山田作也丙戌先生請先

還鄉其明年寫蕉始搞成於會山留像郭將軍歸

荷出圖燈下有題孫書據悔庵戊子先生出

和詩見貽。寓安舊館。寓齋藻自爲秀才時，處知於
先生。通仕籍後，數年從游，遠入直廬，居
此齋。業痕未掃，離緒方縈。處以手書並圖合裝
成卷。每一展觀，如接賜言。而今昔存殁之感，俯仰之間，愴然知
後之視今，又何如也。庚寅夏六月寓齋藻記
齋之東曰禦東，西曰月湖。湖之南，迤西有屋二楹。齋西北曰
近光樓。樓下一園之勝，樓上康熙　客錫書年雪漢四字扁額
蓋園舊爲宗相別業，此其賜額也。齋東北曰藤花老屋
屋凡二楹
老屋之西曰舊爲樹傳所居，樓宇瞭敞，張文和公

徴君園居舊址花木多百餘年物更西屬二區
雖基址尚存餘廢園內及東峯後向方虛處余甲戌遷歲
轉質股之今化為園丁葉園多時同寓斯園者
仁和許其季田周孚錢塘許謙生倚海蔡鉅翁家遂
僉中允梓雄池蕭之道編脩及余凡五人湯南山敦甫為
書今為搭傳例不常直傳來信窗前附識於此

侍班前夕寓宿史館　六月廿四日

左闕依然笑小龍，更漏寂寥宮雲晴，萬雨城

樓枝連竹，秉燭擁青簡，披衣坐碧霄。十

年清夢在回廊，風柳條。余十年前嘗直國史館

題林賜谷賓日先生飼鶴圖　少穆前輩封公

豈無香稻啄紅鷴，亦有[illegible]羽毛偏

潔白，向東[illegible]分明坡公[illegible]

[illegible]平遍名[illegible]茶烟吟榻[illegible]扶節杖

侍班先生

樓中飲夜因
明月劉[illegible]同詩
送蘄州李
郎中赴任

朱弦三疊古遺音，宦[illegible]年來伴一琴。能免[illegible]
猶在澤，鄰[illegible]蕭蕭風[illegible]林舉，始[illegible]
驚霞詩知教識渠，當携風過漢水白雲黃
鶴更勞沈吟

江上詩 同江字
[illegible]江上詩情[illegible]晚霞，[illegible]帆[illegible]
[illegible]樓[illegible]心迴晚[illegible]詩[illegible]
秋江白[illegible][illegible]條江[illegible]岸口[illegible]陰波[illegible]
散彩華通花[illegible]月[illegible]花[illegible]
降天光[illegible]影水[illegible]玉[illegible]

户銀灣月度窗，夜來拈彩筆，花影夢悠悠。

高閣晴霞外，金杯送畫樓。客心迴晚照，詩思滿秋

江。白界濤聲綠，紅移岸口幢。餘波絕碧畫

寺，色鏡撞仙佩。軒軒歷歷，峰雲光浮

碼(?)字水調寒亀(?)，紅玉鏡虹窺，户銀灣月度窗（遠着色山開瞭韻脚上）

夜來拈彩筆，花影夢悠悠。

初秋周竹溪招荷招兩(?)余人遊直西園西(?)詠

春(?)坐

二十年來舊雨稀，京華塵土滿緇衣。升沈不問

吴平卜志大同知伯玉非。滄滄雲烟經眼過茫茫
畊稼与心違思吾辭以清譚共。月上蒼湖未思
歸。

題魏春松先生　我寫讀畫人家第三圖

一圖化
主知。豪模雪鬲序。再圖宦蹟。抗論伏左掖。
白髮老山中深山梅花老讀書。而今又見第三圖。圖成不是詩
紫異。中有平生感。
思處似同

先帝謀揭批。無復動息[illegible]實[illegible]。迷来白首觀 題詠遍

西游。朱字筆卷丹黄畫細字。門生子和。[illegible]管與[illegible]。

詠。

三館。瞭見。事蹟日讀畫地。秋楊柳陰中迷寰園家。

歸来田園幸石基。極花休我踏山踏。我節[illegible]。心。

[illegible]睡。園八年。洗心。空[illegible][illegible]閒書僅許從[illegible]。

便。[illegible]。負。畫書。課。承。以鍾。迷。老。掛家。

羡門吟略

沈榮仁撰。一册。

沈榮仁（生卒年不詳），字勉之，號篙師。歸安（今屬浙江）人。雍正元年（一七二三）癸卯科進士，歷官翰林院編修、御史、四川學政等，乾隆六年（一七四一）典試廣東。其父沈樹本主安定書院多年，有詩名。沈榮仁承其家學，亦工詩，陳焯云：「篙師先生詩集宏富，僅得見其底本三册，分年編輯，已無首尾，中多缺佚，惜不得其編定之本。」有《壽山亭詩略》一卷，已佚。今存《碧浪篙師詩略》，國家圖書館藏有鈔本兩部，一爲四卷，一爲一卷。

此稿含《羡門吟略》二卷，分别作於甲午、乙未，以沈氏歷官年月推之，爲乾隆三十九、四十年；又《花癖剩吟》一卷，作於丙申，即乾隆四十一年，後者本亦題《羡門吟略》，圈改爲今名。三部分共收詩四十七題八十餘首，以七言絶句爲主，題材大多爲寫景抒情，格調清新自然。書中朱筆圈點及勾畫塗抹殆遍，眉批、夾批亦極多，一則點出佳妙之處，一則商榷當改之字詞。首卷卷端眉批云：「朱筆俱是容齋兄點。」不詳「容齋」爲何人。首末各有跋文一則，論作詩之法，如云「作詩最忌呆填故實」「五絶須直下而無閑字」「凡作詩總以理法爲第一，詠物詩最好是白描」等等，皆深造有得之言。

此稿及國圖所藏四卷本《碧浪篙師詩略》均爲劉承幹嘉業堂舊藏，鈐有「吴興劉氏嘉業堂藏」印。又有「榮仁」「愛蓮」二小印，蓋沈氏又有别號稱「愛蓮」。陳焯稱沈氏「詩集宏富」，今可見者除此兩書外，僅張廷玉《皇清文類》卷八十六録其《聖駕南苑大閲恭紀》二首、杭世駿《道古堂全集·詩集》録其《憇契原山堂追次堇浦先生聽琴韻》一首、阮元《兩浙輶軒録》卷十七録其《迎潮歌》《雪意》二首而已。此稿存詩甚多，又可見當時詩壇風氣之一斑，文獻價值匪小。

（樊長遠）

書号
函 1 册
登录号85274

作詩最忌呆填故實，要用字用，不可亂用，又須活用反了个
提要以議論運之，以虚字運之，方不板實。讀古人詩務要運用
自家便能揀擇。五絶最難做，須一氣直下，而無閒字，又有波
折

容齋兄點

東甫

羡門吟略 甲午

葡萄棚閒吟四絶

好棲別構屋東偏，馬乳龍鬚結靜緣。一枕黑甜殊不惡，葡萄香裏夢遊仙。

屈曲花枝半拂廊，琴書風過自生香。硯池忽訝殘梅墮，已識營巢燕子忙。

簾押不捲蕩銀鈎，多事東風未肯休。帳底落花紅

[illegible]

阮卿法極好

土進御懷

滿徑稚蜂依舊到枝頭、

一樹櫻桃萬顆圓，嗔他飛鳥獨垂涎，縱然未定全

供汝，緑淨當窗正不厭

閨夜

龍涎香燼沃雛收，斜倚熏籠怯指柔，眉黛壓來千

疊恨，鐘聲喚醒半宵愁，斷腸空剩花堆砌，對影徒

看月滿樓，敢為別離拋後會，無聊誰復訴從頭

竹枝

三月桃花色最妍，南山山腹小莊前。重門深鎖無人問，勞動春風又一年。

不到清明便踏青，幾羣油壁自娉婷。儂家舊識南塘路，十里梅花繞翠屏。似拔不穩

自駕輕橈自挈壺，城南好景莫輕辜。桃花亂捲東風裏，紅浪翻騰碧浪湖。

渡太湖

曉風乍起雲霧收，鞾紋小浪摇輕舟。初從狹汊入

舉禮喬適

巨浸旋看浩瀚奔洪流天宇微茫一線隔洞庭指
點双巔留山色如螺到帆背光水若鏡迎舸頭忽
聞漁唱起荻岸依微人影蔽咿啞行行遠峅迄辰
午一新耳目消牢愁雲來峦雉恍在眼不須海上
多旁求徘徊正欲尋佳句不知輕篷已向幽村繫
酌酒高歌睡鄉來今夜夢魂應在湖中憇

羨門吟畧 乙未

元日閨詞

烏雲新髻淨無塵金縷香裙穩稱身描罷小蛾偎佛却忘翦綵貼宜春

又

趙園觀梅

把今朝酒重尋滕地梅牆扶新夢步風紛暗香來無鶴亦幽雅有松皆繞迴含杯右欄外心折此

徘徊

燈檠

朦朧月色欲黄昏冷燄低微獨掩門誰道孤寒難作伴休論長短總消䰟從教照去呈珠翠那比移來綴語言莫便一朝牆角棄更深記否舊時恩

新晴村東晚眺

幾宵春雨困遊人乍喜簷頭鳥語新出澗園扉經

畧彴殘梅點點拍烏巾

行過茅菴由小語招呼老叟盪輕舟江湖本有忘
機客稱菓飛鷗起渡頭

粘天水色碧迢迢截住清流艮輔橋野老凭闌
說處已聞賽社是明朝

一縷炊烟見隔林殘霞紫惹影深沉無端飏入高
枝去驚起双棲學語禽

紅梅

天愛奇花擬賜緋氷容玉骨是耶非從教有路仙

源去底事羅浮夢不歸

賞睡開遲百媚生樓頭牆角總關情認來不須瑣瑣分

枕葉梅格朦朧笑

何似好明長吹慢是卿

○雨窗納悶有懷元佐兄守之弟

開看花惟獨賞烈曾好月不全宵無端猛雨連

宵滴似隔蓬山會面難冷猷依微憐夜燭冰容憔

悴惜庭蘭此時情緒憑誰話乙乙荒齋瘦影單

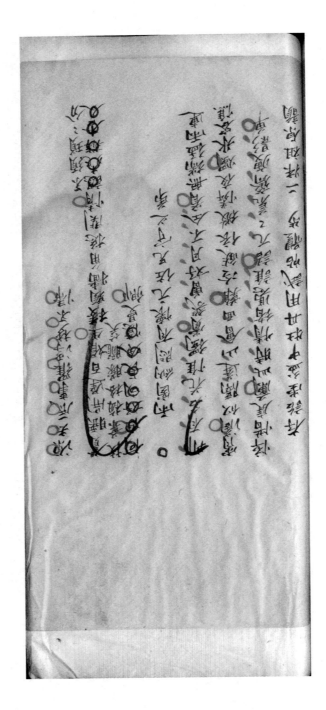

存詒堂盆中牡丹用試帖體步　二休祖原韻

分得河陽種移来小盎安豈仝瓶内供直作鏡中看香已當莚拂花寧畏雨寒依人仙艷立映我醉顔丹共識盟根固寧須繞露觀何當先吐蕊近侍在金鑾

可運 通首已言花矣結復言吐蕊不甚貼應

羅貽諫詩美人朝揷鏡中看 温飛卿詩把火殷勤繞露叢

送春和幼牧兄韻

暮芳曾把錦囊隨轉眼春歸又索詩江柳揺村猶鳥語閙花落地儘風吹從前錯負無邊麗此後憑誰徹底痴惆悵日斜簾幙外曲欄人静燕棲遲 放翁

結句當有身分第四似太落泊無聊矣何如、、

詩占盡人
間徹底癡

苦雨和董扶搖女史韻

如絲小雨正迷漫，入夜微生白袷寒。但覺紅橋新漲滿，不知深院晚殘（流）風。侵幾處簾衣濕，雲重何時鵲語乾。莫以閒村悵悽寂，好披蓑笠問漁竿。

叶穩而健，較放翁春雨杏花之句更佳。

題白傅長恨歌後

一身寵愛擅三千，翻令捐軀死馬前。未免被他方士笑，蓬山贏得恨綿綿。

重色堅求傾國姿馬嵬畢竟隕蛾眉天生丽質終
能捨那見三郎徹底痴
記否温泉結愛深承恩麗質竟珠沉若教生女皆
如此辜負當時父母心
孤燈挑盡未眠時低首吟来展轉思天上人間皃
女恨不逢白傅有誰知
柳暗花明又一村
小市春光畫不成者番相遇若為情鶯藏深翠聲

通首一氣工穩而流走

閑語鶯嫁殘紅未識名別有乾坤供跌宕豈煩歌
酒破孤清偶然一到身閒放正好携囊任意行
尋芳肯把芒鞋惜入眼欣逢好景繁無意壓舟絲
作纜多情插鬢婦當門逢迎何日邀双勒促席曾
誰醉一尊憶否路窮心展轉脚跟莫憚到更番

病起荅姚乾爲表兄

荼蘼花下幾徘徊據亂春愁撥不開懷有病魔難
束縛枕閒誰料尺書來

瑶章稠疊荷深情，兩幅鸞牋別思盈。真箇閒愁全
似我，空梁落月可憐生。来詩有落月空梁別思之句

記否聆吟好句時，冷雲閣雨共吾伊。而今卷落春
歸去，多謝重須幾首詩。

頻移帶孔掩重門，心事誰傳更斷魂。好待小棚垂（島）
亂蒲帆佇盼訪狐村。

無題

青燈明月隔踈簾，舞袖歌裙憶往年。依約聞毅瑶

琵琶低迷對影梧枝顛畫屏小立曾含笑深院重來絕可憐惆悵晚粧人去後殘紅風捲上鞦韆 次主

有題 因詩書聽人罵梧枝顛

一聲鐘後月明天長對經䉀憶舊緣究轉愁聯珠百八纏綿恨繞界三千戒香凝帳縈殘夢繡佛依人耐獨眠也怕閒花侵貝葉重簾不捲自年年

二字可用否

西甌蓋未至催達

鏡中髮

低鬟鬌挽自生香拂拭菱花正晚粧明水細分金柳線烏雲不礙玉蟾光映来好取名花襯照去翻蝶翠帶長未許老奴輕注目却教妬女漫牽腸

何處難忘酒

何處難忘酒花開曲院東高低千點白稠疊數株紅影送窺簾月香飄入座風此時無一琖記否雨濛濛

題仕女八絶

曉粧 詞

綰捲重簾疊繡衾，鏡臺初對費春心。淡粧不畫餘
攏鬢，一朶薔薇帶露簪。

午睡

荼蘼庭院日遲遲，春倦支頤夢好時。却恨銀鉤風
颺起，一聲敲醒斂雙眉。

夕繡

寒輕夜淺半垂簾，針線初拈小閣前。一幅畫圖新
繡出，梨花庭院送鞦韆。

首二句要改

錦綢初啟月侵窗，辛苦金針往復迴。鸚鵡鴛鴦皆

舊製，吴綾新樣繡如來。夜来針指繡如来，主次面目也

夜吟

幾編樂府破孤清，默坐閑牎愜素心。吟到江南紅

豆曲，一聲送盡月三更。

~~題仕女 五絶~~

拜月

柳絲裙襯藕絲裳，稽首殷勤一炷香。可要深情傳

碧落莫嫌冷露濕殘粧

尋芳攜得細添時未必蘭閨女伴知雞舌龍涎名

偶著眠人應獨讓閨思閨思香蓋指内曲中從閨思修之第此喻言也似未可竟指香說何如

無人深院月華天吹盡王褒賦一篇駕鳳上昇緣

底事良宵幾度卯登仙

倚石

掃葉幾曾留好句，拂苔豈是驗啼痕。靚粧斜倚沉
吟處，可為三生欲斷魂。

灌花

迸砌幽花不易開，銅瓶引水費栽培。辛勤博得終
開日，祗與狂蜂放力來。

飼魚 題晦

巖閨無計度殘春，偶到池頭飼錦鱗。他日乘風噴
浪去，江湖念否倚闌人。

惆悵吟

一曲相思記獨真，輕衫側帽又尋春。野梅官柳頻
年路，流水桃花廿日人。惆悵芳時悲杜牧，迷離前
度誤劉晨。可憐繡幞晶簾下，依舊殘紅作錦茵。

萬樹菲花映小楼

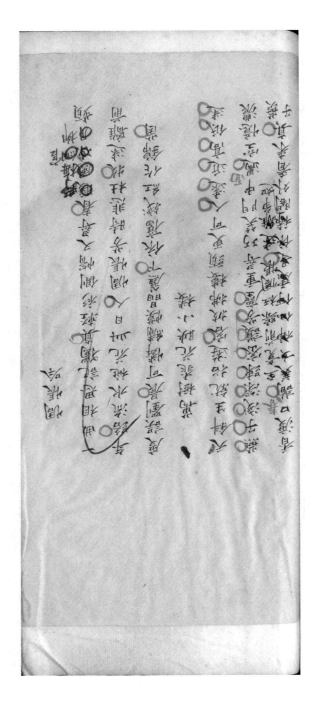

天斜生就拓遊容，披拂樓頭更可人。遠近高低迷
燕子，淺深蹤密護芳塵。重尋巧笑門中遇，空憶濃
香渡口詢。春美女神仙何處是，依稀閣外看來真。至竟前蹤杜惆悵，迷離争如面子莫

改

實獲我心

芳塵俱
樓名

張平叔抄白香山詩竟以詩贈之

蕪詞剩語正難醫羨子耽吟冷淡詩明月小牕侵
翡翠青燈深夜伴琉璃安心似膜應全退好句如
仙更可師刻意規橅成作者便呼白俗亦何疑
吾輩定當開奧窔俗人那解覓神奇追踪此後憑
誰語換骨而今只自知五字古原聊爾耳一篇長
恨豈徒爲他年莫漫輕餘子記否坡公晚歲詩

晚晴獨步登大慈閣

晴… 欲已閑 … 道首 … 未忍還四面青低春

艸岸千重表裏夕陽山無多好景應爭羨難兒時

朝定得閒 … 向晚天容更溫 … 新月掛溪灣

訪琴脩上人 琴公為故宋裔卓錫吾里禪智寺

偶然乘興叩禪關小閣藤床水石間便擬此中消

夏住粥魚茶版伴疏頑

一笑相逢抱率真不妨促坐話前因山僧莫道無

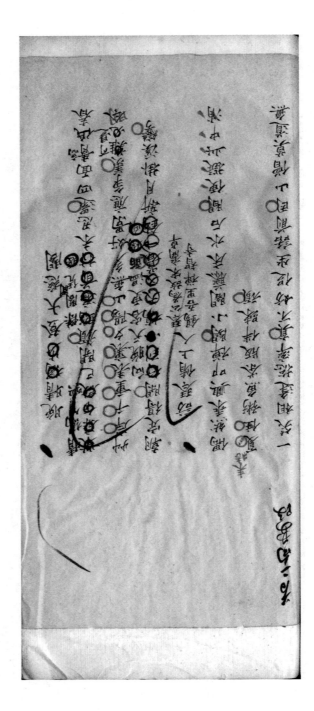

首二句要改

名姓曾比金經供奉人趙魏公本傳中丞旨書金字藏經

曾記追陪訪辯才青蓮牓額豈塵埃獨教龍井依然在回首坡公不再來回窮和尚住持時先宮賛屢遊此贈以青蓮妙諦牓額

蠅頭蝸角笑幺麽只愛吟詩妙義多但學支公論莊叟肯隨陶令詠荊軻

偶成寄乾爲玉裁表兄

看到秋光繫遠思荊扉開處又成詩小橋野店樵歸路泉州斜陽雁過時良友關心今舊雨西風回

首送迎枝相思兩地憑誰訴三徑蒼深獨斂眉（錦鱗六六何當寄 腸斷秋波溪頭）

自竹溪至長興道中十絕

沿邨港汊鷺添浪臨水人家深閉門斷岸孤舟繞

急雨淒風衰雁又黃昏

行過處撼心驚高下田禾半死生兩兩三三裊

柳下深更風雨枯樟蔌

此首似覺語滯當直論之

題甲秀閣 在長興縣學宮之左 聖廟東

同閣凌空望不窮川原極目盪心胸遥遥鶴遠天（仙太）

低處未了青〻一弁峰

與姚乾為借書二絶 王載表兄

别後相思轉黯陶寒聰孤坐可憐宵耳邊眼底空

齋裏細雨青燈一瘦腰

兀〻荒居感離群借書聊為破朝曛貧家那辨雙

祇在只有寒吟寄與君

霜葉紅于二月花

接柳勇一本

由猶間删

底

疑仝桃杏鬭低昂到處天開錦繡粧可惜秋深空

一色不教春半壓群芳落如紅雨原多麗望去丹
葩底用香

除夕徵事

去去双丸（守歲）迤赴壑相將守歲勤杯杓兒童不睡更
囂喧轉瞬渾忘燈燼落（夜永）心孚沉吟意惘然蹉跎正
恐去難旋亟須努力振心事管領春風及少年

以下至賣痴數上俱要改作除夕徵事詩一

爆竹字

八方上下火星撒聲如大樹狂風拔千聲百聲撒

此首當盡改之

刪

小樓偶坐家大人三叔父
宗卿絳稱如收兄分韻得
雲字

罨遠寒威凝相看野色
分假饒添遠岫使好送
歸雲來往求羊侶追陪
（墨）覽羣（倒）自慙非阿買何處
張吾軍

夜喧家〻藉以除天托狂奴摟句正無眠獨對寒
燈壁素殘不是一宵聲刮耳、忘明日是明年

賣痴獃

更闌小兒繞街走呼買
癡獃不絕口買者何人
賣与誰大笑揶揄癡
拍手三者千人巧以高聲
寄百呼吽插遠聲不
聞有子求愚魯莫使
被翁笑尔曹

祭詩

除夜漫天風雪陡耽奇瘦島古希有辛苦吟成冷
淡詩殷勤祭以香濃酒異事尋常毋乃迂後人褒
貶幾時無從效李老呼為傻終被蘇公喚作奴 終似未穩

花溪剩吟 丙申

湖濱望洞庭山

洞庭下遺不得山字否則似說洞庭湖連山蘭濱亦似洞庭湖濱矣

荻蘆洲裏木蘭船，遠送雙眸看欲顛。薄醉偶来遊更好，有詩難道景無邊。望中遥峀露雲樹，空際歸帆接水天。記得一尊曾過此，雪泥留爪又三年。甲午五月泊此

竟體輕清是吸三萬頃水濯過肺肝来

題姚秉衡表弟凝爽閣

位置鮮新小閣低幽芬更送紙窻西吟身穩坐春
風裏拈得名花恣品題
臨水安窓物色新知他消受幾分春凭高更有闌
情處隅岍桃苍正可人

訪明霞墓用東坡遊祖塔院韵 墓在硯山郡守祠西

憑死蘭枯剩骨香傷心黃土伴淒涼名同賢守千
秋在恨比南湖百尺長緑縷原知難續命倉庚枉
說是神方石闌徙倚心如結萬斛春愁未易嘗

宜且名字為

病

明霞未知何人恐如小青之流
為好事者附會且此等題極
難討好縱極工亦不過如買
愁還愁集中所錄弔小青
真娘墓之什耳不作可也

集句詩無題十二首

不識南塘第幾橋見時畧〻望遙〻雲鬟綠擁粧

初罷鸚鵡教寒舌未調春色共傾花底酒翠眉低

按月中簾依稀似是桃源處天際真人遥可招

虞集　張翥　王惲　張憲

楊奐　胡天游　黄鎮成　倪瓚

結珮相逢蔓綠華人間從此識仙家試將綺語求

茶飲羸得春風向客誇當面濡毫翻墨汁背人含

笑入桃花明聽得吹長笛斗擡珠簾賺晚霞

閑情擬在閨中也

首作要改

可恭中兩聯之不照管上下文

一結能與起聯照應為妙

結句

吴景奎　迺賢　虞集

貢奎　胡天游　耶律楚材　趙雍

水邊蹤牖趂風開吹下樓頭笑語来紅蝶黄鶯解

歌舞月明人影兩徘徊忍看紅雨將春去何處濃

香喚夢回不覺衣沾露華濕綠陰無際壓蒼苔

袁桷　吳斯道　陳樵　王惲

楊維楨　袁易　薩都剌　高克恭

春風此日送歸舟袖手闌干獨倚樓多少好懷成

別恨試將往事記從頭春隨流水三分盡人與梅

花一樣愁莫道仙凡便成隔相逢未擬此生休

通首自然

徘徊字尚未可與歌舞對

出于精人巧極矣

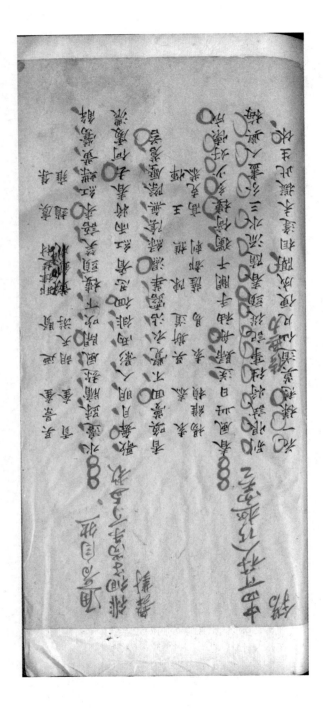

錯

楊　戴　方夔　馬臻　楊允孚
貢奎　葉顒　王士熙　趙涉

緑髮輕盈珠翠粧，可人風味故難忘。綺窗坐對吹笙暖，古墨輕磨滿几香。戲展紅牋圖蛺蝶，誤開金鎖放鴛鴦。相思無限閑心事，小院回廊日正長。

朱德潤　牟巘　虞集　趙孟頫
方夔　顧瑛　李祈　馬臻

數莖餘紅墜晚春，似曾相識倍情真。閒堦弄影穿明月，細草和烟展翠茵。勝地難逢今日會，看花却憶去年人。終期一舸相尋去，第二橋東楊栁新。

虞集　明本　元淮　張養浩
薩都剌　郭鈺　張翥　傅若金
尋源應到武陵溪但恐漁郎自路迷細雨閒門芳
草綠小橋深巷夕陽西燒殘爛燭渾成淚驚起鴛
鴦不並棲摠是舊時迎送處賣花聲裏有鶯啼
黃鎮成　張憲　貢師泰　謝宗可
張昱　虞集　吴斯道　宋聚
不勝惆悵晚春前宿火添香獨自眠風颺茶煙浮
竹榻雨催苍氣潤吟箋只吟回首空陳迹何待他
年始惆然只而可憐天擘大抵將是從向人傳

非織詩人點綴處
正人和月共雞圖

張昱　李存　清珙　劉因
段成己　趙孟頫　段克己　劉秉忠

珠簾月冷怕傷神羅帕啼痕點點勻每憶可人如
隔世只疑樂事是前身狂風橫雨春能幾埜樹寒
雅恨更新好景與時渾易過倚闌無語獨逡巡

楊載　郭鈺　許有壬　馬臻
元淮　李京。　劉秉忠　陳基

金天飛露候虫秋翠斂傻蛾底事愁無限心期捻
寥落當時人物憶風流新詞未入鴛央扇明月空
過翡翠樓倚遍闌干重回首銀河依舊隔牽牛

曾伯啟　王惲　虞集　仇遠
楊維楨　吳景奎　許謙　郝經
更深新火試沉香枕上清宵細〻長疎雨与秋添
索莫好詩和夢落蒼茫強扶殘翠揮吟筆欲向何
人寄斷腸章負緗窗閑歲月愁来得句不成章
泰不華　吳景奎　張養浩　黃溍
黃公望　薩都剌　龔性　張憲
已覺尋芳去較遲楝花開後絮飛時似憐燕語鶯
吟碎甘受狂蜂妬蝶疑暖霧撲簾成細雨画屏摘
句寫烏絲沈郎雖病多情在裁剪春風入小詩

夜半月明生綺席
舊遊憐看獨凄涼
獨循芳徑轉迴廊

黄溍　張翥　王惲　元好問
郭鈺　趙孟頫　薩都剌

步月

起聯却似曉起喜晴而題似滿一針可以聯二三句以嫌其突

不堪殘日綿聯雨，却喜今朝爛熳晴。雨晚月從千
樹出，愛閒傍小橋行。偶從喚渡驚棲鳥，緣底閒（何處閒）
情懷合笙。贏得歸時惆悵在，相思午夜夢難成。（顧元）

玉山詩淡月閒房背合笙

又一首次韻

倒柏雨字便是本題

依舊銀蟾出樹巔，烏巾結伴小橋邊。雨收今夜仍

無恙棹碎輕波自不圖千里寸心魂人盡毋一盃三
影叮增妍徘徊漸覺衣沾露歸路到耳群蛙噪埜田
惆感

翩

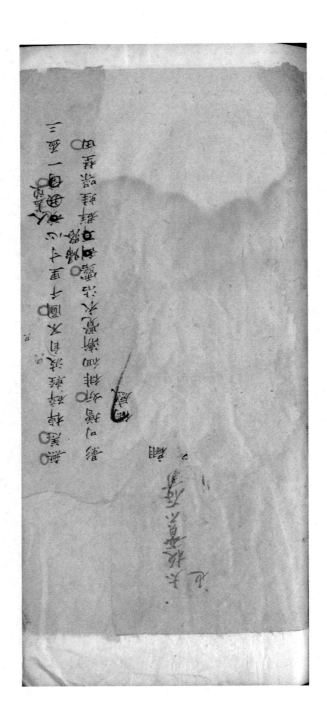

也太板實不存

儒林公白蘋第四首用仙的七子詩體而且重故刪去
集詩共十數首者首尾不宜混清中間略可參差　双溪唱和詩中
儒林公小游仙詩有一首聲鶯押韻者似書　楊汝山先生嘆改用
改偏字韻　凡作詩數首者總宜每首止詠一物不可夾雜　楚體
之名只道不許用此不許用故事也　楊汝山先生詩理法固甚講
究然不過齊整不如柯先生理法更細更超脫　凡作詩總
以理法為第一　詠物詩最好是白描

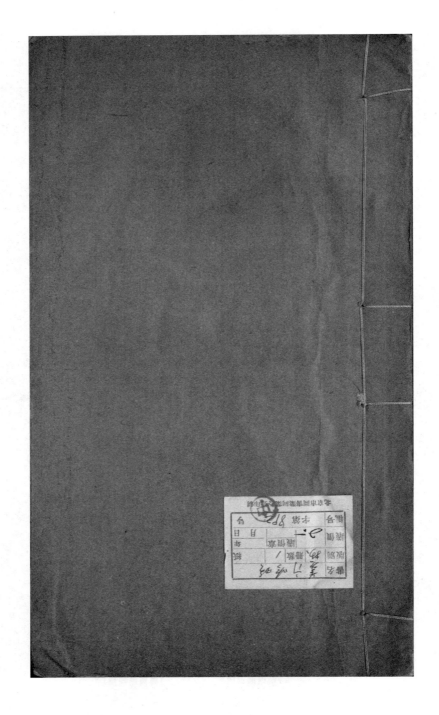
書名
版別
冊数
紙
議價
議價章
年
月
日
編号
字第
号

飲翠山房詩草

楊際運撰。一册。

楊際運，涿鹿人。生平不詳。從書中避諱(《述懷》一首中「弦」字缺末筆)及道光間題識來看，當爲康熙至乾隆間人。其作品《清人詩文集總目提要》《清人別集總目》均有著録，然僅録題名、著者，於著者生平、作品内容等均語焉不詳。

此本共收録楊際運各類詩作三十七首，多爲五律、七絶，亦有古體詩等。有寫景之作，如《晚自浄慈寺歸》《蘇堤柳》《暮過仙峰坡》等；亦有抒情之作，如《感懷》《述懷》《思歸》《寄内》等。詩作標題、内容多有删改塗抹之處。

書中有朱墨筆圈點、題識。第三十五首詩作後有道光元年(一八二一)六月二十一日聞喜支鳳翽墨筆題識：「合觀諸作，五古清雅雋逸，近體秀潤朗徹，截句五言渾成，七言疎俊，大都以風格見長，氣體自與唐人相近，求之于王右丞當益見進境也。間有不經意之作與瑕纇之句，從直指出，質之高明，未識有當萬一否也。」文末鈐「鳳翽」印。墨筆眉批點評亦當爲支鳳翽作，多爲讚譽之辭，如「寫景幽邃，煉句渾成」「風神雋絶」「爽健」「清真」等，評價較高；亦有批評之語，如「可删」「此首可删」「怪鳥二句不佳，結句亦直率」等。綜觀楊際運詩，支鳳翽詩評持論公允，頗爲中肯。

(尤海燕)

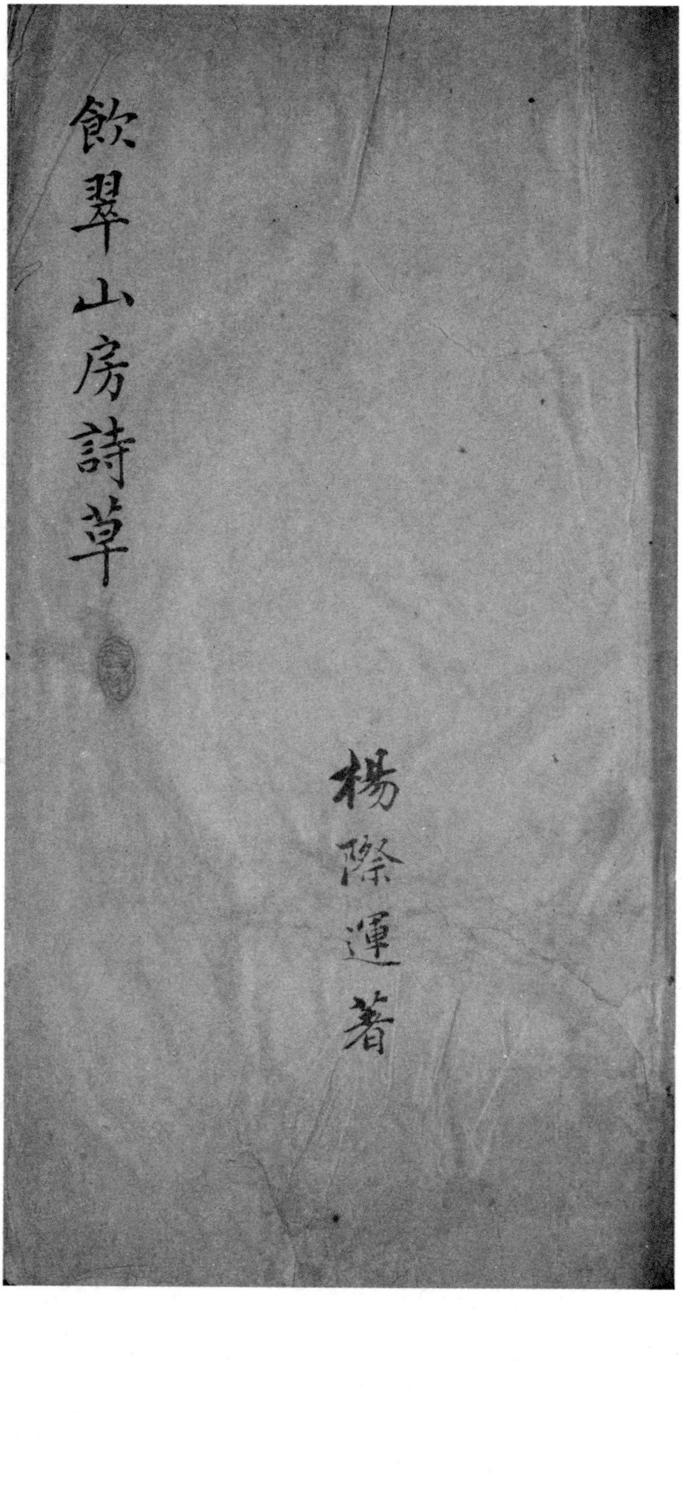
飲翠山房詩草

楊際運著

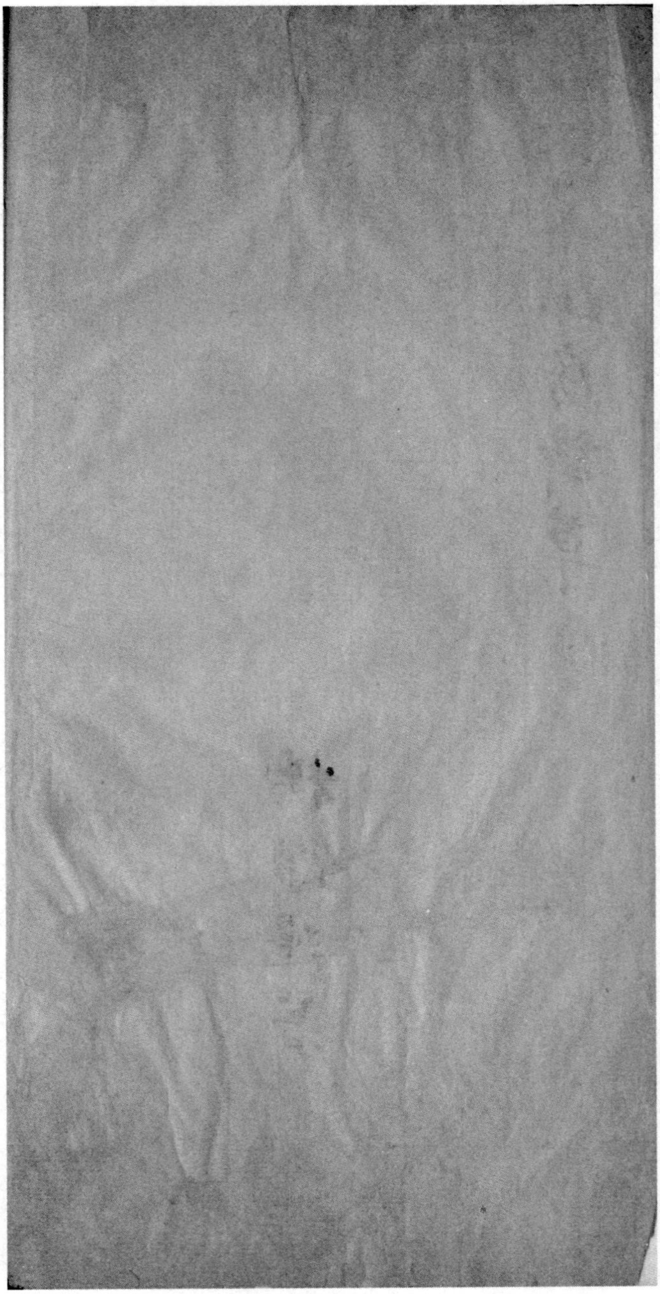

飲翠山房詩草

涿鹿　楊際運會伯

書堂秋夜

客睞不曾着獨擁秋衾冷香殘篆欲銷漏盡聲彌永起

視夜何其明星猶耿耿

彌字易作更字似較老

春暮偶成

窗明几淨篆煙飄鎮日幽居爾不違庭院無人春晝永

晴風頻颺落花飛

清揀

春居漫興

此首似可刪

苦竹緑坡草欲蕪。幽棲不染世塵污。柴門徑僻人蹤少。處處春風啼鷓鴣。

夏日山居

此首可刪

白日山房靜。棲遲避世譁。硯涵梅氣潤。衣清墨痕斜。閑户消塵想。閑窓覽物華。聊存吾道拙。誦讀是生涯。

○山中秋霽待友人不至

情境清絶

颯色。起山。隈林。館靜。而肅。夜涼。微雨。歇。流。螢火明度。叢。修竹。樵

三四有直氣

孥煙外歸，水鳥沙邊宿。攬衣起徘徊，把書行且讀。之子期不来，搔首空躑躅。

九日桐廬署後山登高

無邊秋色滿林皐，佳節登臨興倍豪。野曠孤帆隨鳥沒，天寒萬木向人號。蕭條紅樹休悲宋，笑傲黃花且學陶。不管西風吹帽落，一樽聊復醉葡萄。

秋江晚眺

此首可刪

迴帆轉沙堤，獨屋背山睡。日暮江樹寒，磯邊一女浣。

棲烏簇簇起江城細數譙樓鼓報更

舟中夜起

鐘鳴古寺遍殘更江上危橋獨客情夜起滿船人靜聽

一輪涼月湧無聲

靜淡

富春曉發

高挂蒲帆發富春歸橈一路轉青蘋推篷坐愛秋江曉

煙樹濛濛不見人

蘇堤柳

此首可刪

煙柳毿毿色正齊湖光掩映碧琉璃腰肢瘦損嬌無力

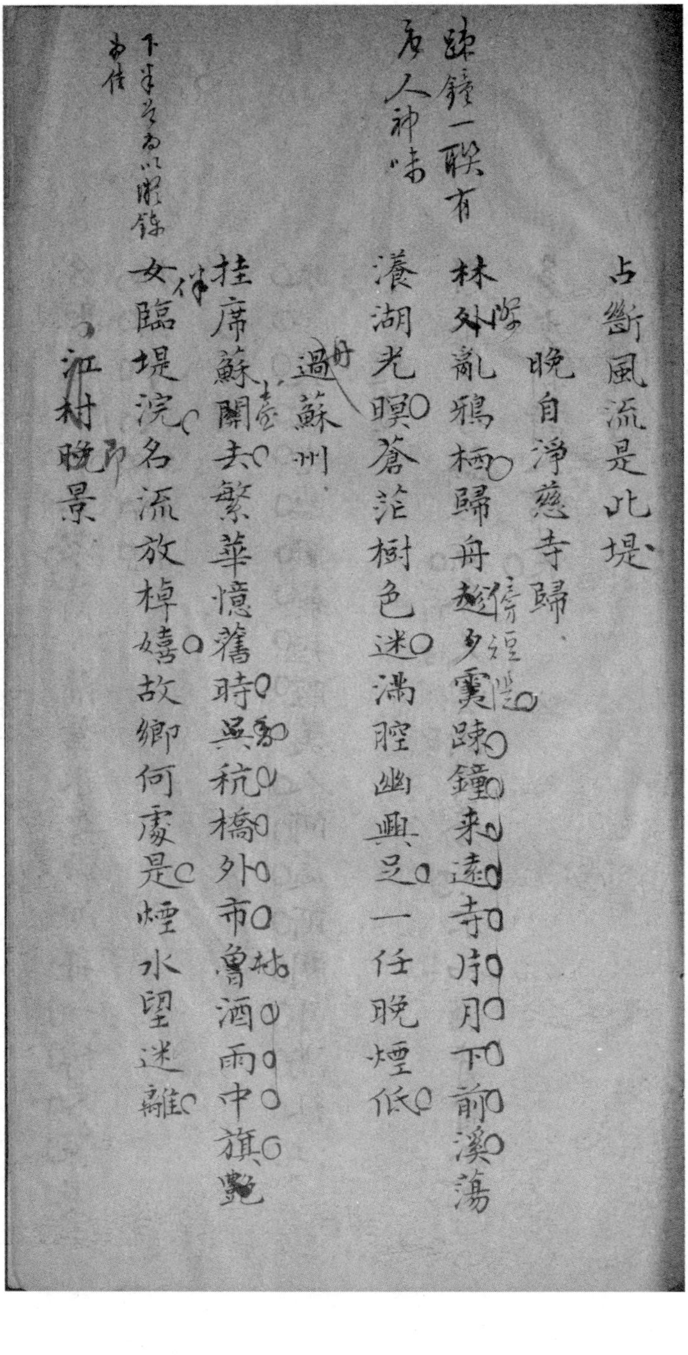

占斷風流是此堤

晚自淨慈寺歸

林外亂鴉棲歸舟趁夕霞踈鐘來遠寺片月下前溪蕩

瀁湖光暝蒼茫樹色迷滿腔幽興足一任晚煙低

踈鐘一聯有唐人神味

過蘇州

挂席蘇閶去繁華憶舊時吳杭橋外市魯酒雨中旗艷

女臨堤浣名流放棹嬉故鄉何處是煙水望迷離

下半首尚以明鍊為佳

江村晚景

風神集俺

渾成

夕照煙村四五家，蕭蕭蒲葦水之涯。漁舟一棹入深處，
搖落半溪紅藕花。

有贈

采采芙蓉老臨風，發短腔美人何處所，明月滿秋江。

題畫

野水平沙落照黄，參天雲樹鬱蒼蒼。不知驢背看山客，
多少新詩入錦囊。

有寄

此了六個字刪

二年音信近何如。又值春風逼歲除。他日相思過舊宅。
滿庭花鳥一牀書。

暮過仙峯坡

寒日倏西斜，迢迢路正賒。鐘聲沉野澗，燈火見人家。怪
鳥鳴如鵲，疲騾鈍似蛙。客游情緒惡，僮僕共咨嗟。

寫景出色，遣辭句渾成。惟鳥二句不佳，結句亦平。

述懷

人生弦上箭，流光疾於矢。年貌形非常存，惟修名永良可恃。秋
菊抱晚節，喬松比君子。草木有如此，矧為天下士。哀哉

沈著

今之人。忽〻甘委靡。不。先。古。人。生。而。先。古。人。死。

閒步西郭

出城閒約踏青遊。雲樹蒼然夕靄收。斜日向西村落晚。貪看山色故遲留。

良鄉道中

轆轤雙輪轉。行〻酒半醺。孤城遥見塔。密。樹。遠。侵雲。短栅營兵卧。荒原野老耘。舉頭風色惡。林外欲斜曛。

晚行

悵望前途又落暉。迢迢暝色逼征騑。遥村一點秋燈耿。
知是誰家未掩扉。

此首刪

春日遣興

春光妍媚下簾遲。小徑閒居景物熙。三兩桃花鬟綽約。
一雙燕子羽差池。新詩細改思頻索。舊帖重摹意自怡。
獨坐始知清晝永。薰爐幾度換茵墀。

此二首刪

雨後書齋即景

驅得塵氛淨。蕭齋雨過初。庭暄猶潤礎。砌水自成渠。煮

清真

宋人格調

茗煙浮屋。栽花濕透鋤。支牀宜小坐。幽賞屬吾廬。

。元豫菴邀同諸人會飲小有餘芳歸後率賦

芳園据勝地。境與人寰隔。亭開水一方。結搆尤幽絶。同志二三人。流覽（招尋恣[illegible]）欣野獲。置酒。相娛。樂焉。知誰。主。客。坐起禮全刪。談笑意彌（供）適。酒盡壺自傾。杯盤亦狼籍。日。暮。扶醉。歸。冷。露。沾。衣。白。

、與友人夜話

故人促膝夜鐘沉。情話蕭齋豁素襟。脫。略。笑。予。逢。世。拙。

綢繆感爾訂交深。閒添麝炷香頻爇。共滌螺杯酒自斟。坐久不愁殘燭燼。窗前更喜月斜臨。

[illegible]篇以懷

感懷

唾壺擊缺自高歌。世事茫茫竟若何。過眼煙雲空變幻。驚心歲月易蹉跎。焚香暫覺消塵障。啜茗聊堪破睡魔。盡日書齋思往事。挑燈重取舊詩哦。

重游小有餘芳

小坐興陶然。幽尋別有天。池欄紅映水。屋瓦碧凝煙。岸

曲雙鴛浴花陰一犬眠涼風颯颯至不覺俗懷捐

郊外晚歸

信步歸来野徑紆晚煙朦朦起山廚隔林忽聽咿啞響
知是花陰轉轆轤

夜坐

一雨塵壒收秋意生寒碧涼月儍東上清光出林際草
蟲鳴啾啾悄然孤館寂惆悵不能眠懷人坐終夕

旅寓書懷

清絶

沈鬱

時序遷流易。拈毫獨苦吟。依人銷壯志。感物動歸心。世事浮雲幻。鄉愁落日深。還餘一壺酒。燈下不停斟。

寄内

舉頭秋雁又南飛。迢遞關山旅夢違。遙憶閨中今夜月。殷勤應爲擣寒衣。

邸中雨夜

一夜輕寒傍枕生。孤燈相對照離情。攪人最是秋階雨。牕外聲聲滴到明。

鎮日（思歸）

鎮日重簾下。羇情感物華。有文惟會友。（句近膚）無夢不還家。活
計依簷雀。流光赴壑蛇。故人欣過訪。閒敘索烹茶。

途中遇大雨

酷暑驅車去。俄驚霹靂過。半空風擁樹。平地雨翻河。行
李愁霑濕。征途歎坎軻。霎時天色霽。殘照在巖阿。

夏日睡起口占二絕句

長日依稀似小年。倦來聊復把殘編。隻槐時引涼風至。

消受南牕一枕眠。

書室脩然枕簟清。足教偃仰暢幽情。槐陰匝地綠無暑。入耳欣聞知了聲。俗呼蟬為知了

合觀諸作五古清雅隽逸律近體亦瀏朗徹截句五言渾成七言疎俊大都以風格見長氣體自與唐人相近求之于王右丞當益見進境也間有不經意

清景如繪

之作與瑕纇之句從直指出唉之
高明未識有當萬一否也
道光元年六月二十一日閻喜支鳳翔讀
於懷樸山房并識

過朱竹垞檢討故宅 宅在海波寺街所謂古藤書屋者也今為順德會館

海波寺外夕陽斜想望流風太史家憶昔琴書消歲月祇今亭樹冷煙霞侵門芳草羅寒雀繞屋叢林噪暮鴉賸有古藤陰數畝（無恙在）春來猶發舊時花

題游廬五步圖為黃樹齋庶常太史作

匡廬雄峙鄱湖邊九十九峰高插天就中五老最奇絕
瓌形逸態疑真仙下瞰蒼茫俯人境招來五步皆翩翩
余李徐艾未謀面獲交叔度知其賢四靈六逸古今友
雙屐一筇山水緣乘槎飛度左蠡曲振衣直上層嵐巔
禪關寂寞訪白社仙梯縹緲呼青蓮遥看瀑布挂天半
玉龍萬丈孥蜿蜒勝游得此意方足登高作賦裁鴻篇
我亦生平慕奇境塵蹤少小覊幽燕覽君此圖意飛越

梦魂恍忽尋開先。長歌聊以寄遐想。會當一放宮亭船

國立中央圖書館收藏

岫雲吟稿

沈士模撰。一册。書名據書簽題。

沈士模，大約雍正至嘉慶間人，字岫雲，嘉興監生。生平不詳。據此本卷首李兆熊題識，沈士模「所著有《岫雲詩草》，未刊。《續詩輯選》已選刻《舟至毗陵》一首，今徧檢稿中不得其詩，疑入選時未見此集故也。子名琪，號樵谷，嘉慶甲子舉人，任分水校官。孫名鏞，號春橋，工書。曾孫泰，號杏賓，業儒」。另據此本卷末李兆熊題識：「先生詩學劍南而未成，家令子樵谷丈詩逼近右丞，所著《愛吾盧集》亦選入《梅里續詩輯》中。世居梅里中環橋街。」

此本共有二百六十餘首詩，多爲七言律詩，亦有少量五律、五絶、七絶及古體詩。内容涉及感懷、寫景、詠物、唱和等。有删改塗抹痕跡多處。《清人詩文集總目提要》《清人别集總目》均有著録。卷首題「辛亥年稿」，卷内《元旦》一詩標題下注「嘉慶」，則此辛亥應爲清乾隆五十六年（一七九一），《清人詩文集總目提要》認爲《元旦》一詩爲卷末，詩止於嘉慶元年（一七九六），著者「時年七十有四」，不知所據何來。且《元旦》一詩並非卷末，其後尚有《人日感懷》《立春》《詠蝶》等近三十首詩。

據李兆熊題識，光緒十六年（一八九〇），李兆熊採訪《續輶軒録》，以詩集來獻者衆，此本即爲其中之一。李兆熊選送數首送入學轅，「入選與否，未見原録」。寫作此本題識之時，李兆熊正欲覓得一位沈氏後人，將此本交還給沈家，奈未能如願。

（尤海燕）

252014

岫雲吟稿
文284·4434
46

秋懷四首

按沈士模字岫雲監生所著有岫雲詩草未刊續詩輯已選刻舟至毗陵一首今循檢稿中不得其詩疑入選時未見此集故也子名琪號菘存嘉慶甲子舉人任分水校官孫名鏞號春棋稿工書曾孫名泰號杏賓業儒不娶無祀著述散佚不可求光緒庚寅予司采訪續輶軒錄之役裳以詩集來歸者絳繹其一也為選數首錄送學轅入選予恐未見而錄之恐失祀諸老易於沉霾為誌數言轉畀沈氏尚未得其人李圃榆

辛亥年稿

秋懷四首

秋來何事易生愁。落日西風憶昔游。客滯經年如幻夢。人生涉世是虛舟。霜濃露（圭）寒偏驟。橘綠橙黃色更稠。織處砧聲和夜月。幽懷寂寞洽沙鷗。

耿耿星河水倚淪。年華客思一含顰。馳驅遠道嗟游子。（兩子俱遠出）縞紵交情失故人。（謂楊去孩謙澍喬葉來不華矣是一人矣）楊老風情傷海域。謝公詩句動江濱。多情惟有花（風）前蝶（柳）。和雨和（烟）風歲歲新。

一帶霜林葉盡丹，竹籬茅舍畫應難。廿年舊業悲荒廢，兩鬢新衰感暮年。淡月曉風秋入暮，孤燈遠笛夢成閑。河梁此夕重回首，搖落如同泛旅寒。

溪邊風葉曉窗鳴，出餞延陵罷酒觥。小塢寒蟬嘶雨歇，江堤衰柳夕陽明。題詩差喜同張協，卧病空教憶馬卿。抱膝長吟聞雨颯，暮雲天際雁南征。

和海昌張拙菴題畫原韻

滿目蒼烟裹。藤蘿帶景間。松雲遮白屋。楓葉
繞青山。淺渚漁庵晚。雲陲帅邑報。結茅徒有願。
幽意寄潺湲。

秋暮懷王七峰二首

西風索莫悵離群。遠道音書久未聞。烏栖紅
葉晰山老。蒼顏白髮減初衣。東籬花落雪殘月。
南浦鴻飛只暮雲。玉笛聲中淒夜角。何時車笠
得逢君。
十年交契感知音。濤岳間居獨掩扉。五夜寒
遙吟竹屋。一泓秋水長苔磯。浩歌莫漫彈長鋏。

飛河岸短衣。意遠望新詩寄便。羽箋四清

妹書心遠。

瓶菊

籬菊初花折幾叢。插瓶對水愛新紅。點綴

深秋經寒霜猶冷。恩常親書几中。色映畫

菊款東壁。時招粉蝶拉西風。朝來忽讀

陶潛句。賦酒芳人興未窮。只自隱

初冬雨霽　限塵字

曙色侵簷絕點塵。眼前景物動吟神。蘆花

經雨香羅袖。紅葉翻階濕繡茵。玉粒作登新

壽日紫衣來○如寫寒鄉○床頭濁酒菊方熟更

春梅開頰上春○

蒼海昌張松高寄懷之作

相約梅花放○重來話別離○瞭遠已匝月○夢窗

尚題詩○騰酒釀初熟○郵亭路各岐○尺書之

寄候○雲樹趁遐思○

笑我高陽侶○門前車馬馳○鬢絲驚易逝○菜衰

想隨時○對月懷京兆○臨風憶海湄○四維 茅堂坐雨

訊○三復寄來詩○

惆悵離居各一天○相思兩地共纏綿○銀毫粧

記遊詩歌。日玉笛數吹醉舞筵。崖穿不來游
自慈。遠書初到雀鳴檐。花明柳媚採只釣。
翡翠簾櫳夢易牽。
杖藜差去入冬強。楊柳蘆葭水一方。閑雁每
思修尺素。看花時讀舊吟章。君呂瓶前賓。並句
梅日暖香浮樹。綠膊醉酒重深。樓倚床前日小窗
重襟被踏歌。且迤句竹林傍。

送別張梅高之楔川舟中口占

送別同登一葉舟。聯吟贈汝復句留。芦
花兩岸霜吹老。帆掛雙山塔影流。絕壁清

懸微雨至。重樓高映夕陽。收檣声櫓曳清波裏。檣（墻）烏亮花款客遊。

札後寄懷張秉文

兩地睽離歲欲更。隱囊支坐對長檠。文章久識逢時躓。書札遙傳出世情。溪上寒梅縹有信。爐頭春酒已多名。今宵薦臈呼如願。回首停雲念舊盟。

張拙翁玉紫薇和留別原韻

却憐經過少。相留話故知。捻書攜歡。剪燭細論詩。白髮桑榆晚。青雲鵬翼馳。明朝分手

彭尺己慰離思

自述

十年辛苦伴青鉛，壹老無成且息肩。愁裏爽
棋消晝永，閒中歌詠續詩篇。詩成酬應勝有
康頭酒，貯食曾無郭外田。為用歌魚彈劍
鋏，雲杓一卷是纏綿。

西曹日由之

推遷時序又朱明，景物蕭條感作生。花落聞
道人窮之，殘五夜月，琴之香瀟夢窗雲，雖遊 乃一孤生 立夏日
辭鮮愁城賴酒航，年有監官佳客在，訓孩高 西席首

初夏偶成兩首 二

節序驚遷入夏初。緑陰ㄱ處繞幽居。畫樓簷
挨新巢燕。碧沼蘋添旧放魚。花柳閑刪歌韻靜。
酒壇空醉人虛。竹窓宜置維摩榻。偃枕
巾箱ㄱ蠹書。

月下

西風拂樹寒雲流。暫見銀盤天際浮。光射玉
梅庭月滿影橫斜。菊冷窓稠鍾鳴菁多良宵新楚
蕉窓奏鬧山旅夢悠。皓魄當頭人幾見。長吟

何必短槳留。

書窗感懷

小窗風雨動愁眠。節屋支撐只數椽。床上書

奩攢較亂。幾聲鸚武助喧邊。

清吟不減十年初。霜鬢婆娑魅病除。玉璧

頻傾留客醉。八行遠接寄來書。此詩深得李侯

立春前一日雪

客佈同雲六出飄。節堂清坐鞋騷蕭。退寒

頻酌紅螺酒。逞讀遥吟白雪謠。遮檻本春晚

柳絮天花浮臘雪梅條。洛陽高臥椿行

窗明日迎新歲興自饒。

立春雪

六出飛花久未消，稍裁詩句报春宵。輕飄柳絮均和鶴，亂擁吴鹽雪未饒。寒壓疏枝梅帶晚，暖酣新綠客相招。春風不肯吹殘凍，

膝[illegible]雪翹[illegible]破沈寥。

接吴門蔣瑤圃之作卑和原韻

春晴客日曉陰晴，[illegible]間居書札通，若硯清泉窗[illegible]綠。梅[illegible]雪盡迎新紅，思魚底用辭

鉄。作客[illegible]勞[illegible]塞鴻，[illegible]喜頭添多旧雨，

清興与人同。

今值秋闈書勉侄兒　錄旧作時大兒至吳門元和署中

文章雖是片雕虫。雲度韶華總不識。錦尚求新樣好。畫眉須得入時工。青雲欲遂先鳴志。油幕還勤磨礪功。切莫蹉跎荒直業。時看丹桂送秋風。

年來牧馥強支持。深愧柴荊畫嘯詩。為憶歸山甚似錦。莫登獅巖日顧危。將安排

將霄漢聳鵬翼。準擬秋闈折桂枝。廿載馳

難成底事。功名四十已遲。

季春郊野步分韻得和字二首

暖弱衣襟春氣和。綠陰陰處鳥聲多。棠發日含清露。煙柳毛絲映遠波。風遲遲季來由(佛)刦月似追(鳥)。蒲起漁歌。楫浮柏(葉)樓乘興又逼清明節物過。

郊原處處暖風和。流日霽芳步膝過。聊由山懷酬好節。難將心事寄狂歌。綠楊枝裏春禽語。紅杏花前酒旆多。舊雨頭襟便隔日。歸途纖月映微波。

呈蘊言老友乾風稿書敍寄贈

文壇久已仰高風。笑我京華悵別同。以上言
絳帳猶存趨後起。何當對讀歷初衷。村深
風景佳桃潮。市遠聲琤琮未襄。準擬
扁舟重話舊。共佛雲鄉十年中。

落梅

離迷林下美人妝。盡掃東風散夕陽。踈密兩
中鋪地錦。淺深澗裏碎泥香。羅浮夢蝶
悲零落。庾嶺冰魂付渺茫。影向江頭頻望

遠。不堪回首送流光。

新柳

嫋娜柔條別恨生。千株垂颺拂簷楹。綠雨
剛眉初展。絲絲風梳眼乍清。感嘆檉溫惡
惱風流張緒最多情。可憐人古。鎖魂柳。又
是濃陰堪贈行。

殘花

未全渾文泛簾隱。蝶散蜂移點綠苔。色減

月暮。梅花零落菜花開。

○雪

寒林雲色埋糊模。灑遍芙蓉滿地鋪。頭
行有詩頻炙研。探梅坐穿何須壺。亂
聲凍雀依村樹。幾點寒鴻落渚蘆。
都是天公玉戲。分明一幅雪岡圖。

和海昌張桂高冰花韻

嶺梅綻放吐芳華。東見爭春六尺花下
弦玻璃經似翼。鋪成玳瑁絕無花。晴窗黄
菊枝難拔。瀨水東蘇葉自斜。向午東風
須解凍。酒爐茶灶一時詩。

〇、節高北牖自大兒補糜後又呈燕八上重理
旧巢喜而併賦

東風微急夕陽遲。海燕歸來雙翦斜。紫語
重尋寒士舍。遍巡仍認主人家。銜泥爲補雕梁
壘。啣將情穿杏樹花。傳說結巢殊有喜。秋

閬廬不圍藍車。

題王氏蘅花溪春游詞後

琳瑯風調冠々時。詞曲清新最所思。佳處
不堪千遍讀。尚遺便可付歌兒。
溪水梅花仔細評。一時傳誦遠馳名。分明王
建詩中畫。寫出江鄉景物情。

盆梅

第臺支坐薄寒侵。種有梅花着伴吟。猗
璧[illegible]破鼻。入蒼[illegible]蝶夢曉雪林不散風
日吹殘早。獨向軒窗愛護深。永浥疏枝含飽

處何來那得酒頻斟。

仝程游紫薇山口占

閒居寂寞對書函，約住登臨逸阮咸。到底何心傾濁酒，探親有淚滴青衫。張素帝時遺回祿 周若珠去

同尋兩寺多紅袖，旋上東山集翠岩。甚是緊華輪侵少照人，明月返征帆。

欵洼曹玉麿雨阻回賦

靜坐孤廊景物嘉，閒拈蓮子採窓紗。十年旧事渾如夢，一碑之翔特倦花。晚雨作抽新摘筍，曉風誰約午既茶。書光候指三多日，掛向

輕橈繫水樓。

和夏感懷

連朝風雨似秋前。典盡春衣稱題詩遣悶

懷難寫恨愁侵[illegible]易成眠。詩[illegible]未得早

螢窗裏老苦能不值錢。堪歎生涯只[illegible]

虬且憑綠竹餞流年。

寄懷張拙翁孔陵

紅藕花開暮澗邊。雨窗話別話分[illegible]。[illegible]今

寂寞吟情減自當交游中[illegible]夢增。每憶音塵遙

好月。回書只素對殘燈。遙思絳帳文瀾富擬

向薇山試共登。

書窓閑坐

茅齋寂寂掩松扃。手爇炉香悦性靈。風遞竹梧驚宿燕。月明池館散流螢。詩才退去空塗乙。書法荒来有誤丁。一事年年差自喜。金鉛文浮長閑馨。

小暑日大雨

雲黒連宵雨送涼。隠嚢支坐動愁腸。身為病雀紛殘滅。室似蝸牛夜漏長。菜艸半莖三尺水。田疇揷万稜秧。名花盡嫁狂風裏。人説年年栽白襟。

答海昌俞覲川舅氏原韻 因昆仲不知平遠居 別號

風柳風荊樹條。一時沉湎那堪招。偶緣風折鳥聲斷。看日雲氣話短宵。

鴻雁分飛西復東。可憐花柳感鴉紅。彈棊賭酒皆生事。人去邯鄲感枕中。

清吟最用半生勤。孫句何堪比麝薰。甚是拋磚能引玉。陽春三復得披雲。

自歎芹中賓主人。弱年猶未脫羈辛。應兒承德歸寧日。可許前過沂水濱。

夏日風雨寒甚口占

小庭風過掃花殘。觸緒閑情賦短章。久晦生涼秋入夏。積勞成疾老猶蒼。乾苔細瀉傾新綠。古紙頻黏擱硬黄。壯志消磨如昨夢。合教挈伴釣漁莊。

題画罌粟花四首

秋穀春苗蕩放花。枝枝艷態閑晴霞。風光刺眼含生意。佛鄉[illegible]借神家。

五色娉婷画素羅。丽春别種傍山阿。胭脂染成名手似。徐熙墨骨多。

憶昔安園賦而往○米囊花發醉千觴○從今西

裡重相見○難倩東風十日粮○

紙上雲烟蒼玉藥○元來粉蝶戲輕紗○薰熟

斜傍洋紅插為籌○叢穎不稱花○

又題佛桑花

滿幅新英開佛桑○不愁風日損紅粧○害成五

色生花筆○出火輕盈一段香○

五年猶居戲掾和羹光韵成就日至

素守家風已有年○猶居吾家號東佛○莊遭早

題愁三輔○旋脫蝸牛易為壓○黃井村墟憶北院○

先塋基業負東田。旧居东田艸堂 一經無路窮通老，可治
何嘗繼昔賢。

送張拙菴還海昌二首

送君鼓棹返鹽官。杯酒離情別路難。長日交游
文士賦。雲囊蓄滿腐儒餐。詩章有便當應寄。
學（業）嗟窮是自寬。從此分襟成契闊。每因風月
憶唫壇。

驕車駒馬去歸南。折柳離亭酒共酣。杜老風
情傷別調。謝郎詩句憶行驂。長貧只合耽新
味。短髮何緣續旧談。寒窗風雨夜。落花

紫堤雜題。

和張拙甫感懷元韵

新詩三復倚懸邊。詞日驚心泪點垂。素仰家風標古誼。常懷孺慕動人悲。文章已入有生花夢。經籍還將載柳編。七日留題蓮葉裏。他時吟稿鳳池前。

題綠軒 即東田草堂

卜築新稿小市東。曲欄畫閣水雲中。圖書鄰架仍連屋。花木梁園已滿叢。蓮葉碧澄詩夜月。荷翻翠扇醉薰風。閒居徒可娛耆老。

事何須問塞翁。

庭前叢桂結叢花年來看々得佳雛

庭亰飛去咸登

雛鳥雖未試一飛翔。幾番失足落脩廊々

翻振羽花枝裏。停宿花鳴万里長。

雲雨

沖没池塘河水平。岸頭惟是黑雲生。閑依鄰

架滑長日。偎桃胡床明巨鏡。荷葉翠翻蛙鼓

雨。棉花紅潤多呼晴。天中節

郭厚穗耕。

午日口占

雲雨初晴散積陰。每逢佳節動微吟。蒲酒連(傾)樽(甕)飲。新換桃符掛壁深。榴吐猩花多令序。荷翻香扇襲衣襟。風光欲獨居諸速。角黍難招楚客心。

立夏日有感 改作

燕經駒隙歎飄蓬。節物清(朱明)和膝下。蝶花簇閣庭。含宿雨蕉。舒新葉柳拂風。絲絲樓窗雲雛燕。醉解愁(戚)懷(寒)寄鴻。立夏前得一孫女生而不育，兼望遠信不至。幸有藍(當作)窗坐高談長日慰離衷。

喜俞魏川至

別離兩地恨難同。一笑相逢興不窮。墨雨潑湘天浮淺碧。榴花豔吐深紅。樽前高論千杯少。袖裏佳章五字工。怪局漫敲銀燭換。吾新句寄詩筒。

初夏即景

半畝方塘傍屋幽。曲欄畫閣映流注。蛙聲入耳晴疑雨。山氣侵衣夏似秋。高柳綠陰鳴宿鳥。新荷葉搽倚眠鷗。閒居瀟岳渾無事。日向洞中老更悠。

題畫

紅蓼花前水一泓，淺深澗裏狎沙鷗。茄蘆葉底蛙啾唧，滿眼風光亂入秋。

積雨

沒盡新苗郭外田，寒衣換卻又衰綿。年居窮巷未嘗冒雨披蓑下釣船。

秋日感懷　此時已值秋闈

楓林葉落暇涼生。昔雨達歸感易盛。壯志方
情成老病。貧居空負功名。秦風虛擬鵬翼。
此室迎頭睡康鳴。日子赴秋闈 枕上那卸何日醒。達前
双桂發秋榮。

寄懷張秉文

紫落楓林逐晚風。別來依舊九秋中。菊花碧水
雲前的。淫淫梅帳來今尺。一經時達望眼。小詩空
便寄郵筒。南舟何日重相叙。話旧西窓燭影
紅。

漫興

藕花香裏日曈曨。几坐披襟賞晚風。庭際小山新石友。琴弹流水古絲桐。村醪易積三外。次詩賦（詞）雖名七字工。老去諸緣渾欲盡。何物近作釣魚翁。

再疊前韻

槐陰亭榭曉曈曨。露濕紅蕖逗好風。當暑消閒事曲沼。遊（避）賓窗蛛網殘桐。賦雖司馬凌雲氣。書讀（覗）蘭亭竹筆工。正是婆娑便歸日。渾忘竿杖御翁。

同人觀荷

雨餘夏景乍生涼。閑淌芙蕖水上香。禪語仙龍
淺月鏡。含情田葉繫衣裳。亂惹雲鬟裹初白。
移在槐花色半黃。田雨相招成久坐。聽吟賭酒
真倫長。　疊韻

芙荷
雨洗
晚生涼

雨洗荷變晚生涼。倩態亭亭閑麗妝。雙影含情
津頭牆。一望倚笑不勝芳。紅英拂面羞顏淺。
皓月吟花賭酒狂。崔家愛心宜覓句。十分清興
繞西廊。

咏秋棠海

花譜神仙曲苑東。秋年歲麗且爭雄。葉枝
着雨鴻苔力。嫩蕊含風夢路通。意媒錢回、
定程宿。據人何事詞成叢。普豈論錢色能
同。頻簪鬢眉描來工。

○和韻鵲橋仙一闋寄懷俞曉堂

年華七十。飛同者杖。美事清勞空布。秋來
落拓任飄蓬。歲月兩洞零半故。夢程縈思。
兩江嶺路。堪嘆彈冠又誤。玄鬢楊紅葉潮
增。屢寄鴻書苔益。

閒情

婀娜腰肢別有情。生來骨相自輕盈。斜倚繡
闌迷蜂蝶。笑向檀郎賭酒觥。巫峽巫山傳是
侶。傾城傾國画難成。身輕那得如飛燕。時逐
東風一款迎。

庭桂盛開偶賦一律

滿庭芳雪吐秋陽。蜂蝶多知過短牆。風動玉
犀香乍遠。日烘金粟焰生光。閒傾碧醞飛觴
促。笑擘紅牋覓句狂。漫說金鸞花正好。小山還
擬挹瓊漿。

中秋對月書懷

歩月中宵舊侶稀，銀蟾三五倍光輝。鎖閑繞了摩霄志，破壁將看奮翅飛。白首浩歌追往日，清尊縱飲惜流暉。謝郎此夕空惆悵，一笛關山万里違。

平湖舟次忽遇壻林孫表弟之劍南

留滯天涯萬里程，別來歲月幾經更。遠君京邂三生幸，拂面南風五兩輕。漫喜停舟[illegible]話，且憑祖酒阻行旌。臨岐分手[illegible]惆悵，後會難期一笑迎。

大兒下第送其之吳門

滿擬青雲奮翅飛。那能雷起伏龍揆。揣摩虛負詩書力。跋涉徒勞關塞歸。拄折幾番悲羽夢。馳驅一別涸征衣。青山斷雁秋風裏。太息從前事已非。

九日偶成

茱萸時節登高讌。風雨催殘画角哀。九月秋深楓葉落。一庭霜歷菊花開。書沉江海雲無消息。久客棲遲病起。園林試往回。遊旅茫茫逢此夕。故鄉離思動徘徊。

賀友人登第

書田埋首十年耕，今日恩叨一第榮。學力已充題雁塔，遭逢有幸赴鵬程。芙蓉鏡裏揚眉始，櫻桃筵前賦句清。停望梅花香滿日，後諸金芳信報嘉聲。

用查初白留別姜西溟原韻感懷寄其兒

明知身世兩蹉跎，寄異賀居匹綱鄉。下第汝因為家累，常杯泛風替人狂。脾家舊滯醫難療，近延郭宗武醫脾 步履新衰老易傷。寄語旅中須食穀，總位次坡。

欹跎生涯落拓總淒涼。

又感懷同寄

四十未逢時。勞生將何之。直　　　感苦

嬰兒作客苦，逆旅人壽那得知。飲啄皆前定。

一絕且賦詩。

同人之胡氏園林看菊二律

不計深枝与淺枝。高人灌植繞東籬。遲開瘦影

成金蘂。早放穠姿減玉肌。暗馥琴樽來細細，靜

依霜月色離離。坡坡把菊吟成賦，拉伴來賞各

有詩。

菊有黄
侵細

炙眼黄花雜蔟旁。滿家三徑未曾荒。傲霜照奪芙容艷。帶雨還爭蘭蕙香。分鳳暗鶯叢裏葉。小鬟偷插鬢邊粧。題襟若喜逢張協。碗談文與自長。

題畫荷包牡丹二首

春晴忽遶一枝紅。品物包荷洪氣工。鮮若海棠初引露。艷如鶴頂惜臨風。

飛來蛺占芳藂。寫出深紅間淺紅。細朵含苞渾未放。斂攢環佩月明中。

題山水画二首

憶昔征帆万里同。帰来花月幾春風。從今画裏重回首。無限相思一水中。

疊翠飛嵐秋氣濃。山居窮處鎖雲松。十年旧有栖禪夢。宜住精廬第一峰。

荅藍官猥拙寄懐之作原韵三首

詞賦梁園與未窮。相思雲樹那能同。十年旧有逃禪約。擬住煙霞山地一弓。

惜共驄騅向新清。三渡錢塘第月明。叢桂飄來秋葉落。撩人別是一番情。

閉門蒋拄老人風，笑類侏儒一飽同。十載秋閒空
識錦，孫山外落且安窮。

横山八景

長天雁雁空翔，秋水蒹葭徑就荒。月落風高更
鼓起，照人白髮對銀光。　天荒步月

雖摩丈室暮雲封，小雪初晴策短筇。向晚壑音風
下遞，聲聲清鼓間鳴鐘。　禪寺晚鐘

閒尋紅葉此山來，十里平原碧派開。遠憶古人棲
息處，愁看遺址讀書臺。　書臺晴望

山横徑僻艸舍瞯。下有潜蛟穴底眠。為問居人曾目擊。行疾秋水湧清泉。

龍穴幽泉

層岩峻嶺似山獅。怪石玲瓏幻作奇。洒遍異藍香雪裏。探梅攜酒好傾卮。

獅岩積雪

溪流曲曲徑三三。暮色迷家龍翠嵐。彷彿廬山游屐晚。節堂倚榻白雲莽。

節莽夕照

村莊小市對遙峯。五朵芙蓉翠霧重。比户人家晒新穀。西成深處老司農。

備岸五峰

長水南塘漲綠波。楓林紅葉鳥聲多。一綠鈞絲垂楊柳。漁火寒連聽棹歌。

長水漁歌

貧婦　夫因久客他鄉另娶妻妾拋棄田婦白髮高堂

蓬門深閉鎖殘陽，廿載孤居淚數行。梅萼含情憐故蝶，暄堂無老聽歸凰。不通親族無周急，但恨兒夫有異鄉。同事棄妻渾莫解，可憐時世總堪傷。

同人小飲

十年簪盍雅相親，文酒招留滌俗塵。高館雀喧將日暮，閒庭蝶舞故迎人。醉拚滿酌花前飲，坐久深談月出新。各欲題箋記今夕，他時誰作主和賓。

小至日雪

寒布同雲風乍顛，六花翻舞撲簾穿。葭管灰初畫（動），寒壓梅枝蕊未全。酒點三瓶澆夜冷，詩吟七字解愁牽。明朝雪止開新霽，暖草浮嵐景物妍。

寄懷海昌俞曉堂舅氏

遙憶官齋步履隨，年來消息尺書遲。情含春燕辭新壘，仰望梅花開故枝。君以新營華屋因窮棄居故地 閒說緯帷終罷講（停），卻時綠酒話誰思。可憐哀老頭初白，夢想已人泪暗垂。外舅自去春辭世

答陝川張拙齋寄懷原韵

懷昔草堂逐日親，書沉雁杳苦馳神。閒諳草壁

虛望乙才賦，傳雲已過申。寒壓梅花來影動，

暖傾竹葉醉還頻。春來准擬藏山棒，高餞

譯文莫是真。

和舍

貴陽深深水自流，部居閒寂似虛舟。夢遊蓬島

三千里，坐擁貧寒七十秋。世事已拋成老朽功，

名早負此身謀。借春乞火依鄰里，一卷黃庭暗

自修。

春初野步二首

閒步郊原景物清，機隨歲動吟神。梅開似茂尋芳屐，鶯（語）如留飲客醇。且喜令游多勝友，何妨賦（擬）句盡輸人。歸途片月隨行屐，夜叩柴關幸有隣。

又

遲日園林草似茵，雲山景色（最）怡神。名花弱柳春含語，歌館層樓酒旆新。有咏時親（松）詞賦客，無才甘作閒窮人。不將俗事縈懷抱，海及（燕時呼）道蓬入幕賓。

○

硤川張林帝寄買梅里花箋詩以寄之

梅花猶記去年枝底說文壇好賦詩想得綠沉

遠訪營雲牋十樣寫烏絲

鄰誰未得共吟箋問訊東橋寄短篇賦就謾

雲風慢應空淚紙[illegible]將向傳

答謝花箋原韻

苕前溪雀噪書題倚雲思一紙何堪傳

拋磚引好詩

荅張拙庵寄懷之作原韵

尺書慰吾北窓思。相約尋芳春日期。紫萼黄鬚銷永晝。玉簫檀板寄歡時。月波樓角當浮白梅里溪頭好賦詩。僕指病身未襆被。離居雲樹寸心馳。

新春日有懷海昌俞魏川客江南

嫋嫋東風輕暖時。鶯啼草長日遲遲。梅花繞旧逕香浮樹。竹葉新醅綠滿卮。親戚飄零追往事。馳驅江海盼歸期。何時剪燭西窓下。暢叙離情共咏詩。

壬子除夕

僑寓今看遠道還。流光彈指入愁邊。床頭柏葉釀和麵。戶外梅花開正妍。剝啄未償村店債。痴狂忘却杖鄉年。松盆火裡呼如願。行樂人生計是先。

元旦

瑞雪侵簷景物喜。積陰暘色作晴雲。梅花香暖爭春艷。玉笛新歌樂戲華。柏葉細傾酬客醉。桃符新換倚窗斜。木愁裹驚歎催老。聊復長

吟興未際

積雨初晴至硤川賀歲偶成

峰窮喜見潮洄。短棹巖山霽色鮮。孤塔遠流清鏡外。遙峯高聳碧雲邊。梅花三弄臨風笛。拂逕千巡醉客筵。細舊雨飄零成今昔。排細新月送歸船。

盆梅經久尚茂因賦

冰鬚玉蕊喜新培。輿水綠盆綠滿苔。戀蝶多情隨燕入。會能留喜向人開。未分庾嶺爭春先。饒幽羅浮幽夢回。歷盡寒酸霜雪裏。移來清詠共淨林

用韻奉贈王秋評

羨君騷（雅）出風塵。久仰琅琊翰墨新。今喜傳經留講席。時聞清咏賦陽春。草堂蕭颯堪容膝。蔬食貧寒可笑人。莫逕論文尚高潔。相知應許日相親。

詠新燕

雨晴春社晚生涼。燕影横斜拂户忙。歷盡崎嶇
來海國。梳教毛羽宿雕梁。喃喃遇主巢双壘。嘔嘔
歸賓字幾行。物象還移時序遞。閒愁觸悴感
流光。

石佛菴觀牡丹

春來百卉鬧晴光。一捻纖痕出上方。風動（香亭）玉欄
香滿室。日烘富貴足平章。憐它繡線誇張美。認
取胭紅壓靚粧。且到不辭尋淺飲。歡招新雨
從元觴。

春游

垂楊垂柳拂堤前。流水桃花霽景鮮。茅屋竹籬渾入畫。輕雲淡日動吟聯。濃春不乏尋春侶。賭酒還須醵酒錢。曳履貪游春未倦。禁烟時節聽鶯遷。

惜春

狼籍殘英拂地塵。小窗風雨正愁人。春光儘指多日。老眼天涯悄送春。
韶光百五半陰晴。駒隙頻經感乍生。百歲犹空

幾雨添消閒孄酥日頻傾

連日風雨不出悶深感冒偶成

連宵春雨損芳株，猶注郊游懶步趨。鳩語喚晴幽徑僻，蟻營細雨倩人沾。消愁每喜逢僧話，[illegible]倚杖扶。莫怪停車三問字，年來愧我硯田蕪。

送春

迍邅春歸風雨天，空教人感七年年。柳絲難繫良辰住，花月應憐淑景遷。歌館樓臺

聲聲。池塘菖蒲葉田田。閒愁今夕渾無賴。醉讀
詩濤寫蜀箋。

立夏

一樣迎夏（首）日。情緒意餘春。石榴鶯報碎。那堪
蝶夢頻。落花空旖旎。巢燕掠過迴。消夏灣
頭住。悠悠遠市塵。

新夏

紅日窺軒睡起遲。綠陰深處護節。茨基放竹
院消塵事。水漲濱塘下釣絲。蒸晡新雛鵝伏

翠荷翻香扇漾清池北窗初置維摩榻偃枕

聊吟七字詩

主七華偕弟同〻移榻過逸情無看花

小飲席上偶賦

晴窗蘭蕙吐芬芳喜得幽人移酒漿琥珀深

盃聯句穩薔薇小苑話更長未知後會歡何

地復歎離居客異鄉今日習池應倒載津忘

賓主醉千觴

謂王因之家江南

題張 人日圖

秋後幽棲水竹村含飴今喜又添孫展圖人日

多君問字草堂前問叩門。綠酒習池應倒載。黃鸝古樹已花翻。維摩畫裏人如玉。右史風流壓宋元。

述懷

自咲生涯落拓人。而今衰老安貧。[illegible]蘇酒[illegible]
[illegible]園閑[illegible]遊。身受卅年家事累。[illegible]
里夢游蹤。昔游綠草紅板碧柳江郭暮。深擣紫荊
避俗塵。

曉起聞鶯

碧樹濃陰蕙艸香○時聞睍睆弄笙簧○嚼來
巧舌棲殘月○聽去新音宜舉觴○作出喬松為求堪比蟲去
友○使教猶容暗思鄉○穿花細舞深深見詩句催

水雲鄉裡絕埃塵。杖履逍遥作散人。紅面酒開
逢老伴。幽窗客遠夢歸身。十年浪跡成何事。
半世清吟不礙貧。莫謂衰頹乘興盡。蓑笠
釣江濱。

補錄壬子歲暮懷俞覲川舅兄仝次子容江南
征帆遠遠赴長途。臘盡春回伴不孤。座傾寒梅開
曉日。灞橋煙柳已藏烏。上年冬暖甚梅柳均發 依人王粲歸
應早。守歲劉臻喜自殊。淮俗椒盤供醉飲。迢待
詩句到橋梢。

手稿

送別張拙齋還藍官三首

別久情深未浹旬。茅堂分手賦歸程。勝游縱有

尋山約。愁對塵前倒酒觥。

唱罷驪歌別恨生。匆匆那許速行旌。幾回華

簡雲前約。且緩征帆半日程。

別語無多客思牽。輕橈臨發尚纏綿。慇懃相送

梅溪路。到及藍官月滿船。

寄懷張拙齋

莫負此佳辰。

和前橘評琴川雨中牡丹

春館脂痕着雨鮮。玉欄杆外倚嬋娟。烟埋歐
碧容含淚。水泛姚黃蓬選妍。早放瓊枝殘粉
面。遲開國色洗丹鉛。沉陰渾繞巫山夢。半捲
東風苔蘚前。

賦贈楊蓀阜明府左遷歸里兩首

宦遊十載阻音塵。喜歸真淂問津。品行文
章堪瀟灑。風流蕭洒見精神。自憐老朽莊諧
措。早羨儒冠能誤身。落拓生涯聊諷詠。相知
應許日相親。

芳名政績著江濱。去國休嗟室罄貧。腹笥已
充三篋富。詞源還挾百川淪。開兮宜泛床頭注。
覓句閒尋花底春。過隙韶華須愛惜。蹉跎
莫負此佳辰。

病中遣悶

病骨支離已有旬。茅堂枯坐寂愁人。生憎花裏禽聲碎。厭聽簷前雨點頻。茶餌整扶蔬食減。藥床時与睡魔親。多情去友殷勤問。相對忘形話一巡。

平時書史亦留連。病裡吟哦意惘然。騰久花前(檄沉)徹晝永。形篠清興賦詩篇。荷花風動蛙衙鬧。簾檻風輕燕語穿。太息生涯愁裏過。強餐一飯可思眠。

王牧評叔子早夭書挽

明珠一瀉竟無存。自家正淚別淚 赤子一直 語到傷心拭泪痕。名重瑯琊賢子門，才年頻赴雲屯。九原猶帶淒淒恨，常難瞑三島，何時返故魂。幸有承歡長子在，人生修短總難論。

立秋日修葺長水先塋書以誌感

又見梧桐一葉飄，楓林暑退雨瀟瀟。拂牆帆影來長水，入市人歸度小橋。風木餘悲當起儀夢，莪永痛廢歌諸。含情細無限傷心會懸處，野草汀花總寂寥。

七夕戲作

迢迢銀漢夜光寒。露啞披襟對月看。堪嘆双星歡未罄。明朝烏鵲又成單。

良會年年若此時。西樓欣果說佳期。人間自有無窮巧。笑待天孫指示之。

秋日子病口占

塵勞子疾日侵尋。枝葉支持苦盡心。消破愁城憑酒釀。驅除積病待人參。夢風翻盡落花春。初減雨洒梧桐秋思深。是日抱病立秋未愈 梁燕似知人意緒。頻將絮語弄新音。

秋夜聞笛

飄渺涼天楓樹林。誰家橫笛弄秋音。抑揚
舊譜極伊曲。妄繞新翻雲宮吟。無語一庭
清夜夢。月明千里悵分襟。白蘋紅蓼蒲颯。
老去逢秋感易深。

中秋對月

千里相思共月明。南樓清夜泛盈觥。登臨縱有
元規興。詞賦終無帝遠名。倦客臨風歌水調。擲踪
比夕入僊城。鏡懷消却閒愁緒。錯眼霜華歲

易更。

又

蟾光五夜淨瑶臺，涼露迢迢逸興催。吟嘯（句）誰同謝客賦，登臨（樓）空憶庾公才。金莖正蔟林間出，玉宇千層鏡裏開。爲憶故人萬身萬里，離思七夕重徘徊。

中秋感旧

玉露瀼瀼桂魄圓，誰同弟遞賦嬋娟。夢回劫憶西江路，快閣留題已十年。快閣在泰和縣，黄魯直所建，題詠甚多。

國家圖書館藏清人詩文集稿本叢書

又中秋月

秋色平分夕。金波永夜流。入簾蟾影淡。拂檻露華浮。海上明珠出。山中玉女遊。何人歌水調。遠興在南樓。

懷人

獨夜愁無奈。空堂明二更。窗明紗月影。簾靜落花聲。已下懷人淚。重傷過客情。東山餘興在。田首可憐生。

村居 五言六韵

心遠地成偏。結茆邱壑前。微風吹落葉。細雨

破晴烟。溪靜魚知樂。林昏鳥自旋。耽書娛晚
歲。養疾學參禪。縱酒花頻勸。吟詩月正圓。
蕭然塵慮盡。幽意足留連。

又

紫門熱客少經過。落拓生涯逸興多。穿逕黃
花開曲徑。蕭疏翠竹映清波。閒來合注新篘
酒。興到還爲擊節歌。莫謂村居無一事。更晚
詩句日婆娑。

秋日擬王秋坪

楓林颯颯露華浮。靜擬紫荊鮮唱酬。藉
桂花錯秋入暮。重陽風起寄生愁。飄零雨
侶交會莫嫌。寄莫琅琊病未瘳。去去僅餘
詩興在。逍遙極安寄蜉蝣。

秋日懷王靜齋

臥病琅琊久未瘳。秋來情緒想蕭然。文章
早重今時施鵬鶚。明年上九天。
功名端不困鹽車。山試何須學有餘。空悔
風塵空織錦。美人誰得擬驚鴻。

九日憶子安游

九日茱萸泛一甌。登高懷抱總離憂。黃花繞
徑秋光麗。金粟飄香月影浮。節物它鄉宜
惜別。衰殘故國夢生愁。十年羈旅成何事。
悵望江干不自由。

秋夜不寐書懷

蛩語雞聲下五更。纏心百慮夢無成。靜聽蕉
雨疎還密。卧看殘燈滅復明。夢裏病懷歸自遠。
殘年生計與誰評。壯游雲有摩霄志。朽木
於今淚欲傾。

閒居 重

爲覺清閒思不禪俗慮那可与知聞○焚香
鼓瑟三疊泛○散步吟梅七字完○不學趙
甘濱御○仿摘龍歌事耕耘○心如五蘊禪雲
淨○自哄鍊在已十分○重

○憶人　用秦樓月調
秋夜長○書齋寂寞暗思量○暗思量○天外一
聲征雁雲翔起來領得菊花香○獨向修廊○
月徹芭○月微芭○凌懷心事幾回腸○

○新婚夕詞
夜漏促○合巹杯深斟停醽醁○醉醺醺○臂藕輸

枕邊山夢覺。曉來無力慵裝束。况理鏽簪人如
玉。人如玉。空恨鴉情對銀燭。

微病初痊

天宇輕寒體漸完。隱囊支坐對蘆櫳。神
勞猶記聯吟裏。髀損登山跋涉中。世事已
拋成美睡。閒愁那許褭翁。逢新日暖風和
候。梅花含蕚發小叢。

立冬日修補紙窗

楓葉凋殘十月中。修糊北牖御西風。霜花
數點寒爐隔。禪榻閑眠幽夢通。朗月映

来踈竹翠。晴霞照家曉窓紅。小詩遊
酬崖節。未見梅開溪水東

溪女

嬌姿嫋娜出風塵。偶係提籃[illegible]崕巡。笑折
梅花裝點鬢。閒行田圃聽鳴鵽。傾城名士
西隣名士傾城賦。北里佳人絕世身。堪嘆羅
敷原有室。比肩誰与日相親。

雪意

寒葉重帷風颯然。吴鹽未洒但含烟。同雲容
閑遣斜日。嚴裯新添一錢綿。擊檻飲醪頻買
醉。擊箋迎雪賦成篇。簷鴉噪雀爭喧啄。
捻斷梅花聞未全。

同人村店小飲二首

冬晴喜得暖同春。閒步郊游菜物新。雞酒菊
花迎過客。淫迎酒旆正招人。三升綠飲無賓主。一
曲狂歌忘暮晨。擊伴晚途勤行興。東林月出

已外錄。

郊游長條約西湖。醉扶村叟共傾醪。千古事

緣輸逸士。一毫真處不到聞身。梅邊雲煖熏羅袖。

瑤環新篇滿芳帖。時凭題標表與書藝。

多出風塵。

叢菊

秋英嬝娜與誰何。獨對東籬一嘯歌。冷蕊金

芳情舒態。霜莖傲潔吐瓊柯。雖為逸士為

梅伴。易擬高宗韓宴過。惆悵花間偏令宅更

無賠淡酢新醅。

光未久長

登吳山絶頂

絶高遥磴展天步跟峯圍十二能曾攀蘇隄遠映

青蛮外葛井幽埋碧蘚間杖底烟霞雲作幛

眼前風物霧遮山喬松古栢環空翠俯瞰塵

寰水一灣

自述

光未久長

登吳山絕頂

絕高遥望辰天步躡，峯圍十二鈍層

青霄外，葛井幽埋碧蘚間，杖底烟

閒居起晚

楓林日落壓茅茨。滿目閒居睡起遲。溪上扁舟

枝前好風來北雁。相思。近得京中書信

支床只夢殘河畢。細雨時淨掃明窗憑曲几。

雙鈎書帖戲臨池。

有懷海昌謝杜邨

別來音書疏。風雨懷舊游。離群甚易遠。風雨

楷雖博梅花雨枝早。雲飛北雁聲。懷人多寄語

遠遞頻傾。

山莊

為愛清閒景來奢。偏居那日與生同。楚瓜蔬曲米
蔬靜。暮醉熟時歸字文。不學趨迎甘淡泊。柘坊
熟畝又耕耘。心如玉蕊禪香淨。自喚雞豚伍十知

立春日雪

一夜西風勢北撑。吳楚陌海遠書回。冷氣凝
東西路。試聽春陽何處來。
六出飛花半橋回。雲翹醉蕊儲工墨。空書巷陌
迎連春意。折向東郊一探梅。

命釵川寫照自濡弄嘲其屈留半月上難解維

將發白堍舟中送別

屈指歸程當月盡，羨君吟詠家風流。既能纔歇

三升後涉我最菁一笑無。非日紉標掃柳撫柳何

時聚首漫登樓。堂上詠懷中降折贈詩掛帆一航某字。

穿空雖居不得熟。

月重新白晚相思詩家懷釵川寫之

夢裡相思幸作空。權買輕舟負前晴。輕截於庭

當仙著浴祖花前憶別情。遙憶雲亭思問訊。

閒窓長物勸吟聲。[illegible]年頻把[illegible]文嘆。回首天
涯唱渭城。

除夕

兩逢辛歲勸杯[illegible]。[illegible]頻[illegible]芳燭燒
殘[illegible]。長宵[illegible]破[illegible]旋。[illegible]多楚[illegible]
霜。柏葉須[illegible]髮。[illegible]吟[illegible]甲子。余[illegible]已[illegible]
浮[illegible]蒼海[illegible]流年。

元旦

[illegible]新日[illegible]瑤[illegible]。[illegible]玉[illegible]。[illegible]
[illegible]高[illegible]。[illegible]。[illegible]
[illegible]江[illegible]吟[illegible]。[illegible]山[illegible]。

天[illegible]梅

新[illegible]端。花氣[illegible]人[illegible]。[illegible]
圓[illegible]。[illegible]。[illegible]

聞。首亦荒荒佛座空。爲農圖畫幸買歸。白
髮重逢悲撫迹。
同人三月看梅
春色濃于酒。觀梅只杖藜。十三株自宋。四五
家仍。饒舌争咒。吟哦多异声。偶逢樹月上。
簽語一樣傳。
新燈多
三春花燭燦。旅邸背銀床。滿幕啼鶯杪。恩
鏡語經年。粉痕添後暈。云聽襟花。夢後亞

山岫紅霞照曲廊

村郊閒步

十里平原迥絶塵，空中風物一番新。經旋飛艇耕[illegible]畔，風柳橫映古渡濱。無是[illegible]茅舖熱客，也應漂[illegible]屬閒人。呼朋值飲佳辭醉，行樂人生須及辰。

閑居消夏[illegible]

空簾垂幌浮野涼，捲起清遊[illegible]如泥。窗遠漁浦山影（重重道）蟬雪壓枝，枝上花層。野夕捨曲，儺歸守祖。孫譯讀伴書帙，平居淘邨間車馬，小稿詠成手自謄。

春雨遣寄兩兒 大五律一首

春色瓊林鶯語嬌。石尤風急雨偏饒。柳條
出洞蝶游歷。酒市煙深長暗淡。村頭新笛
清霓穿色急名花未。消已萬條。射掠且上高樓望。
雲霧迷濛掩麥苗。
十日春陰滌樹溶。黃閑穿暗硯詩。鶯聲背很
啼紅洞花晚無言濕翠條。擊檻已沽都店酒。披蓑袁
好棹鈞魚船。鄉夢莫評鏡峰攪。兩後詩韻亦調。與自銳

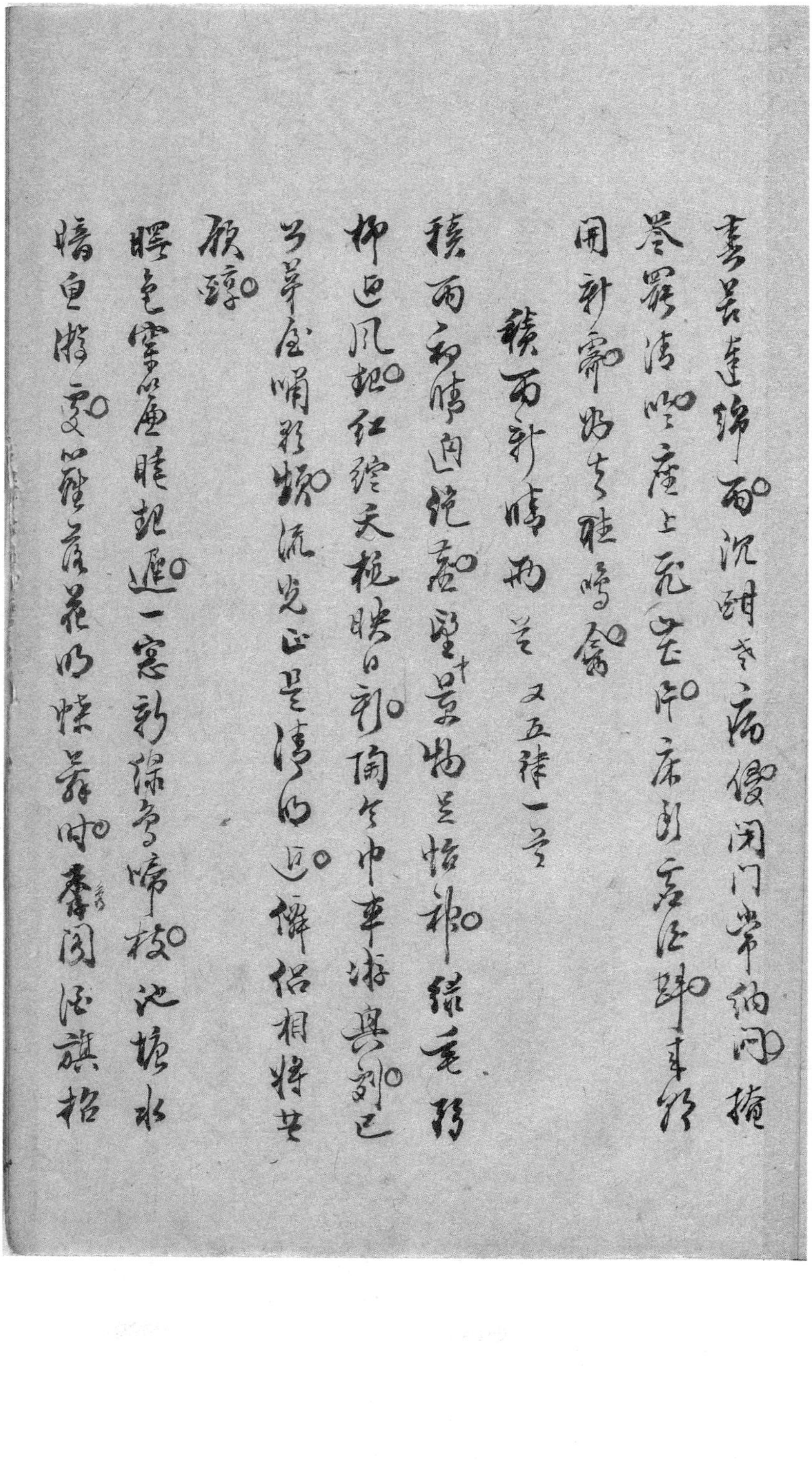

醉家畫樓玉笛聽歌班。達於是雨亭消遙。合
仿和合堂韵。
雨後達前久之好。暖光門開紅日高。蕭樓白
雲橫。多病思良友。消愁對巨觥。荒細垂情。空素
氣。抵無情。

又昔雨稱之

點滴出階前。夢後聞聲灑遠。動脈吟。幾條籠滿
和風起。一院芭枝冒雨於村蘆濕。沾行蝸殿樹
雨聲淡晚嘯。一聲聲。令人愁。望懷空尤甚。短滿紅

螺任意歸。

尾屋苦生風雨侵，荒崗支坐警煙林。籃輿冠履負遊山約，雜種橋低漲水深。剩有閒吟清寒〻且擁衾，卧抵聲深。雷鳴易起商羊舞，一種凄清攪客情。

雨夜懷友

懷舊題襟〻〻同，十年交契等飛蓬。萬條深溲愁無數，追逐天河信未通。細雨清街春夢裡，閒花滴溜泥塗中。可堪黃昏屋脊郎，萬響酉窗恨不窮。

微疾初瘥

天宇淨空作淅瀝，衣細纏日篝薰爐。神夢從
泾愁吟裡，脚損登山跋涉中。世事已抛成美睡，
閑懷聊許動吾翁。遲遲日暖風和候，梅蕊含芳
養小叢。

殘菊

自甘籬落傲秋霜，不管繁華開兩旌。瘦影頻遭
霜壓損，不堪憔悴葉初黃。

早梅

玉骨冰肌雪未侵，嶺頭乍見逗深林。南枝
信比北枝早，月混空花未易尋。

曉起

一夢偎支枕，不覺窗日明。殘砧曉妝迎寒雪，
冒逕傾。

雨中遣悶

濂纖小雨曉寒凋，清雲猶意訊絲，梅杖雨花濕
弱態。困年賸淫解垂虹，雲埋嶺岫迷樵路，冰泚
泚泊釣舟。唐指妻來[illegible]流光荏苒[illegible]

悵別張拙軒

憶昔分襟霽色新。芸窗枯坐過春人。鶯花寂寞
處閒畫。詩酒飄零客况甚。後指歸程纔纔
日。相思夢寐不萬甸。更為後會知何地。彼此殷勤
雲一椿。

答寄振原韻

蝸舍延涼雨乍晴。屠蘇酒熟醉吾傾。浮埃私
悵思深了。庭花花開惹友生。宗衮多能力窮歷。馬
仰善病去鴻濤。同歸萬古留題望。梅生信雲
月二更。

七十初度

啼鶯喚夢醒春時。浮世飄蓬賸自驚。寒暑
遞更經營双二鬢參秃。計田園已度九年耕。衰齡馬齒嘶
居長。壯志鵬程誤此生。堪嘆頭顱今七十。欄
耽吟咏了生平。

作詩二郵寄進杭未孩前任並諸同人相
繼詢世老友並一人武林感舊

拜棹東風鼓白溜。武林重過感衔臺。浮古亭台
後行有雀。葛嶺誰同並駕驂。身世飄蓬人代
遞。墓門宿草月華浮。可憐一片名湖水。鏡二叢

衰顏已白頭

同人小飲分韻得深字

綠溪家〻黄鳥聲，挈伴村家此盡簪，高館雀
喧呼逞晚，閒庭綠樹落花深，幾逢田雨成
歡咲，取次新詩得共吟，九十春光須愛惜，分題
又喜共題襟

夏至午日

蓮葉榴花韶景鮮，流光疊過緑帶筆扇題箋
風迎風裏繞村田，曉望雨天

俗云夏至雨連田時漫
著三六雨

披襟殊消酷暑。且按角黍祭前賢。人生宜

逢節。須飲千巡興亦偏。

初冬見雪

村舍氣凉病起遲。等閒遣信別梅枝。黄花帶

雨空之萎。草竹搖風瘦不支。晋帖双鈎消

晝。唐文細讀遣新奇。氣寒書旧之餘。梅窗吟暮景

蕭條憶昔時。

梅月同張君之作

梅月交輝夜色良。一天聯渡往壺觴。花明似

待銀光满。蝶影如胡玉骨香。八斗玉映西窗伴人畫。

枝横东窗今年事。宵游奚用秉红烛。来遊
师雄梦美娃。

冬晴野步

枫林叶落晓霜侵。踯步郊原惬素心。岭上早
梅将吐秘。村边禾稻已堆空。带游原有名山约。遥
望遥程野市寻。画意诗征帆登快阁。同作黄鲁直前達 南
昌西望白云深。自己亥游西江于今已十又年矣

腊雪

非承吴盐散翔风。滚亖寒暮入庭中。酿成把
残消残冻。夜散装绵当行灯。活闲篇无乱物

茶。灑藥爐伴吟詩翁。正逢荐騰過青雲。窗
前同雲日未融。

菊影

索寞西風午夜深。秋英滿放映迴廊。月侵
蝶夢空籬靜。蝸引花魂粉壁黏。菊史忘形
繁葳窗。憑把玩影比濃妝。印畫小樣浮遍。
移蹤呼朋共舉觴。

過情齋小飲

村僻移行蹤。西樓遁世祥。呈書識老松。從徑
送年華。待月蹤栽竹。招朋共種花。衡門閒徙

倚梅花下柰麻。

孟器原有約。花徑每繞絃。不植空枝放。相逢旧

雨過。荒祠堤畔貯。蕭疏清高致。後会难定。

人生难别易。

歲暮

西風吹落葉。山雪下六時。衰動無涯路。霜滿那

更起。移攜斋相倒。堤上莳苗栽。破徑微生蘇。

芳豆雅朝露。

春日閒居遣悶

晚日東風竹影斜。家居情味似山家。鶯啼燕
語過半花落盡遮窗到晚。情苦征帆勞跋
涉。手上閑戶夢繁華。賦閑覽之清生句聊注
自適無譁。

春游

弄袖風輕絶點塵。平原霽後曉光春。綠楊堤
畔鶯聲碎。紅杏村前酒旆新。世外烟霞間是
主。靜中花月孰為賓。閑游領得[illegible]涯趣。明雨相
逢意轉親。

游曹王廟

眼前景物足偷幽。仙侶相將汗漫游。村舍以笛
畫舫。寺門花柳映芳洲。登樓士女參壇靜，祈
子神靈許願酬。誰識功高遠世澤，至今猶
祭報無疑。

寄懷薇山張桂齋

離亭投轄語綢繆。卒歲同居景物非。忱懷
鼓棹喧相和。節序催時驛路遲。蘇氣野亭迷
紅豆。暮雨秋風夢寐飛。鞍馬遙瞻雲山
一隔掛相違。

寄張杜函丈

拂君驊騮著鞭官，離別經年敍首難，秋水蒹
葭頻問訊，梅花竹葉寄交歡。楷前高論如如玉，
袖裏新詩字字寒，當是片檀琅玕換，琴絃流
愧為儒餐。

送別

瞻彼河山思憤殷，相逢急遽過鴻鞭，既花方新
天氣老，相思似穩翩翩留笑。杜老風情難別緒，潘
公詩句感離筵。擇園梅生成鬢苦且住遙傳
十一樣箋。

又疊前韻

淮壖抽帆趁潮發，莫漫催。離亭且祖送渡關。

後咏梅古碑猶在，湖山環翠，贈行猶記

曾。臨別言猶細，花落紛紛去帝鄉，華門獨向開。

明年來驛路，誰與故人來。

又惜別

梅花無意送，踏破風雨急里行之方。祖道飲之作

惜別，今當歡以眠，惜顧先歸，[illegible]無[illegible]，親朋如故。

浪金逐詩流狂○愧我頹閒任窮老○逍遙百
歲髮蓬飄○

閒步自述

釣灘畔撫是吾知○不學超遷篤家生○且伴雲
山墳所覓○閒尋秋月靜中人○雨游無若逍明
地○來閒吟樓擊詠頌○餘日逍遙○樂無境○聊閑
時後涼風臺○

今人集迭情席小飲

暢飲無情純然壺○盡籌小飲一嘗新○談笑雅
論逞前哲○直諒多聞來故人○欣是近輪重聚

縱館吟懷逸興勝，蹉跎遠志。今[illegible]風寫流觴

向[illegible]偏同遲日[illegible]觴。

閒步偶感

先從[illegible]駛六如馳，策杖[illegible]從遠思壯年[illegible]山

縱健[illegible]武袁數從餘頹，扶持北院堤壘全[illegible]遲。

閒傲[illegible][illegible]遠詩，回[illegible]一身[illegible]叶序[illegible]，[illegible][illegible]

何必計銖錙。

代人[illegible]送[illegible]壺

星霜幾度別江城，我是[illegible]居[illegible]十五年七日相

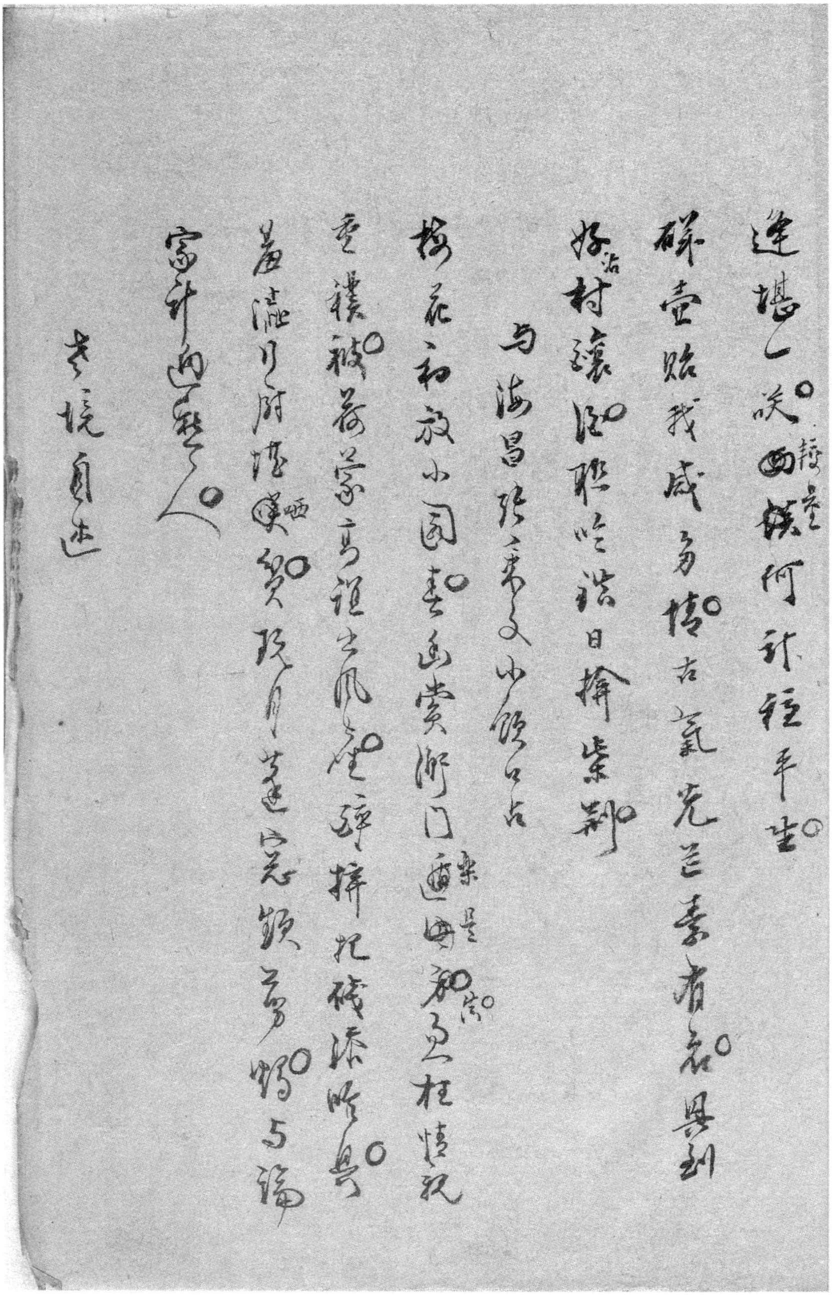

驅除勞役雲月邊，精神都得尚如前。形將五岳經年伴，道與三彭結似仙。生計偏如新白髮，功名應負舊青氈。向平已了成應事，耶汪魚伴暮年。

遲梅

鐵幹橫斜老更芳，天從二候度得遲。此枝未發南枝發，翠羽啣將好趣四。行蒸蝶楊風宗，快意敲推詩興催。時定月陰津如畫，仙傳雖枯入夢來。

探梅

半生喜伴古書話。也話同遊近新仙。詩催
壯歲思田間。情誇蒲酒孫當年。夢藏出谷穿探
險。蹤跡梦餘枝在新苔。正是春遲待近臘。探
梅風物岸間幾時遲。

早梅和李地原韻

附序推遲還發華。直道梅知放雨之花。晴來
破曉宜近湖。蹤影橫空人畫家。難筋慢
零之萬叢影。挂橋問雪來歲神。美人悲行近步來
報郎作衛空第之花。

乙卯除夕

寒度風光又歲旬，自將衰鬢送年新。法筵今日猶留剩，[illegible]
[illegible]

立春

東皇催風到野塘，綠隨[illegible]向郭東莊。[illegible]

讓美相桂高崇。

元旦　嘉慶

曆雨淸淸曙光明。去年宜人玉曆更。書明瑞

年勝晚境。稼豐留宴難。晨息。衢遙歡笑

達人情。童稚喧閒樂笑聲。叟植瑤元新宣字。

滿天瑞氣繞江城。

人日戲作

材理成形出世風。生涯篤捐逐光塵。沉屏深

深聊終。滿園清樂合詩緣。壯老路吟

夢。詩篇清數急新春。極寫

萊東峯[illegible]謝[illegible]

[illegible]春

春帝移來瑤草娜，綠鬟正向郭東偏。綃帷

奇始宜春字，正開應笑遠夢章。枝頭散鵲

飛入郎人語向後值晴天，和風清日江村酒。

春到人間境似仙。

春藹正向郭東鶯，新環[illegible]柑識岸鶯。裏房

[illegible]尋之始徒。吟搖遠舞夜飛帶，銀屏曉[illegible]

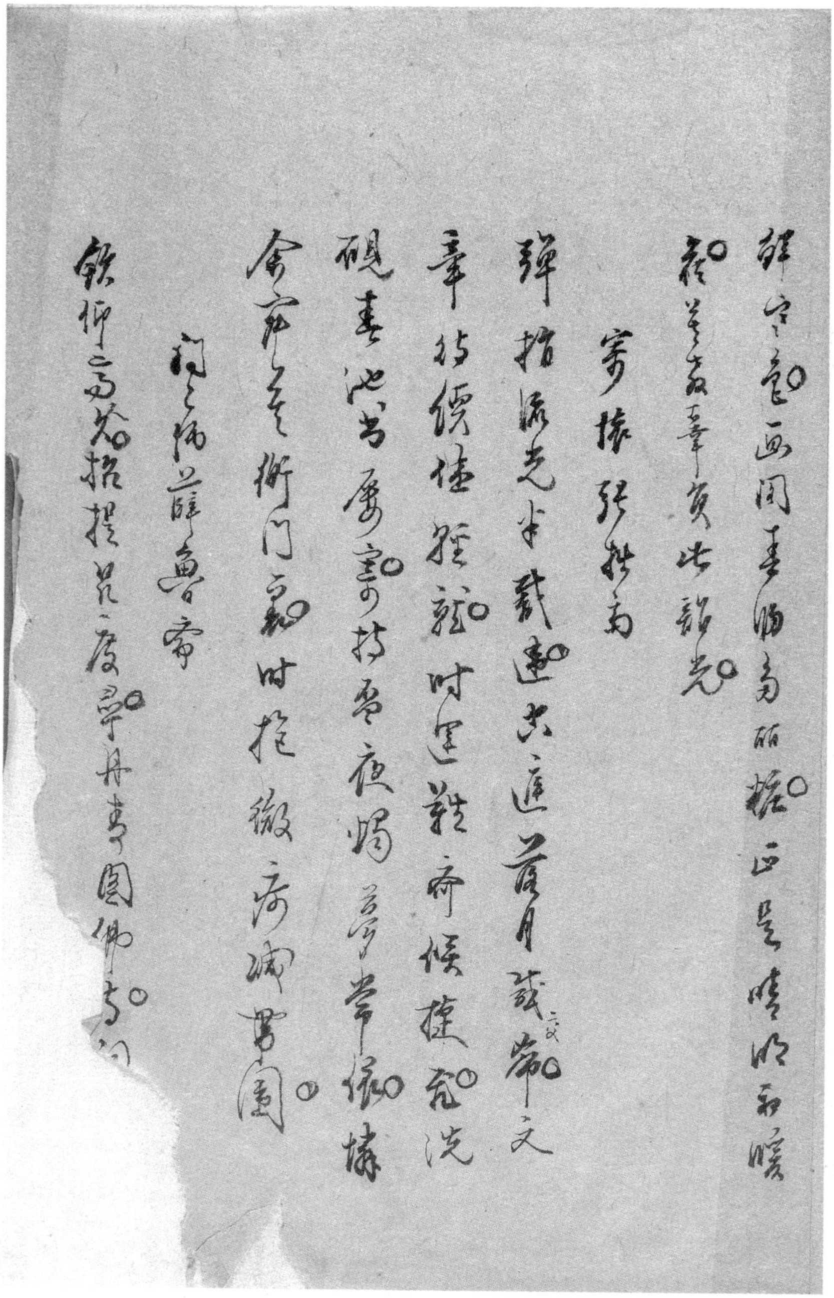

誰嗟病[illegible]難如夢，無心夢易得。
月滿吳山。

送王稚坪之鎮江

送君三日渡江邗，程途[illegible]
聲聲[illegible]夢。江[illegible]月[illegible]
裝鋏[illegible]
[illegible]

挽宋母

寶髻星沉失女宗。形顧指顧怯離迷。緣
情多逐物仙俗。班發昭毫仰佛容。浸悼鹿
車歸閒范。犢歸馬鬣閒遙踪。蓮花雙樹
萬枝秀。目睹果台何所從。

再用前韻答和張來之

旋螺盤宕出紫澗。（舊寓帖設庚山）螳蜿曲曲柱到紫宮。
紆曲得來覓離聚。頃下去雲騰霄（罷）逸宗玉
多錢須曉述。馬邦幸膺歲爲瀨。蘆風菓官
萬前雨。下棚何附出塵擇。

詠蝶

穿枝穿葉逐春光。結伴西園[illegible]
認得團扇撲過人，常自窺花房。
還得風流意轉黄。粉逐游蜂過宋墻。難傳
勝之擇蝶韓。粉句新樣結花囊。

寄懷王秋坪

梅花邊館遠川館。歲月催人遂易生。浮世
動感雲雨殘。殘年易記別語傳。聞稱官閑多
新[illegible]補子閑中節曾少。何聞猶指識知重提月。
聽時剪燭話何更。

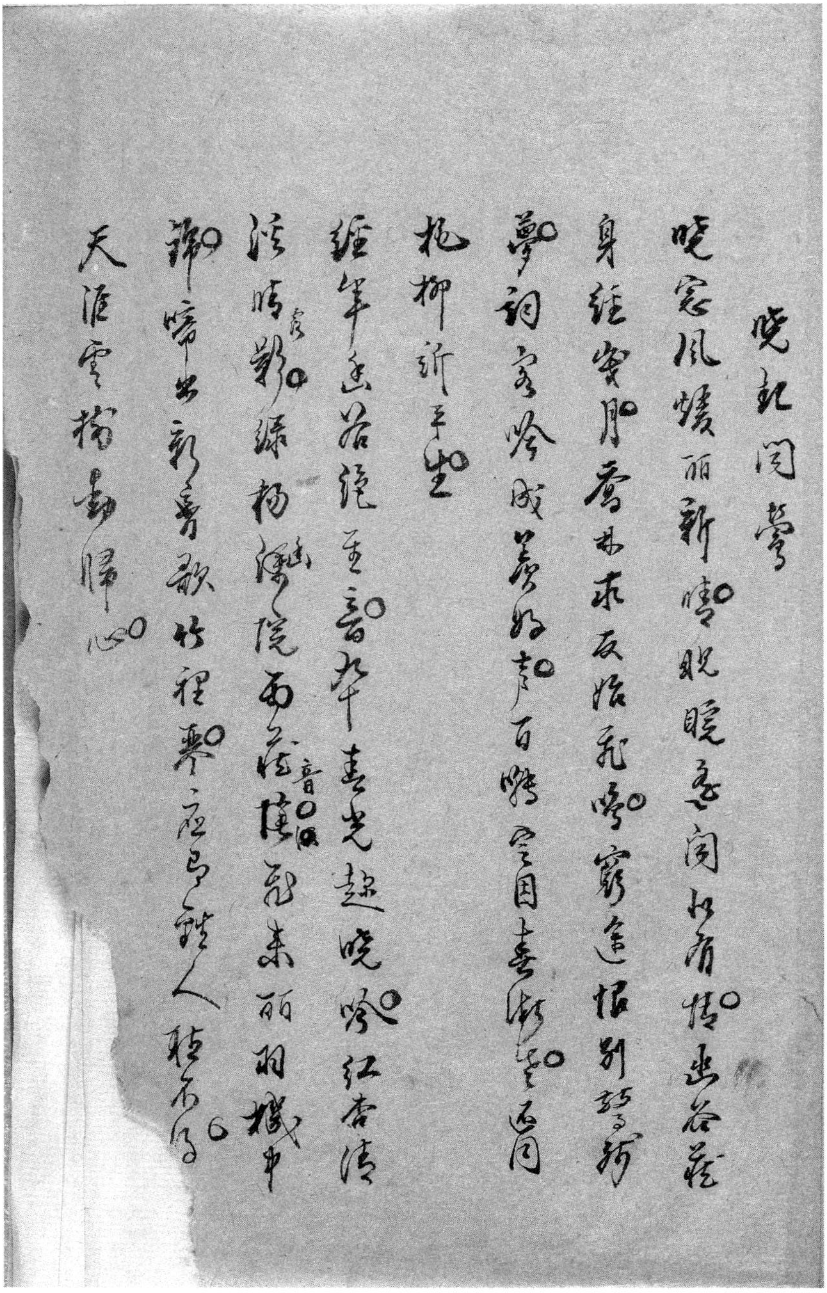
曉起聞鶯

曉窗風蝶麗新晴。睍睆遙聞好[illegible]。出谷鶯身經寒月，喬林來友路飛鳴。窮途恨別[illegible][illegible]夢，詞客吟成[illegible][illegible]聲。百囀空因春樹[illegible]，遇同枕柳訴平生。

經年遠路繞芳音，幾[illegible]春光趁曉吟。紅杏清溪晴影[illegible]，綠楊深院雨花陰。飛來麗羽織中錦，啼出新聲歌竹程。[illegible][illegible][illegible][illegible]離人枕[illegible][illegible]，天涯雲樹動歸心。

立夏書窓口占

一編蠹簡日生涯。靜裏清機處處嘉。乾道
節光春已好。遲花未有是猶嫌。信訪先師
論療後。梯睡意意雲霧。慶春花綠年時
破佳。安逢鬢新序書豪華。

病中遣悶

積積病骨枝頹。靜掩空窓一篆煙。不可參
首扶吉憶。遣物詩後起。香宵閒听黃鳥鳴。露
好。聊寄鄉情野霧。天意甚方府尚遠。取

夜靜諫卧藥床。

病瘥

秋聽蟬粘取次聯。頻年只爲病魔磨。鶯花過
眼池荷發。感夜來襟袖涼。病懶尚如嚴伏
篋。食綿蟬水泊閒吞。何時情得方經堤。林策
杖東皋依此解前愁。

又

久卧久初起。庭邊花歷歷開。方當經此際。窗減瘦
于楊。病自覺中消。病淚淹淹病衰來。年年倚
覓向詩說細。

漫興

愁對蒼顏悟鏡新，生涯蕭瑟寄無塵。
未免長吟蒼鬢隨，傷同寄人，劣農顛躓。
常羨此理花莫語，已經歲，閒遊杖履渾忘
遣，諸被群以振蒼民。

惜瘦 二

回首壺年指絕緣，法傷計拙盒空錢，夜吟
怕向樵無硯，朝盟頻對鏡裡看，幸我囊空
雖大嚼，故人言寄勸加餐，腰圍瘦損肩寒

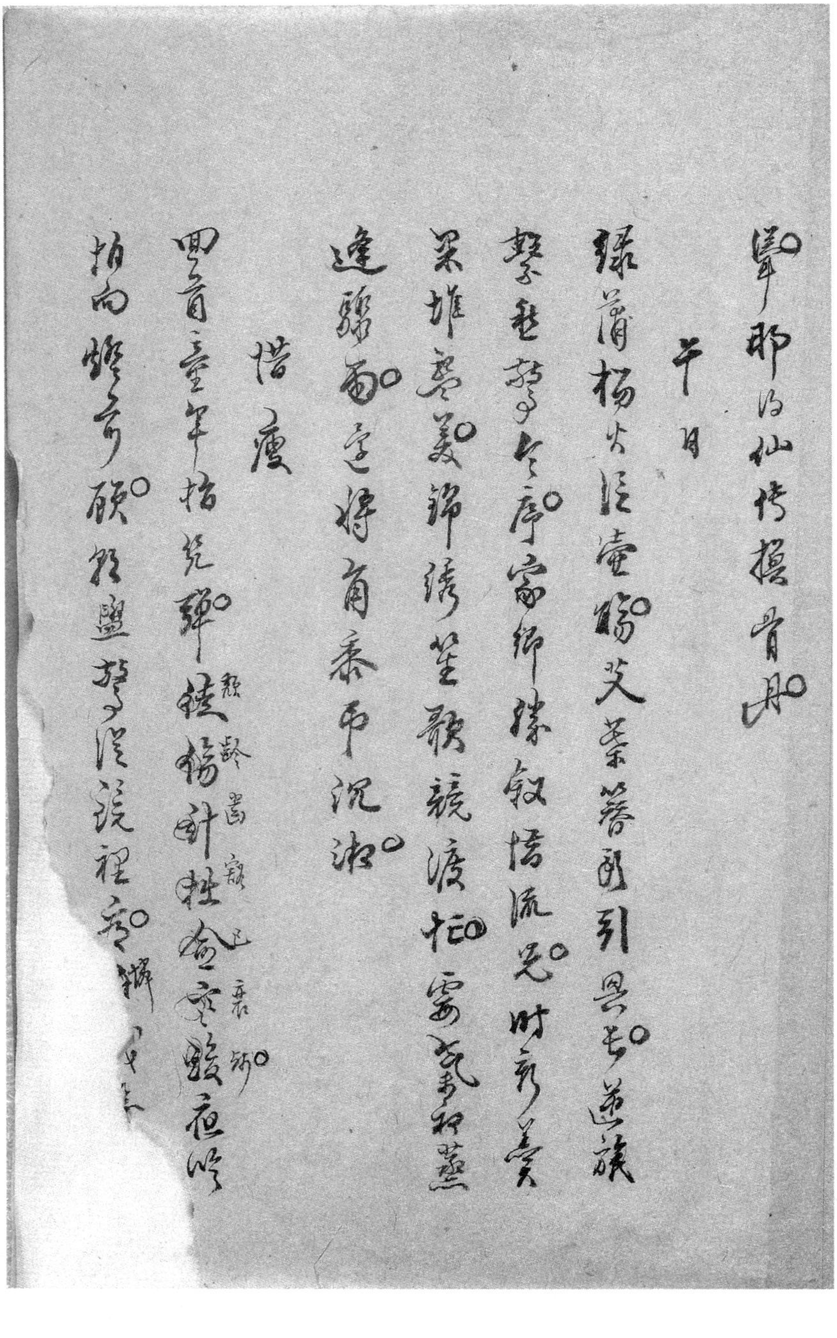

至大壽。故人習字務加督。隣園居

那乃仙傳換骨丹。

積雨

達宵密雨漲深泥。雲多西晴樹藏芸怔久臨生綠

盛懶飢兒子床。

秋分夏。積積遺無經梳滿閒纂茶譜翻新着靜

撿種囊錄同字。屢溜清雅攜灑。時好當窗宵

試茶檔。

談夜月

題畫杏林春燕

鄒梁花

綴羅旧巢泥。碎錦方前儘翠。梅獨立嗟喃呼。

失侶保栢翠雯習中述

補録乙卯科游西湖二首

金風颯颯暮烟收，碧柳紅蕖水自流。静押白鷗機自息，行隨野鳥興無休。西南屏秋寺鐘鳴處，西竺村前話往事。解指先從橋擊雷不塊，四十年游。

潤游雲集等歸翁，又是花紅好筆收前記晚。晴以錦上添秋色，輝映簷青新半是赤紅白髮頻來畫上人。桂殺吳山亭杪植，一生吟詠吾情。

登城隍山

攀蘿直上最高峯。指點溪山入望空。白馬西來
起。定年南望雨初晴。間携竹杖緣崖草。靜覺
楓林滿寺風。漫款僧廊尋清話。竹色茶煙是碧
極。

平安县福寺寓所作

寄覓精藍寺。擁書當綠萍。多陽新足雨。秋
樹舊題標。甲寅科小字注士有功名志。門無俗客經。松
扉隨所擇。物我兩忘形。

又五言六韵

平安橋外寺○竹繞茅檐藤掛籬花塢○桃李
葉嫩鶯聲○聲聲流青谷○晴影出雲堂○迢迢望東山扣○
近連綠外莊○寄言時序友○只合隱此鄉○

游永福寺

桃李深深蝶晴光○仰望出樓到上方○剎根瑤砌
排曲徑○清心瑤磬響斜陽○花枝冷盡橫人路○泉水
亂通廚煮茗嘗○回看白雲翁翁靄靄○士言山一般是吾
鄉○

復游西湖遇風

昨游山麓綠日晴晴○鼓棹西風起水東○

画舫○一天云物雨日暗屋峯○呼酒村
杖烟霞兩曲○一宿是重陽時節近○簾纖庭院
園中無表○

游滌園

為尋滌園藉行環○杖藜從方生茜草○木樨無自
風前散○菊蕊從雨後開○芳草難川稽傳○三逕
露滞冷台重來○西湖環繞湖山繞○夢裡園林寂寞
回○

中秋武林玩月

月向西湖明分外鮮○風味清賞殊常年○樽開

山谿資吟嘯○彩繞湖路奏音弦○光射幽巖林

際出○新流拂蚌入平閣○淡曲寄清情何限○小草

新詩藏夜雨時○

西湖歸棹

歸西湖月別筵○迷三益葉楊柳綠成行○芒鞋踏遍

山形勢○聽音題句石上詩○月出人去泛夜亭邊

迷枝葉今傾危○日射蒼海浮槎去○回望一方雲低

形處○

先生詩學劍南而未成家今子
樵昔文詩逼近石湖所著愛吾
廬集點選入梅里續詩輯中世
居梅里中環橋衖康貢九秋
世侄學李椎盤周楙云拜讀

第九三四七號	岫雲唫稿	國立北平圖書館藏
	集部 類	
	稿本 卷 一冊	

瞭遠雨地共知音獨抱離心接素琴梅發今尋山

外李琥花毿過水邊林閒步睹溪重瞭湿剪烟

長吟復短吟。指顧功名今拭目。文章久已合時深。

函　册　书号

25204　岫云吟稿

1册　（文284.4434
46）

雪塘詩鈔

陳友皋撰。一册。

陳友皋，生卒年不詳，主要活動於清乾隆年間。據卷端題名，陳友皋原名友龍，籍里爲震澤，即今江蘇吴江市西南震澤鎮，序跋及文中詩詞亦可證。依序跋所言，因「其别墅有溪水……一望皓白，名曰雪浪湖」，故自號曰雪塘。乾隆癸未年間即二十八年（一七六三），曾拜江蘇學政李鶴峰爲師，惜屢試不第，「六入省闈，數奇不遇」。

此稿二卷，收詩詞作品近三百首，體裁多樣，古體和絶句、律詩等「諸體兼善」，内容題材廣泛，有記遊、詠物、送别、贈答、懷人、題畫等諸種。多懷古詠史之作，如見康熙爲范仲淹御書「濟時良相」牌匾寫下的抒懷之作《范文正公祠》，其餘如《題淮陰侯傳》《題東方朔傳》等；多歌詠山水景物的詩作，對吴江當地勝景多有描繪，如《早過鶯脰湖》《中秋鶯脰湖玩月》和《題鶯脰湖圖二首》等（鶯脰湖相傳是春秋時范蠡所遊五湖之一，素有「鶯湖夜月」的美譽）；有反映作者行事或家世的作品，如《伯祖笠濱先生挽詞四首》《送叔舅張鐵岑長均先生公車北上》等；有與友人詩文酬唱的作品，如《贈别顧東岩》《秦淮秋柳和費瞻雯盛烈韻》等，從中可大略窺其平生交遊的情況。

此本爲乾隆間稿本。卷前列有評選該詩稿的人物凡十二人，其中李漢、叔毓咸、仲振奎三人分别於乾隆四十七年（一七八二）、五十年、五十四年作序文三篇，同列於卷前。道光《泰州志》卷二十四記仲振奎「工詩，法少陵，爲文精深浩瀚，出入三蘇，平生著作無體不有，而稿多散佚，所存惟《紅豆村樵詩草》若干卷」。此本中朱筆校字多出自仲振奎等人之手。卷末附陳友皋同鄉宋景和書札一通及吴士堅於乾隆五十四年(己酉)所作跋文一篇，二人亦參與友皋詩稿的評選。

此本卷前右下角鈐「王氏二十八宿硯齋藏書之印」，正文首葉卷端鈐「殷泉」「蔭嘉」印。由此三處鈐印可知，民國錢幣學家王蔭嘉曾藏此品。王蔭嘉，字蒼虬，號殷泉，江蘇蘇州人，喜愛金石目録之學，家藏古籍甚富，曾撰《二十八宿硯齋善本書録》和《二十八宿硯齋珍藏書目》，悉心收録吴中文獻數百種，所藏元明刻本、稿本及清刻、清鈔本共計五百餘種，身後由其夫人捐贈給北京圖書館(現國家圖書館)。此詩稿僅以稿本傳世，可能書成乃至陳友皋歿後都未獲刊行，後成爲王氏家藏之書。《清人别集總目》《清人詩文集總目提要》《中國古籍總目》等均未著録。

(李慧)

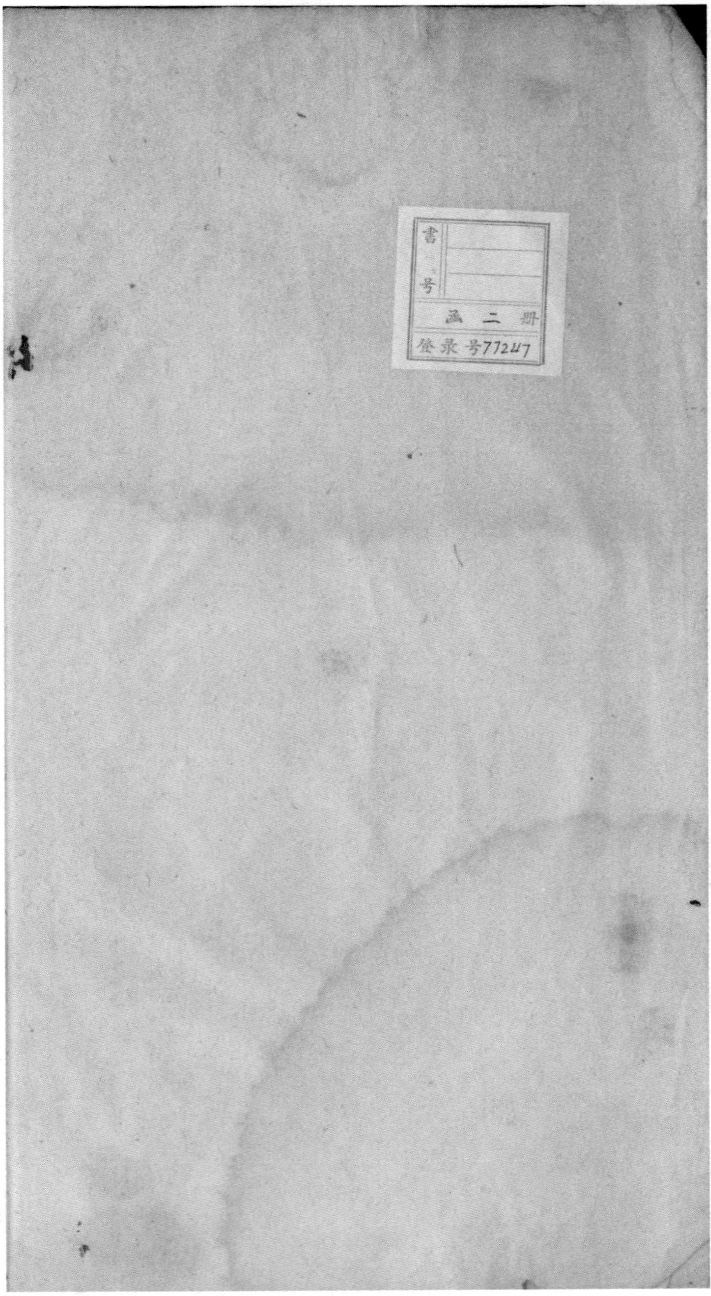
書号
函 二 册
登录号77247

評選諸君姓氏

許蘭芬 字奕穀 吴縣人 號醇齋

沈誠 字東虔 嘉定人 號雪舫

李寉元 字慕韓 吴縣人 号夢蘭

李漢 字雲卿 蘇州人 号仙槎

陸鰲 字冠山 上海人 号也堂

吴士堅 字中確 吴江人 号二涪

仲振奎 字春龍 泰州人 号雲澗

胡覲揚 字賓禮 泰州人 号奏堂

頎濤 字覲文 同邑人 号韵林

叔毓咸 字受之号芝房

宋景和 字蘭城一字藍岑 号金庭吴江人

叔元鐘 字鍔新号春江

余友陳子雪塘居吴江之南其別墅有溪水自相迴抱溪之外產菰菱饒萑葦中流深廣一望皓白名曰雪浪湖故其自號曰雪塘雪塘敦氣誼善文章喜飲酒工吟咏曾下榻光福方氏每當晨花夕月命小奚奴捧酒具攜詩囊遍徃山水流連不忍去故所為詩輒與道合壬寅冬杪將有事他適別余山莊因出其全稿讀之覺屬辭高雅命意深醇香艸美人不足方其媚也湯盤禹鼎不足名其古也桃花著雨楊柳迎風不足窮其致也石青字赤雪帽風裘不足狀其奇也其中五言可繼韋柳七言古作及七言近躰又得力于中唐諸名公而立意

抒詞并有發前人所未發者慨自三百篇後大雅不作一变而為楚騷再变而為兩漢暨魏晉六朝唐宋以來沿至今日可欲從而溯其源究其要尋其指趣之所存以不詭于溫柔敦厚之旨其亦談何容易今雪塘乃能諸體兼善不懈而及于古將見置身于金馬玉堂播名于瀛洲蓬島書校天祿論溢石渠作為雅頌和其聲以鳴
國家之盛余又烏能測雪塘之所造也哉故樂書數行以質雪塘其以余言為何如也歲在壬寅嘉平月同學教弟仙槎李漢拜跋于鄧尉山房之畫舫

憶昔癸未之歲我師李鶴峯先生自兩浙移節三吴毋督江蘇學政于時邑中補博士弟子者吾宗得六人焉家黎川者為簡亭家蘆墟者為端箹家新庄者為又東家東濠者為朝綱家沙溪者為雪塘而余則古銅里人也居址之相去遠或数十里近亦不下数里試畢紛然各散嗣以歲科試復至鹿城六人者往〻不能畢集求如初雋時之風簷剗燭角藝分題蓋幾〻乎不可復得嗚呼聚散之感有如是耶嘗考漢唐以來仕宦之途首重門第吾宗在吴中居八族之一歷宋迄明擢巍科登顯仕者先後相望德行文學之士亦史不絶書迨

國朝康熙中先大父黃門府君暨先叔祖桐廬公並以名進士起家敭歷中外生平友愛視同氣爲更親徵塵雪川二集邑之談詩者至今奉爲圭臬焉雪塘于桐廬爲親枝與余家宗誼尤篤平生好古多聞凡經史子集靡不沉浸醲郁含英咀華昔嘗讀其詩古文詞喜其俱能不下古人顧自同雋之後舌耕謀食天各一涯今年假館盛湖距雪塘授經之地數武昕夕過從復續曩時聚首之樂並出其詩稿全帙讀之蓋相隔青衿櫸奠絳帳論文已二十餘年矣夫此二十年中又東端居多病棄舉子業不事簡亭一官需次旅食京華端笏朝綱俱已

墓有宿草而余以禮闈報罷瑁璟南還近又抱安仁悼亡之戚頭腦冬烘幾欲焚棄筆硯雪塘六入省闈数奇不遇頗無幾微見于詞色惟是白華養志鍵户著書第觀其詩已裒然成一大集殆所謂天爵自尊而不可以利禄干者歟卷中古體宗仰漢魏六朝七古亦深得浣花神味近體則清新雋永雄健精醇出入右丞白傅之間類皆能抒寫性靈牢籠物態不肯一字一句俯拾前人牙慧即以韻語論亦全得桐廬公法乳真傳若雪塘者庶幾克振家風者乎昔梁王筠與諸子書謂史稱安平崔氏汝南應氏累葉並有文才然不過父子兩三世

耳非有七葉之中名德重光爵位相繼人人有集如我
門者今我陳氏自當塗記室而後于唐則推伯玉于宋
則推后山至有明一代詩家亦必以大樽爲後勁太邱
世澤豈有少遜于瑯邪者寄語簡亭相期努力丕振宗
風毋讓雪塘以獨步也乾隆五十年歲在旃蒙大荒落
嘉平中浣古銅里愚姪芝房毓咸拜手謹序

雪塘先生七葉珥貂三吴繡虎天心月窟泛學海之仙查雲湧濤駈推書城之巨擘笙簧五典筆健麒麟涉獵百家夢符鸑鷟出其餘技譜爲聲詩鏤狼䑣之金琢虹文之玉羚羊挂角野鶻翻雲芙容江上鮫人覔織秋蒲古錦囊中長鬣遺裁花骨是宜尺量沈宋錦奪蛟龍凝秋水而動三湘舞雙豪而鬥春碧然而砭礟工韵礌砢多愁山館蕭寥江風瑁璪驊騮足蝦鶴蟠泥或引被高眠或閉門索句或明月巨區湖畔五兩晨凫或梅花鄧尉山頭一枝身毒搴芳木末望美人兮天涯結綺蘭心思公子兮遠道又或吴門賣賦江國思親命佩阿以

抒懷引皃華而茹歎南山霧豹居乏龍盬東海鼇竿綸垂蜃市元振著寶劍之篇景純有游仙之什加以涵今茹古躍鳳翔鸞太白仙才杜陵詩史鳥爪頻搔驪珠獨得播而成帙例仿編年橋邉丁卯之辭未足方其壯丽樊南甲乙之集詎能媲厥清華偉哉鴻業卓尔名家僕才慙襪線學囿巾箱同登趙畷之樓共聽山陽之笛得窺全豹竊嘆猶龍譬諸水鏡妍于色相之空儗以盬梅味在酸醎之外謬加蠡測無異莛撞更贅巵詞以麈玉簡行見紅綾宴上香生沉管之花西水堂中艷發金荃之句時乾隆五十四年歲在屠維作噩之塞且吴陵雲

澗仲振奎謹拜跋于淮陰枚里旅次

雪塘詩鈔卷一

震澤陳友皋撰 原名友龍

上章執徐 庚辰

讀史偶題七首 七作識力双绝左思三十首外另闢一途 仲評 春江叔云七章識見明通筆力絕大必如此方許讀史

孟堅譏遷史，是非謬聖人。大道先黃老，往往後六經。我讀孔世家，卓識超羣倫。當今聖道彰，昭踰日月星。于此譽宣尼，何殊學語嬰。所難在當時，聖學介晦明。封號尚未崇，嚮往特心傾。弟子著列傳，欽仰兼遵行。尊之以至聖，萬古誰能更。堪怪王介甫，偏獨遠人情。平生讀何書，斷特肆譏評。謂非求行道，僕僕徒勞身。時君不可為，殊

雪塘詩鈔卷一

之鑑別情兼責遷亂例世家處非應似又致尊崇毀譽何異憑雖遷序游俠貨殖羞賤貧要皆述往事藉以鳴不平譽否寧益損特見殊無朋安得因微疵不表厥大醇

䫻云漢時謚孔子僅稱宣尼父太史公即尊爲至聖實是千古隻眼後人紛紛聚訟不免矮人觀場

婁敬脫輓輅羊裘謁沛公一見進大計首建都關中當時惟留侯議論與之同車駕即日章從諫如從風復患人民少大姓徙關東既可備強胡還堪摧敵鋒二策誠萬當謀漢寧非忠所歎遣公主遠嫁單于宮彼殆師魏絳五利在和戎豈知絳所爲非以君女從據云結和親遠計兼近功冒頓爲子婿外孫定恪恭不思以力威仁

陸云上下千古卓識不羣

義稱難通殺父妻群毋大父何難攻齊景當女戎羞愧
涕沾胷吴雖屬荆蛮猶然是姬宗公尚增慙赧况乃降
羣光是時漢方盛策豈無上中何遂彼二策不羞徒卑
躬帝時困平城遇厄心憂忡爰即行其議無暇思厥終
豈特卑中國遺害兼無窮

選

四君稱好士食客門當盈孟嘗有馮煖信陵有侯嬴平
原有毛遂春申有朱英薛公惟任煖三窟鑿俱成勝獲
遂處囊從定楚君謀侯生一獻計邯鄲遂休兵更從毛
薛公救魏兼抑秦三君有傻劣堪歎尤春申養梟以桐
食安能作鳳鳴客既三千餘何獨英一人一人已至寡

所謀況空陳李園進女弟奸謀已夙萌有身奉之王此
崖臣宜行利既令智昏毋望禍遂臻向從朱英計猶或
保餘生奈何輕其弱兼似婦人仁君則不忍彼彼將忍
君身棘門毒一發夷滅無遺嬰所稱珠履客斯時見交
情

崔云言短意長得三百篇遺意

胡云三君皆從容計得保身家獨春申有一朱英而不能用以至夷滅此亦如項羽僅有范增而信讒間悲歌垓下悔何及哉

選

范雎既得志恩酬怨必懲睚眦無不報一飯寧或輕當
日入秦關王稽載西行先容吏為誰魏人鄭安平二人
德宜報官爵終非應材果能勝任公私俱獲伸否或不
忘報祇合酬金銀一任河東守一將二萬兵鄭以急降
趙王坐法殞身始藉二人力顯崇世莫京終緣二人累

寤寐神俱驚且恩務盡酧何獨遺一人向令非守者萬
死無一生出我德尤大厚謝寧忘情正如淮陰侯以次
當行刑是時得不死實賴滕公嬰具德勝漂母爲報宜
加厖何反輸袴下視同越與秦斯恩詎容恝斯槩俱難
明

‹陸云後半目光如炬全変不到具此卓識方許作詠古詩›

‹選›‹胡云起得突兀›

天子又神仙人苦不知足自古而無死奕鳩已專屬秦
政蘄長生術士献秘籙爰齋童男女入海遣徐福奇葯
異一逢蓬莱何由矚祖龍既空言漢武復相續燕齋迂
怪士紛〻来馳逐文成既尊榮五利更寵祿世果有神
仙食肝死何促世若無神仙欒大烟帝族高爵才士難

‹頷云喚醒›‹一句龍耳矚›

春江云富之數回意味深長

選

尚主方士獨吏有公孫卿謂求神無速仙人好樓居臺觀宜興築望虛復冀逢疑信互起伏黃金究未成河決終莫復不死藥難求仙人詎即目神仙亦易求ゝ不在祠祝祇須施仁義內先絕多欲

（頤云結出聖賢本旨合學者仙回頭是岸）

兵為罷不祥用之非得已殺人以邀功仁人所切齒堪恠漢孝武秖以快床第衛青人奴生子夫實其姊更有霍去病乃姊少兒子敖曾脫其難賀復母婿是帝欲顯青等誰則能禁尔富之詎由人貴之亦惟己何必窮兵威生事苦赤子叶藉以寵外戚斬首多益喜雖屬有天幸詎免嗜殺比更用兵大宛亦緣夫人李惟期貴貳師

虎尾何妨履在帝功懋賞似難惑溺擬寧知一將功不
啻萬人死 沈云欲寵外戚頻起兵端漢武心跡後半數語該盡

還
殉葬本非禮生人入窀穸死者豈復生從死竟無益此
非死者營俱屬生者責昔聞秦繆甍復踐武公迹彼殉
六十餘此幾將二百中更有三良黃鳥為悲感或云公所
命或謂顧同歿嗣其位者誰實有虧子職憶公恤隣民 頌云歸好生者議論明通
輸粟舟絡繹三師軍沒歸尚不加刑辟善馬食傷人反
賜以酒食善人國之寶身後寧不惜即云本公命治亂
從宜擇魏顆尚好生營詎不心惻使其緣感恩嗣主堪
輔翼藉以報先君豈不表心赤輕生才非良傷名罪莫

犨觀其臨穴時惴惴慄何劇誰言殺身易定為人所迫
以知子禽言斯害庶可革他日西門豹法之顯治鰭不
禁而自止娶婦絕河伯

胡云卓識正論

仲云心如水銀瀉地無孔不入

仲石崖和尚評云七章發前人所未發筆力高卓議論名通非具才學識三長者那易有此痛快之作

題鄭松莽雜畫五首

仲云五章全師陶謝丰神五言勝境

沈云諸詩蕭寂古淡不可蹤攀詩至此已入神境

數峯高入雲古樹裂巖隙幽人岸幘来濟勝資杖策離

離野景清淼淼煙波白山禽寂不喧晴嵐散林樾

空山雨欲来洞壑生烟霧雞犬護柴關隱約巖前樹草

閣臨江寒懸崖激水怒百道界飛泉何處樵夫路

赤日下西山掩暎衆山赤喬木出叢林森森挺危石地

僻無囂塵巖溪有幽宅古道何人行定知非俗客

顧云落葉滿空山何處尋行跡彼以淡遠勝此以奥勁勝神妙俱不可思議

選 結廬在深山漱石枕流水白雲出岫還旦晚依棟裏靜
聽虗籟寂縱目餘霞綺酒艱宜傾觴掃逕待知己

選 秋林積雨晴秋景彌奐絕一徑碧雲深誰獨樵山鈌略
彴接丹崖流泉飛白雪莫令五馬来豈干漫饒舌

許云唐明皇一日裁三子所學者舊而望所舊者學乎首章絕

詠史三首 大義論從聖經淂来

選 畫戮韓彭輩休嫌太不情太公曾置俎分我一盃羹

胡云他人從想淂到必不能如此渾括

選 待詔金門後危言著朴忠誰真知己者只有大王公

許云反而令莽大夫汗下

選 勢利情原淡何為著美新蓋棺終不屈誰克似君賓

春江云三絕上下千古統前七章合讀真所謂言之短長皆宜

履霜操為某氏子賦

仲云古音古節小雅之遺

顧云字字從肺腑流出真覺一字一淚

選 傷哉放逐兮露為霜時晨興而履兮心酸淚垂嗟嗟父

母兮骨月兮離，母亡兮兒悲，父在兮兒依，兒罪誠重兮父則兒慈。兒飢榑食兮，兒寒荷衣，兒不怨飢寒而死兮，父或兒思。兒死而父思兒兮，顧恕兒罪兮，仍履霜而來歸。

許云：較盛青門踐履霜六睃句更覺悱惻。

石厓云：俾罪于予，亞訾乃父，回心立言，自應爾爾。一結足令骨月完聚，一片婆心。

妾薄命 為某氏女賦

胡云：本意望其為松柏，而妾如萍，為流水。如此着想，敦厚而不落。結句打轉，仍与首句相應，可謂毫髮無憾。

女蘿施松柏，浮萍隨流水。松柏自不移，浮萍無定止。憶妾二八時，擬為君子使。何意忽棄捐，睽孤今若此。君心如塵鏡，妾心如蓮子。蓮子苦莫言，塵鏡光莫啟。妾命寔不猶，初心猶獨矢。思君寃難忘，採蘭用相俟。

芝房云：的是古樂府音節。

仲云：哀艷古朴，与司馬吾卬爭雄奪席。

題淮陰侯傳

選 翼漢功成絕等倫當年鷺笑記曾頻英雄肉眼應難識
漂母休看是婦人 仲云名論不磨

題東方朔傳

選 萬乘猶求廁列仙柏梁臺更繼通天歲星但索長安米
枉却相逢十八年

題宗忠簡公傳

選 抛却兩宮竟議和九哥那憶舊銅駝堪悲蜀相詩吟後
垂死聲〻喚渡河

仲秋病起舅氏施廷元先生邀余養疾冬日有事
歸家舟中偶賦

選

鼓棹溯中流，寒風送客舟。期年嬰痼疾（病始于去秋七月），三月滯淹留。搖落雲山樹，蕭條蘆荻洲。推篷聊望遠，自在羨沙鷗。許云：清穩自然。

重光大荒落（辛巳）

舟行曉發　春江云：情文相生，神韵绝妙。

選

輕衰結束趁殘更，獨客乘舟鼓棹行。月白夜光含曉色，風清犬吠雜鷄鳴。浮榮一命慳劉峻，生計千頭愧李衡。看取平林寒日上，故園回首亂山横。

遊鄧尉二首　沈云：二句非静悟者不能道。

選

偶爛尋幽屐，徐遊翠岫間。林深啼鳥寂，寺僻老僧閒。冢

墓紛長薄烟花簇亂山因過香雪海巖石認題顏香雪海三字為中丞宋犖題鑿吾家山上 許云佳句可貯錦囊

選 不盡登臨興山深絕俗喧春梅紛結子秋上孫竹鞭行以

八月為春二三月為秋 茶碧家〻樹松黃處〻村何當躡笠澤時復上

還元還元閣環山面湖在聖恩寺

司徒廟古柏 許云得旨在着眼古字

選 枝幹杈枒古風霜世幾更宋元人物盡對此動遙情

聖恩禪寺

選 一路穿松逕登攀識聖恩宸章明日月湖水接乾坤 沈云少陵魄力

寺有御製鄧尉香雪海歌碑于此可望太湖 尹樹堂顏舊毘盧閣勢尊法華鐘製巧

妙旨共誰論寺有鑄獻小楷法華經鐘一具

山遊晚歸二首

日至懸車候行〻趁晚霞千峯啣落照幾樹噪棲鴉林隱泉聲細橋橫石逕斜不嫌歸路窈鼓吹有鳴蛙

地邃遊難徧山高日易沉浮嵐諸嶺合暝色隔溪深蘋末風聲起松梢月影侵短筇循故道宛似倦飛禽

舟阻木瀆薄暮方達風雨交至夜泊虹橋

底事勞〻賦遠遊蕭條襆被似萍浮帆檣雜遝斜橋路燈火零星賣酒樓衰柳風高侵倦枕亂山雨急入扁舟荒村旅泊難成寐獨擁寒衾萬縷愁

月夜聞笛（石厓云脱拔天神理恰在箇中　春江云讀此詩令人意遠）

選　月照千山白，星垂萬壑明。梅花何處落，羈客寂關情。（許云神似青蓮）

玄默敦牂年垂

書齋晚興（沈云沖淡有儲王高致）

删　羈懷澹無豫，日影凄將暮。鳥歸雲樹巔，蟲響莓苔路。薄靄散前溪，寒犬聞古渡。清宵有誰言，空齋聊短步。

鷺脛湖平波臺文會分韻得平字（許云工穩似唐人試帖）

選　臺向中流起，波光一鏡明。客帆前浦杳，野樹遠村平。漲淺萍粘岸，風多柳拂楹。搽簾湖水淨，倚檻暮山橫。文似懸河瀉，詩從擊鉢成。元真仙跡在，蓑笠仰高情。（臺旁禪室中有額回）

元真
仙蹟

選

早過鴛脰湖　石厓云神韻獨绝

獨客棹輕舟甲謳度碧流疎鐘雙寺晚残月一湖秋

刪

中秋鴛脰湖玩月次韻　陸云饒有晚唐風致

水光夜色兩朦朧散步湖堤西復東天湧玉輪洲渚白

也可刪

寺園錦浪蠟燈紅艣聲嘔軋來波面漁唱悠揚度遠空

雲外忽飄香桂至豪情直已到蟾宮　通體平

哭姊八首

時節吴江正落楓悲歌薤露痛何窮真容䏶默今何在

泣訴巫陽淚亦紅

倍心惘　尋常少年姊弟生離别

得會猶將淚不窮

道遠

朞年抱病歎纏綿館舍俄驚忽棄捐猶記雁鳴氷泮日
可憐寒暑四回遷
同胞姊弟僅三人四海無如骨月真三九年華成永訣
從今欵見痛何因
賢能師儉自持躬今日尋思萬事空明鏡宝釵俱擲棄
凄風塵滿繐幃中
精神素不類膏腴那更無端病瘠癯惻媿當年唐李勣
不曾煑粥況燃鬚
獵獵西風入幕寒空存遺挂素粧残堪悲犹是深閨月
一様清光両様看

朞年抱病欵遲綿，館舍俄驚忽棄捐。猶記雁鳴氷泮日

可憐

八首中第一首似亦可删第三章

首句内畢竟僅言殁有味　鍾讀

同胞……三九年華成永訣

安指生年總廿七

從今欵見痛何因

賢能師儉自持躬，今日尋思萬事空。明鏡宝釵俱擲棄

凄風塵滿繐幃中

精神素不類膏腴，那更無端病瘠癯。慚愧當年唐李勣

不曾煮粥况燃鬚

獵獵西風入幕寒，空存遺挂素粧殘。堪悲猶是深閨月

一樣清光兩樣看

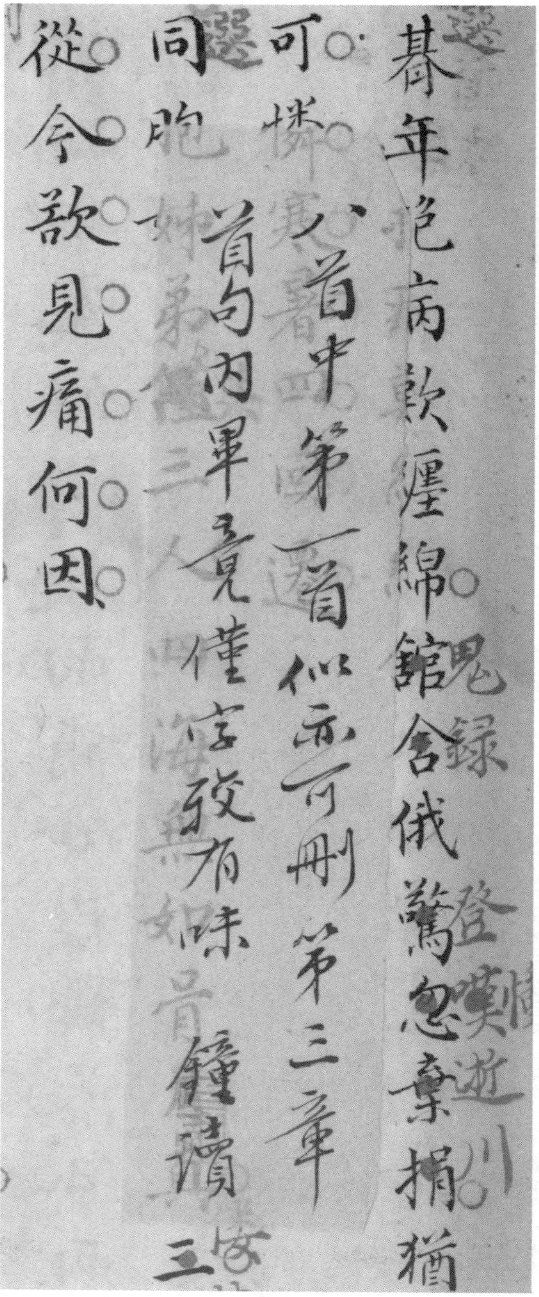

碁年抱病歎纏綿館舍俄驚忽棄捐猶
可憐
八首中第一首似亦可刪第三章
首句内畢竟僅字致有味　鍾讀　三
同胞
從今歎見痛何因

華屋山邱自古今如君長逝痛沾襟傷心鶯脰湖邊水
只向東流日夜深
空揮涕淚寫詩篇生死從今隔九泉若使長眠猶有覺
堪聞白髮哭青年（姊為毋所鍾愛）

贈別顧東巖

與子同袍奈別何臨歧聊爾唱驪歌關心世事隨流水
彈指年光似擲梭南浦分襟憐落日西窗擊鉢憶平波
（夏間曾結文社于平波臺）敦盤良會知難再莫忘頻繁尺素過

書林和靖先生集後

到老文章信更醇省心錄倍見天真當年封禪書何有

底事紛〻饗祀頻

緑珠

金谷凋残蔓艸蕪利財奴革害齊奴墮楼慷慨能輕死
不愧當年一斛珠

客齋燈花二首

作客誰能不憶家霜清孤館朔風斜怪来燈火偏無頼
人正愁時却吐花

天高雲浄月華新鴻鴈無端也作賓試問終宵開不了
却将何喜報羇人

昭陽協洽癸未

題周某孫某春林對奕圖小照

選

名園正值芳春日。嫩柳夭桃色交錯。平橋曲沼戲遊魚。

碧草蒼苔啄孤鶴。習習和風拂面來。溪林是處馬聲催。

手談自有同人樂。任用機心鷗不猜。

再題五律一首 代作

刪

真入邱樊隱。相攜況舊知。花明魚躍處。鶴立燕飛時。味

永林間茗。心閒石上碁。輞川殊不遠。維廸本同期。

春郊閒眺 胡云清麗芊眠晚唐名作

選

延眺郊原景物晴。芒鞵布韈恣閒行。烟開遠壁林花艷。

風細迴塘釣艇橫。白石溪橋斜掠燕。綠楊野店亂啼鶯。

石厓云詩中有畫全人思摩詰当年

兒童何事紛來往爲有吹簫喚賣餳

賦得蝴蝶花上蝴蝶　仲云人巧極而天工錯　頫云雕鏤工細神妙直到秋毫顛

一蘂花發傍荆扉何處春駒恰正依飛上韓憑原異體

夢爲莊叟似同歸雙雙燕逐迷真假嚦嚦鶯捎定是非

梁簡文使燕詩逐蝶上南枝杜詩花妥鶯捎蝶

應爲採香情倍戀莫教錯撲損芳菲

許云天生妙對　選　春江云不即不離高青邱落花篇一作真是双绝

題鶯脰湖圖二首

東風湖畔扇陽春草長鶯飛柳色新何處一聲聞欸乃

綠蓑青笠憶元真　也可刪

平臺玩月

蕭森不用賦悲秋綠綺琴携向碧流一曲手揮涼月上
鴈散搖落白蘋洲

題畫石 陸云老絕

奇峭誠堪拜空靈況解禪祇應陶靖節酣醉此高眠

秋夜有懷 許云神味在韋柳間

寒燈明古壁孤坐息塵想忽念著書人屋梁應獨仰擬
携一尊酒賦詩共欣賞涼月落叢林山水隔蒼莽

題畫三首 許云三絕脫盡塵氣

湖外平湖灣內灣一橋烟柳幾柴關長橋鐵鹿乘風下
何處青青是故山

選塵亂遥山眼外青杈枒古樹逗林坰披圖憶得唐人句
真箇乾坤一草亭

選曲磴紆迴路百盤飛泉直下雪霜寒山頭添箇招提寺
使作閑先瀑布看

登字易遊字

閲逢涒灘 甲申

重游 登濟川庵感懷孫子蘭臺 庵在雪浪湖

孫子嘉善人贅于余族因與訂交曾同遊是菴
各題一絶於壁今詩句猶存而孫子殁五年矣

選依舊湖波接遠天花殷柳嚲覓春妍銷䰟點筆人何在
邈若山河已五年 此詩與唐人獨上江樓詩難分伯仲 沈評

哭舅母唐孺人二首（李云：二詩悲哀真摯，少陵復生。石匡云：悲以情生，洞從字滴，風格直追李杜。）

（選）忽驚凶問到，節次聞訃心傷涕淚垂。鶴髮老姑哀喪媍，龍鍾慈母哭亡兒（時外祖母已逾八旬，孺人母亦七旬餘矣）。朞年床蓐生前累，兩子伶仃沒後悲（孺人在床幾及一載，又表弟二人俱幼）。自是閨中真健者，從令門戶竟誰持。

（選）回思夙昔荷帡幪，舅母真憐生母同。臥病三秋調藥餌，窮經五夜助丸熊（余曾讀書舅氏家，庚辰又邀余養疾，孺人體恤備至）。平時陳篋箴言切，昨歲遊庠樂意融（孺人見余讀書頗加鼓勵，去年入泮頗為色喜）。厚德未曾酬萬一，淚痕空染杜鵑紅。

夜不成寐有作

選

涼月入窗隙殷勤照獨寐悵然懷故鄉輾轉不能睡攬衣起庭中曠望絶纖翳疎星耿銀河湛露浮金桂階前蛩亂鳴村外獨犬吠嗚吠倏歛寂夜靜心尤契須臾曉色開奈茲塵鞅繫

李云詩情詩筆極似元暉

碩云一氣直下盛唐風格　春江云此詩逼真盛唐不在形似

客中冬至

陸云起四雄健

選

江岸丹楓落關河白鴈飄冬隨愁並至客比梗長漂舊業先疇廢家風祖德饒一陽今已復吾道未應消

旃蒙作噩乙酉

靈巖

删△

躡磴攀林到上方琴臺風景正茫茫館娃已沒今無跡

登眺感蒼

涼月入窗隙，殷勤照獨寐。悵然懷故鄉，輾轉不能睡。攬

友人館歸以詩言別次韻賦答 庚寅

不待霜飛柳已黄，秋風共感寄他鄉。一帆順水歸程速，

獨客停雲離思長。香爇茶烹臨禊帖，窗明几淨讀蒙莊。

遥知飽飫蓴鱸味，散步垂虹趁夕陽。

江岸丹楓落，閘河白鷹飄。冬隨愁並至，客比梗長漂。舊

業先疇廢，家風祖德虧。一陽今已復，吾道未應消。

旃蒙作噩

靈巖

躡磴攀林到上方，琴臺風景正茫茫。館娃已沒今無跡，

選 涼月入窗隙慇懃照獨寐悵然懷故鄉輾轉不能睡攬

友人館歸以詩言別次韻賦答 庚寅

不待霜飛柳已黃。秋風共感寄他鄉。一帆順水歸程速。

刪 獨客傳雲離思長。香爇茶烹臨禊帖。窗明几淨讀蒙莊。

遥知飽飫蓴鱸味。散步垂虹趁夕陽。

云此詩選

陸云起四句佳

選 江岸丹楓落關河白鴈飄冬隨愁並至客比梗長漂舊

響屧空聞舊有廊一箭湖流穿震澤千峯樹色擁禪房自蒙睿賞成名勝即景詩成日月光御製有靈岩行宮即景詩三首

自靈巖至天平晚歸有作

靈巖登陟罷取次恣遊賞習習扇和風冒襟倍朗開遷迆至天平此地淨氛坱谷鳥向人鳴澗水隔林響峭石懸欲崩空亭孤復敞狂欲坐其巔揮絃叅月上遠收笠澤眸近挹支硎掌攀石歷危磴森然羅萬象樵唱省遠林磬殷識方丈一路松杉陰翠色迎人爽何處起炊烟夕陽散林莽

天平

刪

峯峰卓立阻躋攀，景物全收指顧間。萬笏如林攢簇〻，百盤似雪瀉潺〻。烱光近挹嵒旁墖，霽色遥来湖外山。杖策更尋幽勝處，白雲古洞蘚苔斑。

選　仲云起勢雄健

范文正公祠　康熙四十四年御書濟時良相匾懸諸南檐

許云對仗工整可匹李客山先生作

石厓云三四包括略盡二穩句以雄壯出之尤為[illegible]

憂樂關天下，千秋祠宇新。忠言昭北宋，驚膽破西人。歛禦胸兵甲，僧施寺窖銀。表賢逢聖世，不愧濟時臣。

刪

支硎　李云音節入古

支公不可作，遺跡留青山。石室久荒涼，白雲仍往還。振衣躡高岡，層巒逓廻環。倉庚鳴睍睆，澗水流潺湲。清風灑我襟，心賞意彌閒。何當誅茅茨，卜築依寒泉。

府學謁韋刺史祠　許云三四老確移置他人他處不得必傳無疑

選　詠詩懷刺史，今日拜前軒。五字繼陶氏，千秋傍孔門。草深庭砌冷，樹密暮禽喧。何必無青史，流風自弗諼。（唐書不為韋公立傳故云）　祠在府學[illegible]

滄浪亭　清波

選　緬想蘊君此居，騷人踪跡混樵漁。小山皓月無驚鳥，曲沼輕風有躍魚。悲矣除名緣故紱，快哉下酒是班書。亭前澄澈纓堪濯，歌罷滄浪意有餘。

韓蘄王廟

選　蘄王廟近闔閭城，春草萋萋感慨生。五國兩宮宗社淚　沉云沉痛語以

一身百戰蓋臣情，絳袍恨未金山獲。宪獄空從謬醜爭，太息騎驢縱酒後，英雄終古恨難平。雄健出之

百花洲 沈云昔盛今衰何地不於讀至後幅不僅有人面桃花之感

選百花自昔吳王植，爛漫繽紛蘇莫識。芳時携浔女如芭，爭向花前鬥五色。入夜清歌洵有情，臨晨妙舞嬌無力。秋老梧宮霸業消，浦[illegible]洲中滿荊棘。我来岸幘訪遺踪，懷古尋幽情曷極。春風昨夜正東来，萬紫千紅遍吳域。況復此地似花田，欲覓餘芳觔不得。始知興廢自何常，萬事由来等飛翼。惟餘一曲水迴環，猶抱洲前流滙泒。

春江云起伏矯變神龍莫測

萬年橋 石厓云寫出橋之所以廢橋之所以廢而復興感慨淋漓寄情綿邈直可作古文讀

為思四句移在即今四句上

晚出城西門有橋跨水漢大木亘其巔巨石奠其址繹絡車馬過行人無停晷聞昔嚴分宜柄國恣排抵頗愛此橋石有司承意旨移建秀江濵漕艕以遠徙竭来百餘年吳民病涉水中丞南州徐同心汪刺史二公濟川才善終継善始為思杠梁成本以便行李豈意山石頑至作權門禮廣勸俾重脩盛德甘棠比我来度其中石欄聊從倚帆檣逝歷歷滄波流駛駛風急倦鳥還日落遙山紫即今橋依然舊式渺難似緬惟炙手威太息不能止

沈云行人欲問前朝事翁仲無言對夕陽極俯仰蒼茫之致

行春橋

選　行春橋畔寂春多，花柳今来况滿坡。一塔孤標傳大業（隋煬帝年號），亂山倒影卧平波。煙收遠浦漁莊見，日麗横塘画舫過。滿目韶光堪賸賞，擬携柑酒聽鶯歌。（仲云丰神绝似許丁卯）（石匡云雅淡清華晚唐体格）

渡江（石匡云通体一氣筆大如椽風格直逼盛唐）

選　布帆阿娜大江秋，極目蒼茫指石頭。一髮青山蟠地遠，萬重白水入天流。崔嵬鐵甕雲邊起，突兀金焦波上浮。迅速危磯如駛過，龍江鼓角動譙樓。（仲云雄濶恰与題）

隨驢行

選　我昨文闈曾献策，三條燭盡歸心廹。長途得得坐蹇驢，日射青衫風敧幘。夜宿龍潭雨忽来，曠望高天雲墨積。

四更催起事長征，驢背輕翻似梭擲，陸行大道遇傾頹，
振觸中懷感疇昔，聞昔庚辰省試歸，舟航絡繹乘清夕，
無端風烈浪如山，倏忽舟沉凡幾隻，傷心鷄肋是功名，
江水可憐成窀穸，我今執策謝輕舟，那問江風有橫逆，
何期平地寓波瀾，失意即隨快意獲，世路崎嶇踰太行，
人情危險皆蜂蠆，一手翻覆雨雲生，斯驢無乃踐其跡，
驏然大劇向江天，頑物區區安足責，依然重跨歷前途，
詩思早懸京口驛，趂將未雨下歸舟，且命舉杯引太白，

沈云：有慨乎其言之。

詩云措詞微婉，得風人之旨。

歸自金陵至鎮江登舟雜咏五首

五絶風流脱洒，孟舉人誰有此胸襟。許評

敘次有伯

選

東裝侵曉發金陵，短陌長隄得得行，一路殷勤誰送我

青〻山色最多情石崖云詩無論古今体一章有一章部位敘章有幾章〻次序此五章一氣貫注倒置不得是深于法者弗徒以風雅相尚也

選
風吹古道客衣單驢背推敲一字難秋日縱然無雪色
詩成也作灞橋看

選
揮鞭望裏酒帘斜落日却〻噪暮鴉一宿龍潭晨遽別
就中最憶是棲霞

選
矗〻秋山橋未黃連畦穲稏暗生香牧童牛背垂鞭臥
應笑騎驢客底忙

選
鐵甕城邊響暮潮斜風冷雨共飄蕭扁舟最是匆〻發
何處詩人丁卯橋

秦淮秋柳和費瞻雯盛烈韻許云取題之神不粘不脫允稱傑作

選

極目秦淮長短條，泬寥天氣倍魂銷。堤邊郵覓籠烟態，苑外空懷伴舞腰。騷屑杵聲桃葉渡，淒涼蟬咽石城橋。寂憐猶是春饒種，剩水殘山似六朝。

詩云前絕沉去神致悠然，與龔合肥「流水青山送六朝」各極一妙

不必附

附原唱二首　　費盛烈

絲絲衰柳石城東，數里秦淮曲似弓。舊院荒涼寒雨裏，離宮寂寞晚煙中。六朝人去三山迴，一段愁來萬樹空。幾點亂鴉桃葉渡，夕陽沉處噪秋風。

萬國西風瘦舞腰，飄零自古恨難消。空餘疎影垂歒岸，無復濃陰拂小橋。白下烔寒秋瑟瑟，青溪月冷夜蕭蕭。隔江羌笛聲嗚咽，別有傷心寄落潮。

晚行橫涇道中 時省試初歸　　積涼

秋序金飆玉宇清，孤蓬漫逐鴈長征。亂山夕翠斜風急，
遠水殘霞落照明。浮鼻烏犍隨艇渡，點頭白鳥看人行。
勝遊踏遍金陵地，囊底猶餘懷古情。

白秋海棠次顧東巖我魯韻 同王岡齡、戴琴溪、劉企三、沈培生、碩宗泰、袁質中作

素節名葩賸素紈，頻沾珠露淚難乾。晶簾月映容俱澹，
玉館霜清影倍寒。春睡久醒寧帶恨，紅粧淨洗耐閒看。
晚香更有黃花在，相伴何愁鬢似潘。

附原唱　　顧我魯

閙遍深秋舞素紈，幾枝寂寞粉痕乾。月明珠箔腸初

不必附

也可删

柔兆閹茂 丙戌

斷露滴銀墻夢正寒紅蠕堂前無容到玉簪花外有
人看閒吟對爾傷遲暮愁絶西風鬢欲潘

選 刪

歲暮贈别友人二首

顧云兩首一氣渾成盛唐風格

許云二律工穩可誦淡淡離情于言外遇之

選

同作他鄉客深冬袂忽分看山聯險韵啜茗論新文風
疾飛残雪天空没斷雲一聲何處雁似共惜離群

送送臨南浦行行向北風五湖隨去鴈一棹到垂虹釣
雪寒灘静江楓落葉空相違衣帶水莫惜寄詩筒

題畫

青山白水兩争妍岸柳村花帶晚烟倚杖何人閒眺遠
一犂好雨種芳田

也可刪

刪

偶題

天末雲濃壓亂馳，無端深黑似催詩。瀟瀟暮雨乘風下，何處吴孃唱竹枝。

選

晚霽舟行見奔泉有作

扁舟雨過絳虹明，兩岸垂楊美晚晴。怪底奔泉如渴驥，出山何似在山清。

陸云：殊有寄托，不比泛詠。石厓云：頂門一針，通身汗下。

選

途中見槐花

蒼山白鳥點秋光，有客青衫步夕陽。陌上槐花知也未，去年曾亦為君忙。

許云：失意語却極蘊藉。

乙酉秋晚予以述懷詩五章寄示黄訥齋文銳，令

秋次韻見和而感慨彌甚因復賦寄一首以廣其意

選
傳家舊物並青毡濁酒高歌且快然既比文園家有壁何妨陋巷郭無田時逢摇落情多感境歷艱辛骨始堅任運不須悲潦倒英雄自昔起迍邅老杜忠壯窮且益堅後半云云 正復不乏 仲評

秋雲次韻

選
膚寸無端觸石生垂天旋看似羅輕奇峰乍向商飈斂磐石俄隨鷹影横變却白衣知世態薄浮碧落見人情沈云淡語可味輪囷紛郁乘金令好把甘霖降太清朱希真詞世事短如春夢人情薄似秋雲

秋風次韻

選

来從蘋末度林阿嬝嬝雲邊送鴈過搗練寒侵閨閣杵

挂帆遠赴洞庭波横汾漢帝歌聲壯團扇班姬怨思多

聞道蒓鱸今正美羈留空尔歎蹉跎 原唱云寄語天涯遊宦子蒓鱸堪憶莫蹉跎時余在鄉中故落句云然

沈云詠物詩最忌着相而此神韻如五六二聯情味何等婉約

顾云運意抒詞情景俱到置之别裁集中不復能辨

選

落葉次韻 石厓云手神绝世

青女無端下肅霜摧残非復舊林塘空山客過迷樵徑

而取神 許云妙在不取貌

古渡船歸露釣莊不奈鱗枝空夜月翻憐幾樹挂朝陽

此句尤有味

何須唱到哀蟬曲楓冷吴江感自長

許云一結神致悠然

張園大淵献草

選

飲酒歌戲賦贈友人 沈云一片神行希踪太白 仲云豪情逸氣逼真李杜 石厓云大氣盤旋洋洋洒洒酒聖詩仙合成一手

君不見陶靖節有腰恥為斗米折採菊携壺日飲啜又

不見劉伯倫一飲一石酒爲名頹然自放全其真丈夫
生世在適意惟酒引人著勝地醉鄉自古樂無窮天地
古今同一視歌我詩斟君酒清聖濁賢皆我友三盃長
史傳草聖一斗謫仙詩百首昔人唯得酒中趣終古佳（仲云識得酒中趣是大豪傑）
名垂不朽況今春又來衝寒梅欲開安能鬱鬱坐愁思（是大文人）
五岳方寸起難頹萬慮總消酒一杯君今不飲何爲哉
嗚呼君今不飲何爲哉

許云石君落豪宕末後更入勝場
顧云彷彿李青蓮將進酒氣概歌行至此已能變化從容

秋日過章莊訪族叔君欽（叔所居有迎翠樓聽花軒）

幽居絕似輞川莊幾曲溪流漫野塘天接高秋千里碧
地鋪新稻一村黃遠迎山色峯攢翠坐聽名花菊晚香

已喜舊家風味在，芝蘭玉樹況成行。叔䫆子涔子因而納姻遂連舉兩雄　李云情景少函

選

題聽花軒　許云实賦聽字是射馬擒王手段洵爲是題絶唱

灼灼軒中花，繽紛耀五彩。色相尚空虛，聲韻復何在。幽人會心遠，任目兼任耳。舞蝶鬧午風，狂蜂喧晴晷。不必催花鼓，鼓音似迭起。頗云可与言詩　不必護花鈴，鈴響如未已。陋彼皮相者，舉眼賞紅紫。是爲化境

石厓云末行聽字則滑，实爲花字則粘，妙從不出不实處摹神

選

訪友人於沈莊書齋遇雨留宿　許云首句及四語早爲雨字埋根，一結尤有味

輕陰天氣值蕭晨，步屧郊原景物新。香稻繡塍垂玉粒，水雲碧落綴魚鱗。三千那計關何相，案有相書一帙故戲及之　一字惟新不苦貧。家是多情孤館雨，瀟瀟亦復解留人。

秋夜作

夜永難成寐徘徊步曲廊踈星千里雁斜月一庭霜生計希良策離心繫故鄉何當來舊雨剪燭話情長

著雍困敦戊子

伯祖笠濱先生輓詞四首

年來耆碩半沉淪魯殿靈光韋尚存筆底千軍堪獨掃胷中雲夢更全吞紫芝眉宇傾房琯玉局詩詞軼稼軒

矍鑠共推登上壽何期就室賦招魂

壯心空老守紫荊虛牝黃金一擲輕不朽名山新著作蜚聲黌序舊知名先生試輒前茅河汾講學推中子漢室傳經仗

伏生天爵自尊良貴在邪須官閥署銘旌

選　三年請業在門墻逸典曾教訪酉陽敢未硯穿灰壯志劇憐裘敝困名場（先生省試凡十四次而未遇）林宗碑碣無慙德孫綽毫端有異光點檢遺文猶在目山頹木壞倍神傷

選　靈運當時與惠連弟兄道誼最纏綿騎箕腸斷逢三月（先生沒今三月）化鶴心酸已廿年（先祖沒于乾隆丁卯迄今戊子已二十二年）抔土未封悲馬鬣（先祖尚在淺土）佳城先入夢牛眠（先生即入壽域）傷今悼昔垂淚雙惆悵重歌薤露篇

仲云情真語摯一字一淚

自無錫至丹陽時正亢旱水道幾涸舟行甚艱

沈云描寫真景神來之筆

選　一舸香山道蘭陵取次行淺流都礙楫高岸直踰城酒

旆從風颭晴鳩呼婦鳴甘霖瞻望久可浮慰耕氓

歸自江寧舟過金山惜未及登

蒲帆十幅向晨開獵獵乘風白下回怪道有山生濁浪

真成無地起樓臺石牌古墓懷前哲玉帶機鋒憶辯才

傑閣江天登未得幾時蠟屐步崔嵬

舟泊惠山下謁高忠憲公祠

許云句句穩帖無一剩語閒字
沈云高公詩宗法淵明四語可作論詩一則

射貴湖頭偶泊船崇祠忠憲感當年鬚眉浩氣雲霄上

澹泊詩篇今古傳魚腹湘纍空有恨貂璫婦竪竟無天

摳衣拜謁西神下不朽名應似二泉

遊寄暢園

閩道名園類辟疆，四時卉木盡芬芳。當年巡輦留宸翰（園中聯額多御祖南巡時賜），此日登臨遇侍郎（是日鄭侍郎上柱攜孫亦遊園中，相見閒及場事，殊覺和易近人）。積水盈池魚戲躍，斜陽滿樹桂飄香。九龍山色尤隣近，更擬攜筇陟上方。

（蘭汀菊徑琴臺外，竹榭松亭雲洞傍）

選

重陽風雨有懷

（芝房云：四十字一氣直下，風格最老）

（許云：清淡似左司一派）

窮寘東籬下，花開笑鬢金。重陽佳節至，風雨罷登臨。忽憶蘭言友，孤齋擁鼻吟。無因同把酒，悵望暮雲深。

選

贈別友人三首

（仲云：情真語摯，三章如一章，一章如一句）

憶當乙酉春，漫作越鄉客。雪泥蹈飛鴻，偶然留爪跡。已無鮑叔知，語少韓陵石。君時亦來遊，絳帳列講席。兩地

合雲龍孟韓稱莫逆羨君倚馬才聲還金石擲更能崇
古誼文章互掎摭利病我每陳瑕瑜君亦摘彈指四年
来情好猶宿昔一旦忽分飛離懷浩山積
選
君今歸去来余亦返蓬蓽一棹木蘭舟五湖渺蕭瑟遥
指垂虹亭帆開飛鳥疾去去波如駛到家趂晴日登堂
拜阿母稚子索棗栗姜被情寂投喃喃話促膝尊人雖
遠羈落落喬松質遥知能善飯老去髮猶黍樂事備天
倫此樂罄非筆何必羨虛名不平歎職失 李云杜老似靖節
選
人生如水萍相逢暫相聚無端風忽吹一別[illegible]如雨聞
君明年来淮陰有賢主故鄉雖睽隔幸獲侍嚴父 尊君亦客淮上

趋庭承笑言，快讀書四部。暇復壓陳跡，賦詩頻弔古。而我抱遺經，重托驚脰澼。同病應相憐，此情難覼縷。要當崇令德，相期采芳杜。兀兀有前賢，惜陰師侃禹。

許云一結得蕴李贈言之体

屠維赤奮若己丑

送叔舅張鐵岑長均先生公車北上

選

典籍曾披四庫全，邉韶那數腹便便。亡書默識同安世，博物成編類茂先。吴苑晴驅希驥馬，潞河風送孝廉船。平生温飽原非志，五色雲看見碧天。

恰如身分不同阿好

許云切張姓妙在

題張某松風泉韻圖遺照

選

性素樂松風，昔聞陶宏景。靈運登石門，瀑布搜異境。兩賢愛松或愛泉賞玩流連忘日永山中真意已忘言塵埃擾擾誰能領幽人枯坐撫焦桐在日久将塵俗屏長松萬樹泛濤籟鳴泉百道飛雲嶺松聲泉韻互爭喧聲喧側聽意弥静層巖更綴紅葉酣溪壑還添翠竹冷令人撲去面上塵宛歷依稀似箕穎音容已逝圖空留蹤露歌餘憶三影

又題一首

領略邛樊趣無如小隱安雲濤来萬嶺瀑布走千盤世事空蝸角高情任鼠肝君身仙骨在瀛海駕飛鸞

客中七夕

擬刪

胷中磊塊故須澆，客裏盃盤感寂寥。豈有詩書堪腹晒，秖應犢鼻向竿標。三秋旅次空歸夢，萬古佳期重此宵。自分柳州同蹇拙，施笑也擬乞神霄。

新

聞鴈

許云：咏物詩以不落纖巧為大方，似此只中蓮言实處摩神者，爲潤雁待絕唱

選

長天何處鴈飛聲，旅館蕭條燈半明。鄰院寒砧猶搗月，荒街秋柝正敲更。十年淮海閨中思，五夜風霜客裏情。邊塞笳鳴江上笛，應同催盡百愁生。

仲云：摹神之筆，令人撫唤奈何

集中幾莫能加

石匡云：神韵独超，不同凡響，置之中唐

郊墅雜賦十六首追和高青邱先生韵

胡云：可与青邱对席

選選選

生涯同野老，村舍近漁翁。樹出生香澗，橋橫活水通。浮瓜漫水鴉，噪鯉魚風。無限郊原景，吟歸五字中。

沈云：名句

石匡云：青邱復生當爲知己

地僻稀來往，招尋興倍增。叩門無俗物，結社有高僧。碁局敲晨雨，罍罇飲夜燈。醉吟村落景，未肯謝無能。

風生飛野馬，水漲沒平沙。綠暗沿堤柳，紅浮別墅花。游魚時作隊，語燕亦還家。觀物知元化，何須感歲華。

偶發尋幽興，芒鞋亍亍行。鐘鳴傳逸韵，漁唱引遙情。孤鶩沖烟起，長虹續雨生。邱樊成小隱，不是為逃名。

會心誠不遠，魚鳥亦來親。自有詩招隱，何須賦遂貧。琴彈松石意，酒對酲醑人。擺落塵紛事，悠然靜者身。

衡門聊養拙，也擬賦閒居。雲白晨風徙，苔青夜雨餘。花藏捎蛺鳥，池躍戲蓮魚。一任蓬蒿沒，儼然仲蔚廬。

許云二句与少陵花妥鶯捎蝶一聯同工穩

宵咏更三鼓，春眠日一竿。穿簾梁燕鷇，檢帙蠹魚乾。白月揮毫賦，青山拄頰看。此君何可少，還問竹平安。

遊目騁懷處，長吟緩步時。遥原堆薺樹，野艇聚莎陂。浥露花增艷，銜風鳥度遲。紅塵滚滚裏，此意有誰知。

乍看梅蕾白，忽又柳絲青。花月關天趣，禽魚浮性靈。酒旗沾露重，漁網颺風腥。偶值滄浪叟，誰言我獨醒。

積雨新晴後，苔痕欲滿垣。斜風翻柳浪，曉日鬧禽言。竹色千竿嫩，蛙聲兩部喧。須知誠日涉，趣自在邱園。

碧水柴門對，微風起嫩波。年登倉廩實，時泰笑言多。鵲報行人至，尨驚生客過。何當常駐日，借取魯陽戈。

頗云有風浴詠歸之趣

宵咏更三[illegible]渠燕鷇檢帙蠹魚乾白
月揮毫賦[illegible]何可少還問竹平安
遊目騁懷[illegible]堆薺樹野艇聚莎陂浥
露花增艷[illegible]滾滾裏此意有誰知
作看梅蕾[illegible]月闗天趣禽魚浮性靈酒
旗沾露重[illegible]浪叟誰言我獨醒
積雨新晴[illegible]翻柳浪曉日鬧禽言竹
色千竿嫩[illegible]識日涉趣自在邱園
碧水紫門對[illegible]登倉廩實時泰笑言多鵲
報行人至尨驚生客過何當常駐日借取魯陽戈

[illegible]
騂 駹 青黑有斑 珥 音二 城名濟州
[illegible] 馬斑文 [illegible] 音敲
鰕 蝦 [illegible]
鎬 [illegible]
碻 磝 [illegible] 雷 [illegible] 又去声
石 砳 研 課 [illegible] 音丙
厲 [illegible]
[illegible] 切音 [illegible]

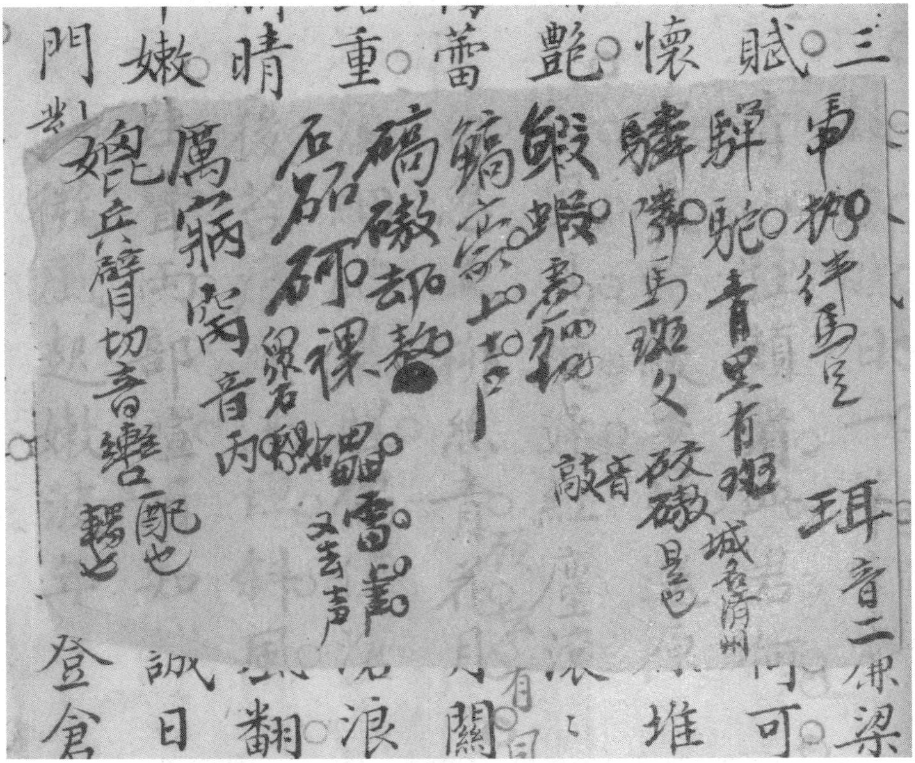

西風吹嫋嫋落葉下寒塘鷺白非関水楓丹爲染霜靜
臨乞米帖閒撿活人方自是耽岑寂何心學坐忘
閒遊吾所愛莊叟著逍遥古樹眠耕犢奔流障緯蕭負
暄朝出釣擔月夜歸樵爲訪前溪友時過雁齒橋
觀魚臨水次采藥向邨隈暝意南榮曝寒衣北鴈催有
霜聊護菊無雪亦尋梅薄暮窗前飲還邀好月陪
鳥語喧林際漁歌送渡頭彈琴臨水靜望月對烟愁地
勢宜風浴人情減忮求幽懷何處寫杜若采芳洲
頗識田家趣兼商學種田𠷎雞童握粟買犢客爭錢詩
咏短長句花栽老少年閒来思下釣一舸五湖邊

黄節婦袁氏詩十二韻 石厓云古音古節滴淚成珠有黄節婦而此詩出有此詩而節婦傳

節婦姓袁氏當十八而于歸甫五年而喪耦，作週一載姑又随亡，方閲三年翁還病歿，姑嫁既賴其經營，叔娶還資其措辦，雖未符五十之期已幾及卅年之久，竚看苦節之題旌，用乞名篇之奬借。仲云排奡震盪中自尒韶骨仙姿直入元白之室 胡云初唐体格，盛唐辭藻，知先生真無所不有

松江東折走滄海，百里近接具區水。清流秀脈鍾人傑，巾幗居然著奇節。汝南袁氏歸黄郎，鳳釵鸞鏡芙蓉裳。五載相莊如一日，同心願比雙鴛鴦。豈知婉孌情偏促，陶嬰年少歌黄鵠。可憐椿樹萎靈枝，可憐萱草傷寒緑。

仲云起挺拔 仲云一句一轉一轉一泪 仲云哀音促節 選

靈枝寒緑暮凝愁，衰草殘烟總淚流。孤鴻秋老清風嶺，舊燕春歸明月樓。孤鴻舊燕年年度，癡莫塵奩向誰訴。梧桐冷落梨花雲，夢中不見珊瑚樹。三十年来歷苦辛，卓哉至行全其真。貞風直上淮陽守，竚看烏頭綽楔新。

仲云：報映奈何

上章攝提格（庚寅）

八月初八夜闈中偶得十千人聚棘闈秋之句試畢因足成之（時江南科舉入場者以一萬人爲額）

數聲鼓角動高樓，鏁閉重門試院愁。二九房同衡鑑夜，十千人聚棘闈秋。小簾紅燭回風下，欹枕青衫對月愁。畢竟春蠶食葉後，朱衣執點暗中頭。

仲云：與高集別選

許云：四語可當滿城風雨近重陽之句

卞忠貞公墓

弔古来至冶城路，纍纍荒冢紛無數。蒼松翠柏欲參天，云是忠貞卞公墓。憶昔永嘉南渡時，清言放達相尊師。悖禮傷教罪莫大，傾覆中朝有素知。風流豈意終相尚，瓦石如含肆孟浪。公自峯距異人群，閒泰常無為保障。一朝鼙鼓震歷陽，朝内空聞有庾王。抱頭鼠竄務苟活，梟獍狐狸恣跳踉。尚書奮志何慷慨，搢掃烟塵死無悔。西陵轉戰既忘生，力拒青溪寧稍退。那知虜殯竟旋歌，死綏將軍歎若何。戰苦不聞張巡笛，日沉難奮魯陽戈。更有二子相隨沒，大節煌煌皆死國。握拳透背恨何窮

胡云：誠不以富，亦祇以異。起四語便得忠貞身分。

選

石厓云：起得挺拔，結得雄快，中間叙法盤古雅，与題称，此千古不磨之作。

李子云：才大力雄，思沉筆銳。昌黎薦士詩云"横空盤硬語，妥帖力排奡"，斯詩足當此語。

似可删

似可删

想像猶思擒劇賊吁嗟乎父忠臣子孝子一門盡節死王事千古忠貞仍不死

胡云收筆與起處相應 顾云此等詩大有關係不当作韵语读 許云四句宋烈識語風生一结尤斬绝非常 胡云[illegible]大篇

賦得客睡何曾着 讀之可以振頑起懦此爲有功世教者

删 客睡何曾着宵長不肯明風前孤雁過月裏亂蛩鳴辟鼠銜殘紙燈花落短檠祖生思起舞只是未雞聲

陸云讀其詩如覩其景如聞其声此是天機人妙

重光單閼 卯年

春夜偶作

側側春寒擁敝裘幢幢燈影聽更籌多情寂是荼蘼月流照湘簾伴客樓

選選選

金陵懷古十首 許云詠作工整蒼老胎源出于少陵 顾云十章詠古有識隸事無痕比之竹垞新作殆有過之無不及也

國家圖書館藏清人詩文集稿本叢書

讐國稱臣笑仲謀。武昌歸後霸圖休。空傳雨雪行華里
已見龍驤指石頭。照日烟煤燒魏辟。随風欵唾拒荆舟。
那堪面縛軍門外。青蓋真成入洛遊。
渡江五馬一為龍。草草偏安晋已東。報國應推温票騎。
汙人合数庾司空。大君盡覺旂旒贅。臣類頻看水火攻。
畢竟神州誰克復。山河風景望能同。
一木寧能支厦崩。男兒不羨褚淵生。出行空自遮腰扇。
哀死曾聞滿石城。漫惜量沙籌歷下。那思賜飯及春耕。
國華更有南昌倫。太息全無舅氏情。
剖腹懸瓶恣横行。紛紛刀敉盡干城。幢高白虎時時擔

花鑿黄金步步生已見王倀專北闕還聞趙昺誦西京
當時蔣帝祈何益一决堪憐玉座傾
太息亡猿遷見妝金甌傷缺竟誰尤臺城庖霧求蜂蜜
同泰曾聞捨比邱豈意池魚殃果及可堪骨肉怨頻修
子孫當日誰忠孝寂惜永安不遂謀
崔嵬三閣壯臺城王氣東南已盡傾投林人無飛渡慮
拊膺鳥有奈何聲廣陵賀若師潛下石子蠻奴騎早迎
辱井寂悲身不死還祈官號可憐生
翠色堪憐不到杯睆公空復望崔嵬四州但見隨淮去
一佛何曾出世来機畫澄心委佞倖閶行懸像戮賢才

泛茲帶水何難渡鼾睡須知是禍胎（芝房云此意未經人道）
當年濠泗起真人逐鹿中原帝業成良法鐵牌禁宦竪
崇儒紅板給師生弓藏底不存功狗尾大端由擁重兵
寂是中宮能補袞頻將仁厚佐王明
金川門外一江分當日燕王此入軍共識周公誠是叔
誰言孺子竟非君緇衣紫禁無形跡碧血青山有冢墳（沆云可訂野史之訛）
爪蔓抄成人半盡不堪瞻拜孝陵雲（許云通首無一字不響無一字不穩尤爲十章之冠）
留都立國劇悲凉宛似風漚與電光半壁江山龍未化
深宮歌舞宴頻張牓箋狎客來江總鉤黨賢臣錮范滂（朗云化假工切）
南渡匆匆成底事新亭流涕愧周王（石厓云十章議論名通氣机浩瀚允推盛唐傑作）

秋暮寄友人書

年来三徑歎全荒，霜白榆黄滞異鄉。濁酒聊憑澆塊磊，魚書忽到問行藏。風塵作客憐王粲，世路何人是鄭莊。珎重離羣勞遠念，碧雲日暮倍迴腸。

冬日同生徒試事同赴江城阻風謝天港旁多蘆荻颯颯風之聲達旦漫成一絶

遥指吴江楓樹紅，扁舟無奈石尤風。蓬窗一夜渾疑雨，身在蕭蕭荻葦中。

許云：淺淺語自有遠神。胡云：逼真唐音。

玄黓執徐（壬辰）

送㚷舅張鐵岑（長均）、闇齋（長墀）兩先生同上公車

選

共羲連枝賦比偓，劒光早射斗牛明。當年月桂曾同折，兩先生登癸酉同榜　注移在第三句下。
此日雲龍合並成。三策賢良董相國，十思疏奏魏文貞。
文章報國追前哲，軾轍從来舊有聲。

選

浮客

浮客無聊賴，寒蛩咽暮愁。砧舂鄰舍晚，風雨旅庭秋。李云名句絶似
拙成蛇足少佞，傭書類虎頭。何當齊六翮，奮翼到神州。

删

詠菊次韻

丽草英英睒彩霞，徑邊籬下整還斜。純黃獨得中央色，
耐久寧同子午花。眼底南山傾我意，望中送酒定誰家。

可刪

冒霜吐賴誠堪賞肯為秋深感歲華

菊影次韻（石崖云：詠菊易詠菊影難，二語因難見巧，又不落元人一派，知先生得力于三唐者深也）

選

高潔何虞塵俗侵，一痕斜印自森森。傍籬亦復因風舞，垂徑應難冒雨尋。幾度繞堦頻夜月，儘教滿地未飄金。（仲云：翻用安石語，妙）興來莫向庭前步，踏碎純黃不雜陰。（許云：不即不離，妙在是菊影，不是画菊）（不可言）

刪

漫想餐英那足誇，宛同道復寫清華。（頑云：對勝）一籬色究歸無色，三徑花疑更有花。淡月照來何太瘦，寒風吹上並欹斜。懸知難供幽人採，好睒秋燈讀五車。

偶然作

選

嗜好誰能無，專攻遂成癖。昔聞晉王濛，愛茗譏水厄。宋

選

室有米顛拜石肅袍笏武子輿長輿或馬或錢帛劉邕
籔比痂元宗鼓好羯福時愛轝兒李訥欣對奕或拍浮
酒池或膏肓泉石癖雖萬不齊一往要莫易而我有何
嗜幽情寄典籍異書見眼明夢寐并難釋安得如鄴侯
三萬插架積更兼似惠施五車盡抽繹丈夫擁萬卷何
假城有百鼠或誚拖董任渠鼈厮踢

仲云 碩云詩書於我爲麴蘖嗜好与俗殊酸鹹可以移贈

一結奇氣絶似白秘

賦浮青藜照讀 浮然字

承詔登天祿校書夜更專青藜來委照紅燭詎須然秘
帙祥輝爍奇篇瑞彩纏單心窮玉策吹杖徹金蓮光射
牙籤外言聞閶闔前殊逾雪色朗不滅月輪懸車胤囊

朗云 体大思精以下四句爲青藜二字烘托妙俱有讀字

螢映匡衡舍，辟穿何如劉子政。太乙降雲天。

昭陽大荒落癸巳

姑蘇楊柳枝詞二首 許云：二絶風神不減鈍翁

胥臺三月柳陰稠，美月眠烟暗渡頭。何處流鶯来並坐，聲聲相喚惹離愁。杜詩：流鶯並坐交愁濕

東風虎阜草如茵，齋日山塘柳色新。揺曳莫嫌情態薄，猶留青眼看行人。

途中即事

春暮江南飛亂鶯，花生草長暎回汀。漁莊隐約藏深柳，犁犢幽閒卧小亭。一水浮天雲共白，数峯拔地樹排青。

沈云王右丞詩中有畫此詩亦復尒

蘋洲好去搴芳杜擬喚蘭橈醉醁醽

和張南華先生重陽三無詩三首　許云三律雅韻欲流不減南華原唱

遥遥遥

邑無山

龍山佳話羨登臨夢繞遥岑悵獨深岳起胷中原巑嶪　芝房云琢對工整

楓生堂上更嶔崟朝來爽氣空思挹日暮嵐光底處尋

準擬西風吹帽嶠那堪一望盡平林

尊無酒

漫聽提壺呌畫簷重陽宴賞憶當年流唉豈必兼三雅

挂杖其如乏百錢望斷白衣無酒友空尋黃菊步籬邊

縱然欵把離騷讀名士聲稱淂易全

籬無菊

老圃秋容數晚香那堪寂寞對重陽園中豈果全飄雨
籬下因何絕傲霜望去南山仍縹緲摘來三徑漫徬徨
從今陶令兼輸卻無酒曾聞尚有芳

遥遥遥遥又和四無詩四首許云四無詩工于點化更勝重陽三無之作

無花

幾番風信到柴扉綠滿窗前草色肥舞蝶尋芳徒宛轉
狂蜂釀蜜浪翻飛空憐佳節匆匆過那用長歌緩緩歸
想像青蓮當此日衹應筆底夢依稀

無酒

惆悵無錢挂杖頭。歸來一斗詎能謀。青州漫擬逢從事
禹縣何堪之督郵。地有醉鄉空想像。湯無般若奈閒愁
子雲奇字人（誰）稀問。那得持螯遂拍浮。

無米

那能規畫聚爲山。陋巷還艱具一簞。纍飯久無朋輩至
指囷應識世途難。儘教有帖如顔老。爭奈生塵類范丹
笑煞東方飢欲死。魚書重疊勸加餐。

（五之房云：一結味美，字字回合，令人不厭百回讀）

無薪

當今豈特桂相同。炊黍空懷拾古松。（黃庚詩：松薪拾去朝炊黍）漫說後
來居却上。縱教克荷析何從。清談竟日留憨客（應璩書云：幸有袁生）

時步玉趾樵蘇不羹清談而已飲水生涯恰稱儂祇是時光非禁火那堪冷
食度高春

閏逢敦牂甲午

五月廿二日風雨大作 碩云三四鍾鍊而出筆力千鈞

晝刻俄成夜層陰入望昏黑風吹海立白雨挾潮奔已 沈云警句從老杜得來何等
莫河魚腹空招水府䰟是日西白漾舟覆人多溺死由来殊莫測何處訴
乾坤

初秋歸家 陸云天於清麗似吳蓮洋

燕掠紅菱水蟬鳴碧樹村新涼風景好一舸返衡門

九日登八角亭書感

節屆重陽景物蒼登高愁思劇茫茫桂薪珠米憐節屋
赤地黃塵慮稲粱處〻水車叢婦子紛〻大道滯舟航
頻年亢旱由天意且採茱萸作珮囊

寄懷茗中友人

君本茗水人而来盛川市年少善文章風流多絶技揮
翰王右軍丹青吳道子何意作相逢傾蓋為知己興来
醉復歌化盡吝與鄙雖有好賓朋惜無佳山水自君歸
去来歲月迅如駛望斷茗溪雲兩眼飢欲死何日烟雨
樓賦詩揮滿紙

旃蒙協洽乙未

夏日閒居次韻　許云梧寫閒字形神俱有

選　古樹梧桐綠，幽花菡萏香。魚游依落定，鳥語度松涼。寫　飯云理趣禪機

景詩為畫，酣眠石作床。清風披拂處，并欲傲羲皇。

早秋聞蟋蟀

選　乍喜新凉好，旋聞唧唧聲。秋来方肅殺，月下倍凄清。慣

觸羇人思，寧徒懶婦驚。怪他微細物，亦似不平鳴。　石庄云寄意深遠

輓黃訥齋　文銳　十首

選選選　元白同隣僅隔墻，當年唱和富篇章。晴窗重展前詩讀，

苦雨悲風滿草堂。

曩時立雪侍師門，曾我先容細討論。搖落豈知悲宋玉，　許云舊事翻新妙

想天開

屈平翻為賦招䰟 訥齋從余外舅抱愚先生遊余實為之先容

芸牕苦志歷艱辛、繼晷焚膏秋復春。一領青衫消不得

紆金佩紫是何人

居恒詞賦擬鄒枚。蹭蹬何曾笑口開。若果樓成需作記

豈真天上亦無才

刪

艱難險阻備親嘗、衣食奔波歲異鄉、不復永年今見子、

積憂始信果人傷

刪

謀生無策藉陳編、南北東西客可憐、每恨無由離苦海

夜臺那更硯為田 訥齋 懷音氣絶復甦云江寧城隍欲延為師祖父皆為求免不允俄而遂卒

雪湖流水恨漫漫、事到傷懷暑亦寒、白髮紅顏相對哭

心腸鐵石也悲酸懷音卒于七月初時母尚在
萬事從今一旦休。親知隣里盡含愁。共期遺腹能成立。
豈意無兒似鄧攸懷音有一女今遺腹共望生男孰料又獲一女
刪
飲醇遠近共推周。擊筑屠沽亦可儔。畢竟豈無臧否在。
褚裒皮裡有春秋。
縞紵當年多舊盟。死生異路見交情。素車白馬來號哭。
誰是山陽范巨卿。

選

戲咏米蟲許云廿方心慧舌雅韻欲流

爾雅蛄蟹蟝斯虫。獨未詳。一生需幾粒。四顧有餘糧。皂
辯譏莢附烏頭誚業荒事俱見堅瓠集東方飢欲死。輪汝富倉箱。

聞箏戲賦

選 月簷風徹夜景澄誰將銀甲撫明燈尋聲恰似艱言語

耳畔惟聞稜等登 事見玉泉子

另錄 賦淂烟垂柳帶纖腰輭 淂春字 唐張泌句

選 極目烟光裏青青柳美春如腰纖有態似帶輭無倫嫋

嫋垂来弱絲絲曳自匀眠時疑倦舞食字類書紳織倩

金衣子扶憑九烈神吴鈎堪作佩楚國定尤珍向日揚

還抑臨風巻復伸一團輕暈處想像小蠻身

另錄 賦淂萍始生 淂波字

選 月令逢春季萍生傍岍莎根殊浮不定葉尚綴無多貼

水蹴堪数經風約幾何化來知未久釣下詎妨佗江漢令初泛乾坤信一科佇看開白芷乍覺漾清波有待汀洲采綠當穀雨過倘能成赤實味定蜜甜和胡云通首寫始字極蘊藉

春晚積雨

無端陰雨積經旬布穀殷中欲送春苔徑花開紅減色柳塘水漲綠生粼火頭空卜尖難遇愁耳何堪滴更頻不獨韶光容易謝還憐無麥病耕民

題張犀齋雜畫五首陸云閱合自己便無題畫套語而兼有情味

鳧鴨漁艭傍野塘一堤烟柳映篔簹依稀好景家園似何事年年滯異鄉

選

層峦烟外接天青。古刹叢林點石亭。彷彿金陵歸路景。昔年驢背憶曾經。

石厓云置身画裡情景逼真犹令我憶秋風驢背时也

君乃絶筆於辛丑年底與黃孫雪門

遺稿後先擇缺

鍾跋

雪塘詩鈔卷二

震澤陳友皋撰 原名友龍

柔兆涒灘 丙申

選選選

擬古六首 沈云神恬氣靜淳陶公遺意 石厓云六章俱是見到語非小儒所能道

松柏植深山錯雜花李中時當春夏交勁質涵凡叢鶩
節更溽暑流景忽飈風寒蟬既無聲隨陽來賓鴻冰霜
日以繁草木日以空亭亭見峻節當世群推崇有目果
能賞前此何朦朧不知亦無傷所蓄在雷同
人生宇宙內譬若火餘燼燼尚有微燄直同流電睒五
行與陰陽天地互為令寒往即暑來四時轉斗柄日月

雪塘詩鈔卷二

晝夜行今古一何迅大運有循環衰每伏于盛庸俗固
同歸亦詎免賢聖所以古志士盡人以俟命
驅車出城郭四望空茫〻前林多邱墓纍〻盈北邙念
彼泉下人使我心悲傷古人歡游時不異今時良一朝
物化後與世永相望所以劉伯倫荷鍤行徜徉醉酒或
至死隨時便埋藏于世已無戀離世亦何妨但使順其
正余情信自芳區〻身後名何計晦與揚
許云從阮公詠懷詩化出
鄙夫多狗俗哲人每知幾杖策躡高岡回風吹我衣仰
見雙飛鳥落日向林歸豈無稻粱謀孤高志難違賢哉
二疏公知足返荊扉當日餞都門冠蓋何光輝功成若

不退昨非今更非

人生尚意氣結納徧九州信誓托知己不惜車與裘黄金忽爲盡賓客太悠悠魏其當失勢朱門跡誰投賢哉灌將軍古道能獨留翻雲與覆雨輕薄誠堪羞寄言盍簪友何如躬自修

丹桂植深壑轗軻枝欲折荊棘樹高邱龍蔥翻可悦蹇也貧非病納屨而踵決袁安未舉時恐飢卧風雪胃脯既連騎灑削食鼎列郭縱鐵冶耳富與王者埒天意有如此請君且撟舌（許云章法謹嚴筆意含蓄）

霧

不選
幾許天難曙高樓極望迷霏霏連澤國漠漠暗通逵日色愁陰翳梅花好護持南山容豹隱客舍漫棲遲

題張某扇頭小照

選
幾枝楊柳裊輕柔斗酒雙柑聽栗留彷彿靈和三月景祇應思曼擅風流

强圉作噩（丁酉）

寄題朱仙鎮岳忠武王廟 許云此種詩可作史讀

不選
逐虜郾城奮戰攻班師詔下恨奸雄十年力廢惟三字五國城遙奈兩宮堪歎書生言果驗敢憐江北地仍空朝廷自顧稱臣姪將帥何緣立大功 石厓云悲忠壯淋漓是少陵的派此詩定与岳公並傳不朽

選

戲爲盛川紬客賦

在國爭稱市井臣，販繒端合賦嘉賓。逢場竿木時時戲，瞥眼楊花名行妓日日春。儀物依稀交大國，樓居彷彿奉仙人。灌嬰若使生今世，定顧睢陽老此身。

選

次韻咏白蓮 許云品高㝎在絶去鏤刻遠韻遠神不減甫里先生断句

那數當年蜀醉粧，霜姿淨植水中央。一江璧月何方採，十里銀塘到處香。不羨圖澄施幻術，秖應慧遠伴寒光。芝房云不着色相盡得風流 肌膚氷雪誰能似，堪笑無端比六郎。

選

夜坐感懷 仲云讀此詩殊覺對此茫茫百端交集

夜坐南樓過雁鴻，茫茫愁思感何窮。寒鍾古寺撞霜月。

老樹荒郊叫朔風，計拙窗蠹鑽故紙，羈棲海鶴入牢籠。

六張五角憐常遇也，擬江湖號長翁。

選

著雍閹茂

春日自閶門泛舟山塘遂登虎邱

石屋云：宋金庭景紀《游虎阜》有「雨一肩花市担春風，半面酒家招」一聯，今讀先生詩，尤覺出一頭地。

曉日輕雲傍堞浮，金閶門外蕩蘭舟。三春花柳長堤水，

六里笙歌賣酒樓。短簿祠前鶯乍囀，真娘墓上草新抽。

顧玉余：最愛吳園次「七里水環花市綠，一樓山向酒人青」之句，讀此更覺神韻獨絕。

闔廬霸業消磨盡，猶占空山土一邱。

選

五人墓

當年忠介迫蒼黃，激義五人意氣昂。拚以一身攖鼎鑊，

沈云：當時楚羊下諸臣[illegible]

寧辭萬死忤貂璫。屠沽尚克扶公道，紳笏緣何昧紀綱。

老樹荒郊叫朔風訃扯窗蠹鑽故紙羈栖海鶻入牢籠
六張五角憐常遇也擬江湖號長翁

選

著雍閹茂戊戌

春日自閶門泛舟山塘遂登虎邱

石匣云宋金庭景知遊虎阜有詩「雨一肩花市担春風半曲酒家樓」，今讀先生詩可覺出一頭地

曉日輕雲傍堞浮金閶門外蕩蘭舟三春花柳長堤水
七里笙歌鷁艓（三四句似當作鷁艓形近有艓亦象無分）墓上草新抽
闔廬霸業（蘭佩句內應字擬酬之擬字平仄俱失似易 二五字妥。既稱應制體，一三五亦必須論，知當否，絕）

（發吳園次七里水環花市句酒人青三句讀此更覺）

選

五人墓

當年忠介迫蒼黃激（奮）義五人意氣昂拚以一身攖鼎鑊
寧辭萬死忤貂璫屠沽尚克扶公道紳笏緣何昧紀綱

（沈云當時禁軍下諸臣能）

雲傍堞浮金閶門外蕩蘭舟三春花

歌

鼉綬。三四句似當作鼉硯形蒞肖綬取象無分

墓

蘭佩句四句應改擬酬之擬字平仄俱失似易

葉

主名要。既係應制體一三五亦必須論

鐘見未

知當否

問酒

絶

人墓

小岣山塘和蘚立應教百世永流芳

許云通首娟秀　碩云有此佳作丽事丽情並传千古

真娘墓次韵

武邱禅刹後共説葜雲翘意度雪（薛）濤娟風情蘇小嬌遠山描黛嫵芳艸展裙腰髩鬃聞歌曲鶯聲柳外飄

二姜先生祠　給諫埰字如農　吏部垓字如須

曾披奏疏識芳名忠義誰如弟與兄請劍上方寧畏死行吟澤畔詎偷生一祠俎豆青山立兩地英靈白日明㝡是滄桑更變後頭銜猶署一殘兵　李云蒼涼激越音節俱高

書楊忠愍公集後

姓名豈特滿城香直節忠言日月光十罪五奸誅大憝

小蛸山塘和蘚立應教百世永流芳

真娘墓次韻 許云通首娟秀 頤云有此佳作麗事麗情並傳千古

秋夜喜与友人宿陸表兄齋 戊戌

久别思良會今宵幸對床月仍明似水時值中秋後三日露早白於霜話舊杯斟數論文燭剪長士衡原至戚好共計行藏

衍吟澤畔詎偷生一祠矗立青山立两地英靈白日明寂是滄桑更變後頭銜猶署一殘兵 李云蒼涼激越音節俱高

書楊忠愍公集後

姓名豈特滿城香直節忠言日月光十罪五奸誅大憝

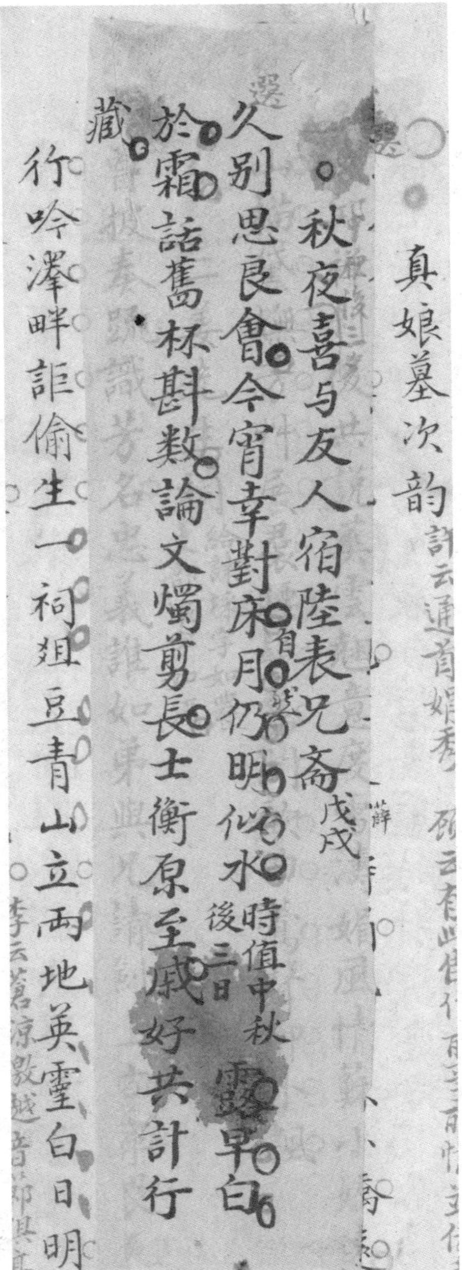

真娘墓次韵

秋夜喜与友人宿陸表兄斋 戊戌

久別思良會，今宵幸對床。月仍明似水（時值中秋後三日），露早白於霜。話舊杯斟數，論文燭剪長。士衡原至戚，好共討行藏。

衎吟澤畔詎偷生，一祠俎豆青山立，兩地英靈白日明

丹心浩氣植宏綱，捨身那懼闕三木，主意何難問二王。（沈云能提其要）
更有閨闈能代死，一家竝是不隨楊。（許云運議精密）

書包孝肅公奏議後（陸云此詩提要鈎元如讀本傳）

（選）當年七事著賢聲，躭介剛嚴自性成。關節萬端無處到，
黄河一笑有時清。建儲廷諍宸衷悟，折獄名高里巷驚。
除却宣公誰比竝，一編奏議見平生。（石厓云題本莊重筆特謹嚴）

不倒翁次韵

（選）生平全不藉扶將，老辣端知似桂薑。任尔推排前或却，
依然安穩抑仍揚。製衣合翦雲藍紙，射覆應添般若湯。
畢竟此翁還守正，掉頭那肯狗兒郎。

泥美人次韻（頤云工穩不減南華）

撮土摶成越女施，陽城下蔡也驚奇。巫山行雨愁殘夢，
洛水淩波怯艷姿。輕體誠堪舞掌上，粉身寧惜墮樓時。
一九何處新封好，稱國當年淡掃眉。

屠維大淵獻（己亥）

春日重遊虎邱

攜節令渡叩禪關，海湧峰前春意閒。綺陌風和馳駿騎，
畫船日暖唱嬌鬟。螺青石古千人聚，鴨綠波平七里環。
好取杖頭錢買醉，倚欄更看夕陽山。

八月初八夜對月有感（是歲恩科爲嗣年萬壽預開）

選 桂魄今宵已上弦清光穆穆瞬長川一天雲淨金風細
四野烟霏玉露鮮刻棘求猴曾有意蒸砂作飯奈無緣
三書光範原難上應讓祖生先著鞭

枕上聞棹歌 許云吴歌推吴江為第一宜其聞之而有感也

選 何處風傳欸乃聲蕭齋淒斷月徽明鄉心觸撥誰堪語
寂寞燈花落短檠

讀屈原傳有感項襄王子蘭事

選 武關深入勸行誰踐位如何又相之準擬春秋誅意法
不徒愧死鬥雞兒 許云可當後世春秋之筆

上章困敦庚子

並錄在梅花詩淞本

二首 提

限韻咏落梅

許云二章詣思清人骨

誰將橫笛奏春暉，吹落名葩玉屑飛。庾嶺已看人竟去，孤山惟有鶴相依。一痕明月流霜冷，幾處迴風舞雪微。好倩徐熙揮妙筆，巡簷回首倍歔欷。

闌盡寒林白玉花，春深零落遍天涯。羅浮夢醒無明月，東閣詩成有澹霞。竹外空留枝偃仰，水邊那覓影橫斜。研光帽戴無端舞，一曲山香實可嗟。事見東坡題跋

書齋盆蘭

小庭春暎日沖融，無限光風轉蕙叢。坐久渾忘香滿室，所居真與善人同。

庚子

二月患足不能出游書感 時畫 脛駕南遊

柳韓鶯嬌陌上薰，春遊未易逐同群。毋輿那得如元亮，高卧猶堪學少文。一路亭臺懸綵西，漫山花李笑斜曛。時亭臺[illegible]極美麗 芳辰淵景都抛擲，撥悶除非任酒醺。

客齋風雨枕上作

欹枕難成睡，孤燈慘澹紅。鐘聲来近寺，鶴唳度遥空。事業憑黄卷，襟懷仗碧筩。那堪當客夜，急雨又長風。

秋夜舟泊石湖見娶婦者從行春橋過戲成一絶

鼓吹行春次苐過，輝煌燈火暎湖波。塡橋不用煩烏鵲，已見天孫度絳河。

胡云：只言更尚淺，未是渡河時。脩詩中妙語也，此首絶似。

書高郵先生大全集後三首

風華跌宕致翩翩，沉鬱清新孰比肩。丕變元風推巨手，青邱應不讓青田。

如此人曾不四十，茫茫天意竟何如。可憐奇禍緣文字，誰道吞舟有漏魚。先生為魏觀作上梁文，連坐得禍，時年僅三十有九

（詩云：通首老健，此左徒所以有天問也）

陶陰帝虎字紛紜，展讀渾難辨贋真。身後桓譚誰細校，金根偏改作金銀。是集為徐用理編次，其中舛譌甚多

（也可刪）

遊金山寺追和東坡先生韵（石厓云：筆大如椽）

大江滚滚来梁岷，萬里長驅赴瀛海。兹山劣崱峙何年（嵽嵲），砥柱中流兀然在。易名緬自裴頭陀，金山本名浮玉，因裴頭陀江際獲金，貞元中李錡奏改今名

（沉云：起勢峥嵘）

樓臺縹緲浮洪波，瓜步茫茫天水接。海門塵塵帆檣多，乘風幾鼓度江楫。夢寐登攀懷往日，今來蠟屐恣遊觀。騰翥金鴉映潮赤，昌黎詩：金鴉既騰翥。《全俄清新注》：金鴉，日也。雲淨風輕霽景澄。陰壑幽崖分白黑，古辟詩篇照眼明。前人詩詞刻石高歌那顧。陷辟者甚多。蛟龍驚了元遺跡，今難識。玉帶可能存舊物，愛山既得遇名山。濟勝兼非腰脚硬，探奇半日興未已。沉云佳有餘情。更擬中泠汲泉水。

黄天蕩懷古　顧云：沉雄蒼健，直逼少陵。如此傑作，可但云餘事作詩人耶。石厓云：雄壯。題非雄壯筆不足以達之，此作雅與題稱。韓蘄海有此奇觀，那得不拍案叫絶。

南渡名將誰無雙，忠勇應數韓蘄王。志復中原歸版籍，心期二聖回戎羌。當日女真來假道，奮身誓把匈奴掃。

玉帶紅袍帳未擒，金山設伏寧州〻。大江鏖戰勢翻瀾，（沉）
久識軍中有一韓。況復使船如使馬，北賊能無心膽寒。（許云：用古如自己出）
夫人亦且親桴鼓，那肯戴天共寰宇。寃恨未殲厥渠魁，
稍喜得擒龍虎婿。（婿）鐵綆還為貫大鉤，健兒舉手輒沉舟。
宛同仁貴發金矢，不異田單奮火牛。怪底閩人偏献策，
全勝無端如轉石。宿耻深讐雪未能，空懷一片忠心赤。
君不見敵兵十萬稱天驕，劲卒八千迎洪濤，相持四十（許云：氣盛則言之短長、聲之高下皆宜）
有八日。誰言此舉非雄豪，嗚呼誰言此舉非雄豪。（沉云：淋漓雄壯）

（選）

永濟寺登大士閣和施愚山先生韻（寺閣有桫欏樹）

傑閣臨無地，憑高滿目秋。一天新雨霽，萬里暮雲浮。鍾

磬清蘭若魚龍隱荻洲杪欏門外樹閱盡古今愁

登燕子磯崎省試歸

石厓云起勢雄壯三四偏對精警字字圓湛五六即承上面意思來運法極密結處闔合省試并不脫燕子二字尤徵老確

危磯突兀枕孤亭滾滾長江足下經三楚驚濤噴地白六朝峻嶺入天青懸厓古木風聲壯撼壁寒潮水氣腥秋雨到來疑欲舞可能高舉振雙翎

頤云何李氣流走人未遠春江三楚一聯與黑風吹激五等句俱經百鍊而出

重陽前二日同沈雪舫 誠 李仙槎 漢 登虎山寺樓晚眺 許云寫景最真

節近登高氣漸寒空山秋景未凋殘千村穲稏黃茅屋兩崦烟波白石灘橋臥長虹明晚照窗排遠岫入雲端追尋擅勝當年閣閣今已廢惟有浮屠映碧湍虎山前為黿山上有塔兩旁臨水名東崦西崦

選

九日鄧尉山登高

居恒夢寐思登高，佳節況復逢今朝。山靈知我有山癖，雲中彷彿遥相招。蠟屐初經鳳岡嶺，林間嘒嘒聞鳴蜩。稻香時復來阡陌，蒼松古柏紛周遭。暗泉淅瀝流叢薄，野徑往往逢歌樵。邐迤轉入聖恩寺，禪堂寂静塵心消。攀林躡磴詣絶頂，但見七十二峰巀嶪烟波濤。吾欲求書入靈域，遥飛恨不生羽毛。更欲石壇尋遺跡，毛公蟬蜕久矣遊逍遥。具區三萬六千頃，鞾文蕩漾如鮫綃。天高日朗烟嵐淨，漁村蟹舍明秋毫。征帆歷歷飛鳥外，遠樹重重排山椒。硯石穹窿在指顧，米堆烏鈴同兒曹。斜

陽欹落山半紫歸途浔渇無塵囂何必茱萸與黄菊且痛飲酒讀離騷

沈云仍结到九日法客

李云去路修於

秋杪客齋書感

許云慨当以慷情极感鬱而氣自和平

年華荏苒事何成謄覔空泛蝸角争敢謂鍾期猶未遇却憐羅隐竟無名洞庭波冷飄楓葉鄧尉霜高落鴈聲一片雄心灰未浔匣中干莫自長鳴

重光赤奮若辛丑

選

石湖早發

雁呌西風催客舟晨光初射釣磯頭紅亭突兀連紅葉碧檻周遭漾碧流蕭寺叢林峯頂列莫釐縹緲鏡中浮

李云一起超忽

不選

當年文穆留芳墅衰艸荒煙何處求

選選選

鄧尉竹枝詞十二首 沈云詠作質而不俚俱已入古

梅花鄧尉甲東吳香雪海中春更多風信一番爭探賞
畫船都泊費家河

兩崦東西宛硯池墖尖似筆蘸漣漪憑誰給與雲藍紙
寫取吾家香雪詞 馬駕山一名吾家山即香雪海

家住潭山東復東真珠塢畔試糕紅妾如熨斗郎無柄
郎似井坑可產銅 真珠塢熨斗柄二地名銅井銅坑二山名

人家疑住白雲邊賸境潭西別有天一本開兼三兩色
神奇真足傲花田 潭西一帶善于移花接木故有一樹而花開幾色者

男織屦来女績麻山家樵牧是生涯兒童採淂蒼松子
賣向街頭供煮茶 光福遠近悉以捆屦織席績麻為業
修竹高槐曲逕通柴門雞犬傍林楓幾家織就青〻席
藉草沿堤晒日中
虎山古寺囀流鶯笠澤晴波似鏡平何處漁舟收網罷
青芝山外晒銅坑
五更霄漢尚星羅儈席簷前燈火多山北山南爭曉市
雖無轂擊已肩摩 山居民上市賣席多在四五更時即不賣席者亦皆至早出鎮故清晨擁擠殊常飯後則翻稀矣
三月桃花爛漫開梨園簫鼓鬧崔嵬飄飄繡幟如雲錦
知是山神觧餉来 三月廿日為虎山寺東嶽聖誕每年演劇二臺遠近神廟例貢錠帛名曰解餉其神親至侍從殊無足觀惟繡幟多頗而艷

删

許云村落間瑣事寫來逼真 删

來字不入調

村粧簇簇去燒香七月終時到處忙莫怪望塵爭路拜祇緣祈福奉爹娘七月三十日為崦嶺地藏聖誕遠近拈香者甚衆又有少年十五為羣自家拜至庙中名曰拜香口中所誦悉為父母祈禱

秋来金粟競飄香最惜梢頭不久芳幾日炎蒸齊吐蕚一時爭採入提筐山桂頗多然花一開即有客收買從無久留樹上者

删

小山名更有城隍光福近有城隍山誕日齊拈一炷香此外報祈渾不識秋冬祇解賽劉王山中自東嶽地藏城隍聖誕燒香之外秋時祭猛將則山村幾徧其餘無所謂祈報也

删

又四首

一帶疎林掩映餘人家小築傍岩居春来香雪梅花路士女遊山盡竹輿

寒郊木落冷雲高獵獵西風襲衣袍小店青帘門兩板

松毬爇火賣清醪

饒有生涯寄水隈太湖漁艇逐波開四時網得鮮魚美
盡向漁郎橋畔來

梅雨連綿旬有餘東西崦水漲新渠村農種稗偷閒暇
亟亟白宵來引躍魚

客齋望月

燈火深更後家家靜掩門亂蛩吟露草獨犬吠雲根世
路肱三折生涯酒一尊清暉千里共望遠倍銷魂

贈影

燈前月下共倘佯與我周旋最久長閱歷人情知變態

憐君總不解炎涼（許云真風人）（石厓云如來說法有此妙諦）

秋日登虎山寺樓（許云詩中有画令人想見摩詰當年）

柿葉微紅㮈葉黃，憑欄極目遍秋光。青山缺處浮湖水（沈云真是自家身歷），白鳥飛邊簇野棠。風過田疇香掩冉，日沉院落影蒼涼。行雲特露東南角，應爲羇人欲望鄉。（石厓云臨高眺遠情景逼真一結即景寫情尤徵敏妙）

晚登光福寺塔

孤墖亭亭霄漢旁，憑高曠望極蒼茫。五湖烟水長天白，萬疊雲山落日黃。樓閣魚鱗喧晚市，滄波羅縠界橋梁。今興昔廢追前事，誰識遊人鬢欲霜。（此塔于丙戌丁亥間重建余辛巳遊此尚坍敗不可登）

鄧尉看桂二首

八樹番禺記在東，連蜷此地桂生藂。沿途浥浥香風送，彷彿乘虛到月宮。

金飇秩序快新涼，躡閣攀林到上方。真覺我無隱乎尒，漫空處處木樨香。許云禪語一經運用便覺解悟

老浛堂中花笑日，還元閣外水粘天。詩成却憶前題處，秋蜂春鶗已廿年。堂與閣皆在聖恩寺，余辛巳遊此，迄今已二十一年。李云三絶格律俱老

中秋虎山橋步月

雲沒遥天淨絳河，酒酣乘興躡平莎。水浮桂魄魚爭月，山矗龜峰蟾浸波。玉露珠璣沾釣艇，金風濤籟泛松柯。徘徊不猒深更賞，橋畔清光覺更多。許云爭字浸字煞鍾鍊段

十六夜書齋對月　石厓云一氣直下矯若游龍

坐對高樓月，依然端正懸。從知千里共，不減一輪圓。露白銅坑外，風清鄧尉前。明輝仍可玩，遮莫影微偏。

行春橋夜泊

彌櫼行春夜未央，潆洄碧水抱寒塘。七層塔影搖波月，乙字鴻聲落野霜。謖謖松風亭榭外，星星漁火荻蘆旁。燈殘被冷渾無寐，遲尓晨鐘出上方。

晚發石湖夜經木瀆即事口占

落日楞伽景泬寥，打頭風裏進蘭橈。天高雁字排弦月，水近鱗居接葦蕭。警柝嚴更一二鼓，荒雞漁火十三橋。

删

靈巖咫尺同千里。蠟屐何時逐採樵。余近年欲過靈岩欲重登未果
謨有九里十三橋之説

花嬌詞四首戲贈仙槎期在十月

合歡堂上玳筵開。仙樂紫雲疊奏催。銀葉燒香蓮炬繞。
劉郎從此入天台。
流蘇帳列麝蘭篝。合卺杯傳佳氣浮。借問卿卿相喚際。爲多情苗奉倩
白雲可淂滕温柔。不否孫
夜明枕擁辟寒犀。翡翠氍毹簇簇齊。最是熊羆方入夢。
登壇已喚汝南雞。
嶺上梅先開幾枝。擅場雅稱小春詞。從今應袖淩雲筆。
曉日粧臺笑畫眉。

玄黓攝提格 壬寅

正月廿六日西山探梅時花已殘惟潭西紅梅綠萼尚盛爰乘興拗花而歸

選

綠蕚紅葩各擅芳，潭西景是神仙途。人莫笑尋春晚，攬勝仍攀第一香。

（本屬百花場）

石厓云尋常結語亦復饒有奇趣

選

西山探梅尋得六浮閣喜而作歌

石厓云勁氣直達音節入古

勝境夙聞六浮閣，太湖之濱查山麓。展誦詩文思快登，（朱竹垞先生有記有詩，張匠門先生有四六啓。）豈知二十餘年空爾縈心曲。探梅今上（日近）吉雲亭，（亭在查山上）斯閣始知在即目。叩門登閣恣遨觀，石壁峥嵘峙簇簇。回望咫尺是程園，（閣西壁賀園）萬樹梅花爭起伏。

惜花已殘雪半消韋花猶餘風仍馥右枕具區三萬六千頃七十二峯相對雲中矗豈特六浮歷歷景可挹直覺風帆漁艇沙鳥魚龍盡在檐檻宿閣中懸額仍檀園竹垞隸書森嚴肅（閣之名始于李長蘅先生而隸書則竹垞手筆）前廊更有韓公題筆墨淋漓超凡俗（閣前樂志二字乃韓慕廬先生題）廿載幽懷一日償狂喜直踰遊濠濮何當攜酒並行廚聯句分題繼芳躅

許云此詩近接竹垞遠追東坡

程氏逸園（園舊有清輝閣嘯臺今閣已廢）

尋芳迢遞歷紆途小憩程園日欲晡梅落閒庭飄白雪竹依高樹挺青蕪清輝閣已無餘跡嘯臺仍俯太湖曲澗平橋遊屐徧令人却憶輞川圖

遊上方山有感湯文正公除五通神事

不選

行春橋上饒春景，行春橋畔浮山影。輕風駘蕩正東来，吹送遊人上高嶺。清梵疎鐘古寺開，簫鼓春祈山上回。却憶五通神舊事，驅除迅速乘風雷。從此吳中蒙福庇，安堵家家無驚悸。向使正直非湯敖，豺狼怪底兹山殊。公亟風節古達曠達幽且鄉妊成奮當揚當道那肯

畏壘不將尸祝同庚桑。許云用莊恰合

遊貝園三首

俱不選

夙慕園林好，今朝蠟屐過。小橋通曲沼，芳樹倚行窩。日花間麗，清風柳上多。李云乃名句 最堪欣賞處，燕語又鶯歌。

選

曲折成幽逕，都無塵俗侵。池邊窺古洞，亭際列遥岑。叠

架園松石平臺傍竹溝會心原不遠彷彿入華林

結構從明代相沿歲月長名賢留翰墨古樹閱滄桑內有文待詔沈石田唐六如諸公所書匾額地勝蘭蓀茂花深蜂蝶忙再遊寧厭數臨別意徬徨

顧園紫藤顧園在月園西

一樹漫空發妙香半臨幽砌半依墻離奇老榦形容古蟠曲繁枝歲月長串串珠璣明霽色垂垂絲絡挂韶光滃然紫色春風裏不共穠華鬥艷粧許云花無灰實是自風流

登靈巖山寺閣沈云通体老橫直逼盛唐

敧上高高閣來遊矗矗峯吳王消霸業西子剩遺蹤鳥

語雲中塔濤穀是底松具區堪極目浩蕩豁心胸

山遊晚歸喜遇友人於靈巖山前即留飲舟中

獨遊殊不愜舊雨感離蹤準擬秋來訪何期山畔逢歸禽喧密樹落日送疎鐘歡飲篷窗裏同看月桂峯

靈岩寺和白香山韻

風和日麗春光滿鳥語花香塵俗稀十八年來今再到徘徊不忍別山歸

白雲泉和白香山韻

雲根滴滴瀉鳴泉淼泠雲浮鎮日閒自是山靈施惠澤可能沾溉徧人間

擬刪

琴臺

刪

不見鳴琴人，猶傳當日臺。高臺亦淪没，往事同劫灰。烏

投長薄去，風遞遠香来。尋敎何處覓，遊客空徘徊。

山遊雜咏六首 石厓云：六首俱極樸老，第五章筆尤健舉。

鹿城秋感四首選録在山遊雜咏之前

選

費家河畔渚雲屯，幾曲溪流繞華門。何處秋香来鼻觀，

風翻穲稏徧山村。

選

眰恩禪寺古堯閣，怪柏奇松四面環。不有豐干浪饒舌，

那逢拾得與寒山。

刪

毘盧閣外雨花橋，風颭虬松瀉翠濤。我似陶公殊愛聽，

林蝉何處更鳴號。

刪

碑石高鐫御製歌山環水帶擁盤陀漁洋烏鉢浮波
面玉鏡依稀照黛螺聖恩寺中有御製鄧尉香雪海歌碑

選

極目高臨騰嘯臺雪樓月榭並崔嵬水光山色粘天碧
不盡風帆破浪來臺在程園登之可以望太湖

選

美石泉通杜若汀斜廊短彴倚紅亭紫薇覓發應須賞
恰喜偏提有酥醽泉亦在程園時紫薇盛開遂與同游飲賞花畔

書齋偶賦

選

筆床硯匣對清秋改罷新詩漫倚樓正憶焚香熏煮茗
街頭誰唱賣松球石屋云一結如天外飛來令人不測太白風流手並未墜

壬寅歲暮

留別許醇齋蘭芬 沈雪舫誠 李夢蘭鶴元 仙槎漢

三首

三年屬和短長吟子史經騷味共尋我輩交情原若水（仲云翻用入妙）
離居何必不同心

魏公拙本藉君藏謬許騷壇軼輩行從此三都相覓寫
端由皇甫借餘光（余詩集為四君商定）

別原容易會非難倭指程途百里閒自昔詩筒佳話在
微之莫忘寄香山

附和作　吳縣許蘭芳奕赦

渡河譬海蕘高吟牙曠千秋不易尋入聖新詩中聖
酒只今誰識雪塘心

新詩千首袖中藏謬附知心琢幾行清廟生民敢漫
攺稷愁汗却佛頭光
贈別休言良會難春初芳信轉眸間梅花素舊與詩人
約遲爾携節到虎山

先生詩咏懷賦景而外懷古尤為傑出如謁韋祠
作具精確不磨必傳無疑者也他若文正忠憲二
姜先生祠金陵懷古十章及一切古體近體咏古
諸作皆具知人論世之識且有發前人所未發者騷
壇領袖微先生其誰與歸 醇齋拜跋

又

嘉定沈　誠秉虔

一字推敲肯浪吟携来氷雪費研尋詩人合数陳無
已獨契千秋風雅心
嘉集應登鄴架蔵玉盤珠落綴行行那須獺祭誇奇
博金屑披来盡寶光
曲高誰道和非難彷彿陽春白雪間讀罷新詩重把
酒莫教容易别青山

又　　吴縣李鶴元慕韓

黙筆題詩互嘯吟看山着屐共追尋與君三載梅花
夢香雪春風一片心
錦繡原湏胷内蔵珠穿好語盡成行長吟彷彿登元

圃積玉無非是夜光

揮手何愁會面難相懸祇隔五湖間君歸莫負尋春
約彈指梅開鄧尉山

又　蘇州李　漢雲昭

主持風雅發新吟勝境頻同載酒尋三載題襟成莫
逆玉壺冰暎兩人心

多君氣誼素昂藏惠示新詩字幾行迢此中郎應輟
翰文章千古讓靈光

握別寧歌行路難豪情直上白雲間明年攬畫姑蘇
勝好更騎驢訪舊山

再別醇齋

憶自芳春接麈談，多君萬卷細研覃。風騷雅製推丁卯，月旦品評重汝南。隻眼焦桐垂賞識，迷途孤竹故深諳。祇憐益友輕離別，何日重將經史參。

鄧尉歸舟

歸心逼歲暮，一棹曉歌驪。天闊鴻聲遠，山長帆影遲。輕冰消浦溆，殘雪帶厜㕒。最是梅花夢，依依惜別離。

𣆀陽單閼 癸卯

荒圃孤梅

花開幾朶出墻東，寥落相看感不窮。枝幹稀疎依病柏形容憔悴傍枯桐。蕭條冷顏蒙霜發。寂寞幽姿暎月空。
却憶昔登香雪海。漫山萬樹笑春風。

次韻咏白桃花 李玉二作俱有遠神逸韻

一樹春風帶雪霜。武陵溪外別成芳。溶溶映月渾無色。
漠漠籠烟只淡粧。謝去寧如紅雨落李賀詩桃花亂落如紅雨。開時那似
綠牋張桓元詔令平淮作桃花牋有縹綠青赤等色。憑渠紫陌塵難涴。誰道元都淂

比量

選 不是尋常洞口花。清輝垂蔭玉欄斜。幽如之子變為珮。嬌娘有態
淡到無言月滿葩。素艷寧輸香雪海。冰姿肯儗赤城霞。
晶簾映照溶溶影。笑倚春風弄水華。石厓云二篇極出雅極清華第一第二首第四語不脫不粘唐人名句五六尊題之神是畫家烘托法六即是寫生手

賦得鏤氷畫脂 得功字

費盡人爲力，休誇術貫通。氷脂非棄物，鏤畫究何功。刻棘猴難似，充飢餅或同。蜃樓寧足恃，海市旋成空。雕琢徒施巧，揣摩枉自工。須知崇令德，實學務專攻。

選

行經臨頓里懷古 沈云妙在無一浮泛語

短步偶經臨頓里，天隨闇說此盤桓。散人高致傳漁具，客座新詩擅木蘭。遺集松陵多勝友，叢書笠澤重騷壇。于今杞菊無從覓，那更還爭金閘鴨欄。

選

登圓妙觀彌羅閣 胡云風神似高大全集三四語自然流出

振衣特上三層閣，縱目環觀萬象低。活水遠流城直北 沈云真景非身歷者

選

好山都列塔斜西六街馬拂紅塵過密樹鶯藏綠葉啼
妙高元元誰細覈且乘逸興漫留題

遊獅子林恭和御製元韻

自昔好林泉雅趣屬幽士異哉山水勝翻出自城市今
去雲林蔚五百餘年矣當日高高搽同輩孰踰此圖成
林乃成初何假彩飾徑家樹重重橋橫石齒齒迴環
岩洞影異景懸尺咫奇峯矯插雲高閣靜臨水古松巔
隙生老藥巔際橋今獲遂遊觀昔久深仰止且休論神
仙洗伐毛與髓但克立修名千秋蹟詎毀身苟輕鴻毛
誰為詢舊址即偶鬧畫報終同閭色紫人傑地亦靈請

君究厥旨豈徒石怪奇不愧名獅子（石屋云通体注重雪林看題有識至迴环二語寫盡獅林妙景雖為門外人道也）

不選

和彭學使自題春風舫元韵（代作　仲云運用精切）

船如天上坐原佳按試班看玉筍排入座春風和偏拂

知時好雨化無涯絳紗本屬談經帳書畫應来宝晋齋

風雅是親裁偽體何如白月映清淮（偽体別裁精藻鑑殊）

不選

賦得淡雲微雨養花天（陸云饒有晚唐風韵）

從来勝賞爱澄鮮春景模糊也自妍酒旆輕霑紅杏

外漁蓑半濕緑楊邊江南吟盡難圖畫渭北羣離易夢

牽轉眼羣芳争笑日豈知渥澤荷雲天（碩云如青邱佳作）

另錄

白荷花次韵

刪

謫下雲中第一仙晶瑩独立向江天香飄北渚清風裏
韻在南湖皓月邊夜色無塵涼似水秋容正潔澹于烟
幽人不作餘華夢氷簟還抬白鶴眠

刪

金上舍松岩見贈律詩一章情深語摯推許踰涯
輙依元韻賦荅

不選

那有詩名擅倚樓況能康伯並風流半生客路萍蓬侶
六度文闈髭鬍儔漫酌松醪澆磊塊聊吟花月送春秋
多君期許鵬程遠安得朱衣一點頭

李云六語与野店山橋送馬蹄同妙

刪

秋日重遊目園疊前韻二首

刪

天氣秋来爽園林喜更過稍殊前歷徑不改舊吟窩時脩葺初

此注移在刻竹示詩章下

竣色最鷄冠艷香尤金粟多佳人緣底事刻竹寄詩歌

前廣陵女子來遊曾題一絶于竹上和者頗多

刪

行雲紅葉映斜日緑蘿侵沼更環高梛墻仍矗亂岑松杉穿石洞亭榭卧魚漪衹惜人無七歡遊繼竹林園中栽竹甚廣

刪

天氣漸秋爽

再到期難定重來興倍長畹蘭殊楚澤籬菊似柴桑蟬老争鳴懶禽歸聚語忙隨遊今倍悉回首尚徬徨

仲云粉高寫景入微

佳人緣底事刻竹示詩章

賦贈松岩即疊其見贈原韻

刪

懶年作客賦登樓，今日何期遇勝流，名世我寧三鳳侶，無双君直八龍儔，詩瓢酒盞娱心，日鱸膾蒓羹適意秋，安得追踪皮陸輩，一竿同釣雪灘頭。

三疊前韻賦贈葉蕚坡 答松岩 句金

憶從肄業共書樓，彈指時光似箭流。六載遥分天外侶，蕚坡客粤六年一城今締客中儔。今歲余與蕚坡俱授經蘇城頻遅遊屐因梅雨，且泛芳罇送麥秋。却計生涯還失笑，木奴誰已辦千頭。

選

四疊前韻賦贈沈三蘭村 訢

那數東陽八詠樓，門庭蕭寂見風流。名花好鳥成新侶，楔帖瑶琴悉故儔。自在生涯觴醉月，幽閒事業句吟秋。知君受用原無盡，不假天龍一指頭。

選 何必

賦得涉江采芙蓉 得浮字

删

江水涵天碧，芙蓉媚素秋。亭亭標遠渚，灼灼映中洲。攬

删

勝蘭橈下尋芳桂楫浮幽姿初日麗清馥午風流摘處刪紅色旋來起白鷗羣山雲外列野樹望中稠不盡懷人意無端起棹謳何當邀 睿賞載向鳳池頭

仲冬喜雪舫過訪兼示見懷之什次韻賦酬

空齋正憶故人時風緊寒嚴雁陣遲濶別難傳兩地意歡迎稍慰一年思別雪舫倚一載醇醨世味嘗應徧真偽交情久益知話舊不禁多感觸且乘微醉和新詩石崖云五六語真可作座右銘

寄懷仙槎硯云若人謂好詩圓美流轉如彈丸作此庶得三昧

秋殘承惠八行書仙槎于秋晚曾寄手書惆悵離羣並索居倍感窮途懷阮籍深憖風樹唁皐魚尊人梅谷先生去歲卒于都中余尚缺弔唁迂溪凍合漁

選

舟靜鄧尉霜巖落木踈把盞聯吟追舊日稽經時夢到君廬（稽經艸廬仙槎讀書齋也昔常賦詩飲宴其中）

寄懷醇齋

選

轉眼俄經歲欲闌空齋寂寞一牯寒梅開有負攜節約（梅花舊與詩人約逢尔攜節到虎山醇齋去冬荅余留別句也）楓落仍虛握手歡壯志崢嶸消逆旅功名蹭蹬鎩飛翰只應莫問三條燭爽氣西來拄頰看

閑逢執徐甲辰

咏燕次韵

偶然寄跡傍雕梁不惜銜泥葺壘忙春社争来秋社去

梅花詩另錄

也知信美是他鄉 硯云從美游不如思歸意翻出感慨語何蘊藉乃爾

詠明妃次韻 石崖云筆意直似青邱

琵琶馬上訴離愁思怨恨何庸及畫師若使當時鼎十

萬宮中埋沒有誰知 硯云人之福之正天之所以禍之也詩古有識色合

詠梅十七首次韻 硯云咏梅作有性靈有寄托得三百篇比興之遺若三家詠物詩愈工愈遠矣

深雪前邨凍不知向陽庭忽展瓊姿揚州何遜休惆悵 花雜咏 仲云起句神妙

漏泄春光見一枝 早梅 風致占早清光素淨纖塵

花史頻翻孰比倫暗香疎影尚言陳西山兄弟羞同調

一樣孤高絕俗人 評梅

瘦竹疎松舊輩行春蘭秋菊未同芳始知知己從來少

仲云詠物妙在情切而不在[illegible]

選 冷淡交情味最長 友梅

選 不識年華閲幾春 離奇怪特倍精神 相逢莫訝丰標異

先是羲皇以上人 古梅

選 歲晩空山萬木零 清霜白雪斷芳馨 騎驢得得相尋處（深林老榦無從覓）

一對孤花是典型 老梅

選 怪石圍欒綿綠苔 凍雲繚繞古墻隈 矯揉玉骨非無意

勾引春風曲曲來 蟠梅

選 瓊玉肌膚氷雪姿 書牕冷淡自相宜 故交寥落無人問

删 誰肯綈袍贈范雎 寒梅

删 風冷霜嚴凍玉肌 清光素影两遅遅 黄昏酒醒憑欄看

選

恰喜暗香浮動時　月梅

雪壓霜欺澈骨清，数枝碧玉戛幽聲。天寒日暮盈盈處，
翠袖無言倚晚晴　竹梅

刪　選

玉粟金鐘一樹稠，漢宮妝束倚書樓。蠟丸芳信休輕拆，
憑寄相思到隴頭　蠟梅

選

紙窗竹屋自欹斜，瘦影相憐共一家。應笑儒生多習氣，
頻挑殘燼讀南華　書窻梅

刪　刪

逢門竹巷入春溫，一樣東風揔是恩。莫為荒凉怨憔悴，
西施元長苧蘿村　茅舍梅

刪

聞說前村冒雪開，孤節手握帶春回。莫嗔老阮疎狂甚，

醉觧餘錢換得来　杖頭梅

百種孫高一種酸青囊風味正清寒幽芳入眼堪醫俗
豈必古書湧飽覌　藥畦梅

一曲山香舞態遲那堪玉笛又頻吹將飛不盡徘徊意
腸断江城五月時　落梅

石橋雨畔野亭前瘦骨棱棱水底天雪白鷺鷥飛去後
流紗人在夕陽邊　照水梅

宛如元獻圃中栽濃注朱唇淡點腮再益一双新燕子
相看直似杏花開　画紅梅

賦得流丸止於甌臾　滑平字

三首皆另録

選

會得環中意，觀九象輙呈。星流宜莫阻，良止自持平。任使如輪轉，寧能越坎行。宜僚難恃巧，痀瘻漫垂名。動必終歸静，來時詎假迎。短長齊東度，輕重定懸衡。函谷封徒語，兒童逐浪爭。恰同逢智者，異論息從横。仲云細玄𤍠貼

賦得改絃更張　得心字

選

善改非沿襲，宛如鼓瑟琴。弛張㴱有意，改易妙從心。膠柱何堪擬，更絃自不禁。因仍寧似昔，變革快于今。園客絲重購，剡山玉再尋。好傳山水志，更和短長吟。韻別神彌遠，聲殊趣益深。從茲揮舜陛，解阜荷元音。

賦得戴勝降桑　得功字

選

戴勝来時至于飛西復東来應紝柳外降特在桑中宛
似從霄下争看集樹叢花冠明麗日彩尾颺和風辨色
黄鸝異窺形山鵲同遠揚枝葉茂飲啄羽毛豐喚雨知
陰兆催耕樂景融聞敲勤捋采争課養蚕功

碩云五言四首有盛唐風味

選

同友遊北園從桃花菴至報恩寺訪一元塔院 四首
吴中好風景自昔詠樂天非特数郊外佳山羣峰環城（珠清研）（城市亦幽偏）
南稱錢園城北亦幽偏有地可種竹有水可栽蓮林多
簇僧舍居少饒蘭茎吴儂鬧武卯不識此往還豈知幽
勝境端非俗士緣攜手快春遊春在杖屨前（仲云妙句耐人尋味）

選

屈指数時光節候今年異四季嫌春短三月喜逢冉風

花木盡飛景色猶艷麗出必荷鍾隨劉伶殆好事意行
無近遠觸目皆神契春雲融容心不煩一杯致但遇把
茅宮便覺興高寄一朶結桃花桃花仙曾想樂天詩油油春雲心一杯可自
致唐寅詩桃花庵裏桃花仙

選

惟昔唐六如幸生明盛時負才不得志佯狂聊自怡蘇
子風月酒鄭老畫書詩菴辟留長題讀罷興嗟咨山林
與朝市天淵真若斯走誤落塵網薰心車馬馳只今頭
半白去去欲何之

選

浮屠跨高標壓郡推壯觀寺肇赤烏年久圮今輪奐士
女沸三春誰則游伴與幽處曲徑通攀躋恣心玩遐樹

聽鶯啼密雲障佛幔中有過去師坐登無生岸歡喜禮印壇塵土面可蟲惜無紙雲藍詩成供揮翰

另録

選

賦得藕綬 淂文字

厥草殊常卉名標尔雅文覘形藕宛肖取象綬無分儵具斑斕彩還垂錦繡紋褰帶那足擬書帶未同群潤澤資絲雨光華映綠雲荷衣差可匹蘭佩應齊芬幾認功曹吐擬鼎武固勳寧如爭茂者綠縟漫紛紛（光武封李忠為武固侯自解所佩綬以帶忠）

選

太息

偶賦一首（仲云交道不古詩人訥有陰雨之痛也全篇氣厚語摯足為此輩痛下針砭 石厓云具此摯語喚醒世人不少）

選

人孰無同儕難淂真知己知己豈貌交緩急良足恃異 均

族而同心秦越成臂指同族而異心骨肉互排抵蛩蟨且相愛鰈鶼亦交倚苟無愧同懷何妨淡若水白頭尚如新靦面已千里伯牙輟徽絃諒無鍾期比念兹增歎悢悢亙歎烏能已

春江云展讀數過令我寒心酸鼻

歸舟書感

蒲帆飽挂破空行木落千山景正清飲水生涯寒士節斷蓬蹤跡旅人情風凄遠渚漢村淨雲散長天雁陣横碌碌因人成底事空令歲月漸崢嶸

仲云手古同此

旃蒙大荒落

尋梅同雪舫夢蘭作

殿云五六能寫尋字之神可與剛父之竹逕霜雪小溪橋淡淡雲句並傳

另錄

選 興来不用曳長筇，結伴衝寒覓舊蹤。颯々曉風殘雪霽，離々春意亂雲重。袖邊白水孤村路，驢背青山遠寺鐘。到處幽香生不斷，應教洗盡俗塵胸。

賦得劒化為龍

選 雙龍劍化緬延津，氣徹斗牛夙有神。跡重昔寧輸巨闕，飛騰今忽上蒼旻。葛陂擲杖渾相似，陶辟懸梭恰等倫。從此恩仇俱擺脫，應施霖雨福烝民。

墨畫松柏

選 徂来新甫想森々，筆底風生封作林。莫道青蒼柯葉改，歲寒元是舊時心。

石屋云：倒破松柏，承清墨畫妝結，有身分，有寄托，咏物必如方見大手筆，不等項小家數。

四詩錄在前壬寅年

李云四詩不減原唱与諸和作亦堪伯仲

鹿城秋感和芝房叔追次錢舍人訥生元韻四首

也曾僦屋寄僧寮，屈曲溪流駕小橋。丹桂香多飄隔院，青松濤湧鬧涼宵。乘風鵰鷂翎初健，帶露莎蛩語正驕。猶記登臨頻蠟屐，馬鞍山色遠相招。

留題古壁費摩挲，彈指年華廿載過。醬眼雲烟傳驛少，排頭科第讓人多。頻來舊雨聊謀醉，偶得新詞且放歌。時借詩篇爲遣興，却欣相和有陰何。

大器誰言定晚成，六張五角嘆平生。一身那冀全三窟，萬卷虛傳勝百城。笑日迎人花有態，穿簾伴客月多情。蕭蕭更有窗前竹，靜對殊欣心跡清。

另録

選　江

爽氣朝来拄頰看袂衣尚未怯輕寒名園徧歷吟懷健
峻嶺頻登眼界寬（時與同人歷遊諸園兼登玉峯絶頂）偶得山肴都異味即逢
麗糲亦儒餐髩邊遮莫成霜雪角逐名場興未闌

選

賦得江涵秋影雁初飛

佳節登高興倍酣飛〻塞鴈帶晴嵐一江練淨秋將老
萬里書空影正涵覓〻霜楓雲夢北蕭〻露葦洞庭南
天涯遊子音塵闊肯為關河消息探

朗云意調神逸

石厓云寄意遥深抒詞蘊藉

選

雁

天末風高雁度遲南来應有稻粱思關山却訝秋歸燕
不把年飢報爾知

仲云托興深遠结思奇妙

爽氣朝來拄頰看，袂衣尚未怯輕寒。名園徧歷吟懷健，峻嶺頻登眼界寬。時與同人歷遊諸園並登玉峯絕頂 偶得山肴都異味，即逢麗藕亦儒餐。鬢邊遮莫成霜雪，角逐名場興未闌。

賦得江涵秋影雁初飛

佳節登高興倍酣，飛飛塞鴈帶晴嵐。一江練淨秋將老，[illegible]露葦洞庭南。

懷王莪菁少府書齋却寄 乙巳

高齋誰與伴幽踪，少府逍遙穩稱慵。客至何妨開射鴨，官閒正好對哦松。月臨池沼花陰滿，春共鄰分柳色濃。蒔藥彈琴如隱者，每思塵話夕陽舂。

第六聯是佳句

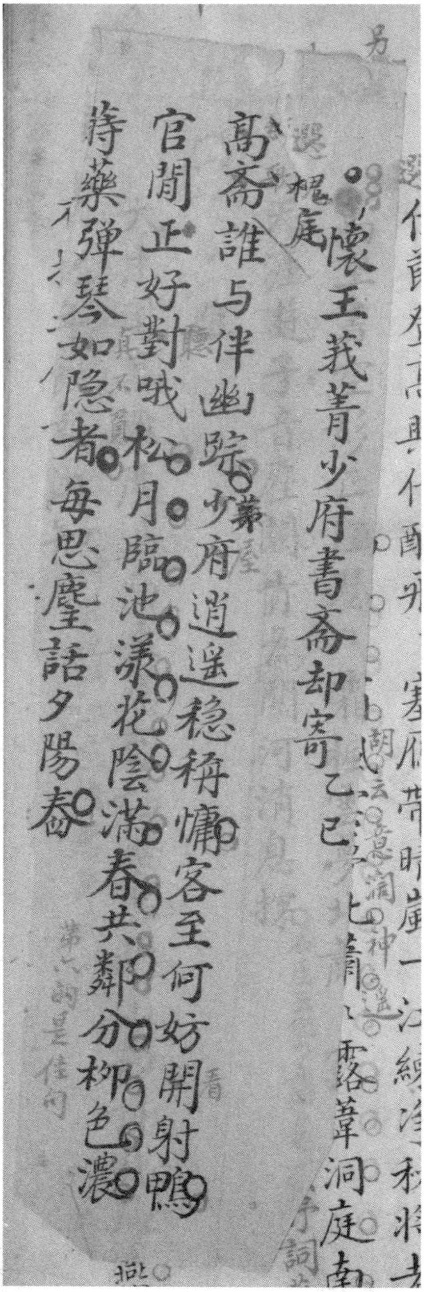

懷王莪菁少府書齋却寄 乙巳

高齋誰与伴幽踪。少府逍遥穩稱慵。客至何妨開射鴨。官閒正好對哦松。月臨池漾花陰滿。春共鄰分柳色濃。犄藥彈琴如隱者。每思塵話夕陽舂。

另録

冬日客齋書感

三冬足用竟如何，太息光陰瞥眼過。點鬢星霜驚歲月，對床舊雨感山河。依人漫作登樓賦，倚柱慙為彈鋏歌。夜半聞雞懷祖逖，吴鈎舞罷影婆娑。

賦得河鯉登龍門　得成字

寧漢居門外，神龍在此成。未登儕鯉隊，直上見河清。鼓鬣波濤湧，揚鬐鱣鮪驚。沖天原素志，拔地快遥情。自是飛騰去，旋看變化生。為霖敷帝澤，應畫編氓。

戲效唐人小遊仙五首

火瀣傳來蒡緑華，青衣曾憶降羊家。不知鳥樣麻姑爪

肯向人間癢處爬

唱徹雲中踏踏歌　紅顏春樹信如何　但教夢到華胥國
未熟黄粱也足多

選
蓬萊方丈望依微　風引船還願輒違　劉阮天台曾並入
怪他底事苦思歸

選
誰並蟾蜍耀太空　紅塵隔斷夢難通　吴剛莫怨遭仙謫
已自飛騰到月宫

顧云凌雲之想溢于言表

選
羽化飛昇説豈誣　丹臺名在自仙徒　世間漫把羊鬚捋
那得癡龍第一珠

顧云驪龍頷下珠正恐非旧况癡龍乎

偶讀張籍王翰涼州詞未愜余懷因翻其意二首戊

選天山霜落雁南遊羌笛胡笳絶塞秋恩澤久承須報主
丹心肯獨取涼州

選樓蘭斬首獻君王萬里塵銷紫塞長却怪漢家征戰客
衹知醉臥在沙場

二絶唐音足見忠君報國之心破韵林評

昔遊鄧尉有林深寺僻之句偶閲雲山鼎唱周君
允昌詩中亦有是聯訝其相同因成一絶

選林深寺僻昔年詩即景成吟差自怡豈是敢偷人寂惜
鶴飛天上訝同詞

有以管城子見貽貌似可觀實不堪用戲題

選豈同老秃不堪持珎重裝併寶帚貽落紙不成蛇蚓畫
從知取貌類如斯

得宋金庭来書 小暑後一日

雨蒙　光過未経奉荅抱歉奚似近稔　先生坐嘯沙
溪吟编富有此時清興興日俱長定符遥祝啓者弟自
三月十九與　先生把晤後即將　尊稿叅較品其大
旨則探源漢魏六朝而鎔唐鑄宋獨出心裁洵近日騷
壇中一大作手也中年後神而明之熟極生巧故衆人
所不能道者隨筆寫来無不入妙五古熟精選理時叅
韋孟七古以香山玉局合為一家五七律則清新幽秀
艷丽沉雄不拘一格要皆胚胎少陵由唐入宋五絶綽
有唐音七絶時叅議論益覺吟情恣肆披讀數過不勝

欽服弟于三月底到省城 候制臺考驗蒙列一等保送
咨 部直至端節後返舍又復鼓西泠之棹刻下亦鹿
鹿無暇尚有禾城之役 大集序文擬于六月中勉搆
呈 政故原集二册仍留敝齋先達鄙忱以慰相思囑
索計春樹詩刻兹特寄上希檢収之耑此奉覆順請
邇安不旣 雪塘世長先生詞壇 世愚弟宋景和頓首

余於癸未歲受知晉寧李鶴峯先生時同譜之士合郡邑得三十有五人多高才生而雪塘大兄其尤也後二十餘年屈指其某俱赴玉樓之召其存者城鄉散處良會難期予又自慚譾劣不能以議論翰墨與諸君子唱酬商確比年来移疾歸里杜門息影如寒蟬秋蝿之不可蜚鳴於是離羣之感日益甚矣枯坐窮廬忽聞剝啄則雪塘大兄惠然肯来握手道故喜動顔色既又出其詩鈔見示并告以将有淮北之遊予惟古之作者類皆因遊而愈工如太史公足蹟半天下而子美太白亦嘗敀嘔齊魯秦蜀荆湖之間故其詩與文名當世而傳後

世令雪塘以績學困諸生歷試棘闈數奇不遇詩所云
文章憎命達不其然歟詩本少所篤好故自三百篇後
歷漢魏六朝以迄唐宋元明諸大家靡不出入其間又
俱能陶鎔變化遺其貌而契其神卓然自成一家言此
行也溯江達河過真州歷南徐名山大川之間凡林壑
草木之秀丽蟲鳥羽毛之瑰奇與夫名公鉅卿酒人俠
客之徒感發其志氣而上下其議論見聞由此而彌廣
胸襟因之而增擴作為詩歌諸凡登臨懷古之作得江
山之助而益妙者而觸景揮毫抒情潑墨亦即以增江
山之重他日轍迹所至名滿大江南北予雖伏處荒村

不淂如韓孟之雲龍追逐而雪鴻萍水之蹤歷歷可數

讀其詩能無低頭下拜斂衽推服古人所謂立德立功

而外立言亦同不朽者不即在斯也乎乾隆己酉正月

晦日同學愚弟二湝吴士堅拜跋

此序诵[redacted]

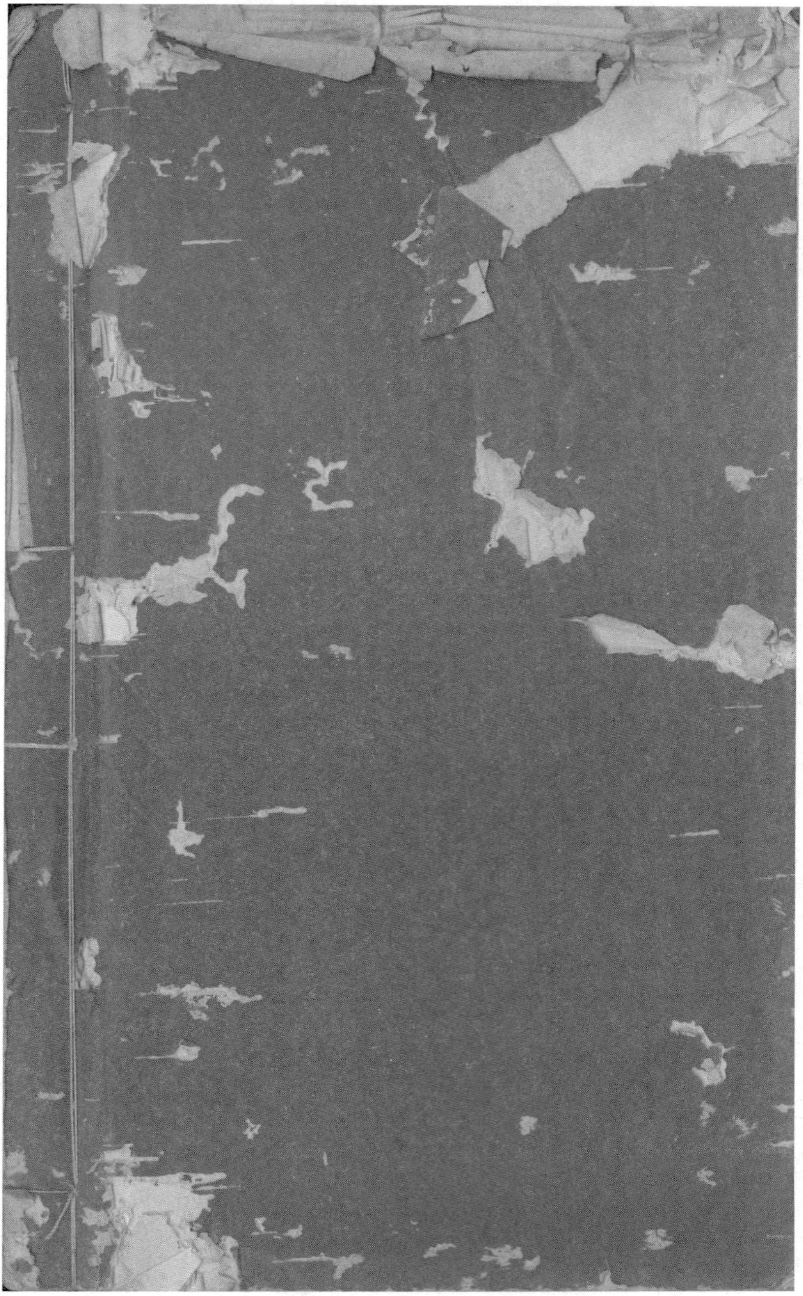